# 0시를 향하여

# 0시를 향하여

1994년 5월 20일 초판 1쇄 발행

지은이  애거서 크리스티
옮긴이  이가형
펴낸이  이경선
펴낸곳  해문출판사

등록 1978년 1월 28일 제3-82호
서울시 강남구 영동대로 602, 6층 F225(삼성동, 삼성동 미켈란107)
전화 02-325-4721
팩스 0502-989-9473

값 12,000원

ISBN 89-382-0106-6
ISBN 89-382-0100-7 (세트)

※잘못 만들어진 책은 구입하신 곳에서 바꾸어 드립니다.

AGATHA CHRISTIE

# 0시를 향하여

애거서 크리스티/이가형 옮김

해문출판사

## 차 례

프롤로그 • 9
문을 열자 사람들이 있었다 • 15
새하얀 눈과 붉은 장미 • 71
섬세한 이탈리아 인의 손 • 163
0시 • 272

■ 작품해설 • 298

**Towards Zero**

Copyright © 1975 Agatha Christie Ltd.

Korean translation edition is published by arrangement with
Agatha Christie Ltd., a Chorion group company.

이 책은 Agatha Christie Ltd., a Chorion group company와
적법한 계약을 통해 출간되었습니다.
저작권법에 의해 한국 내에서 보호를 받는 저작물이므로
무단 전재와 무단 복제를 금합니다.

# Towards Zero

## • 등 장 인 물 •

**트레브스 노인** — 경험이 많고 노련한 80세쯤 된 변호사. 과거의 살인사건에 대한 뚜렷한 기억 때문에 살해당한다.

**앤드류 맥휘터** — 자살 기도를 했다가 극적으로 살아난다. 몇 달 뒤에 똑같은 곳에서 절망에 빠져 있는 여자를 구해 준다.

**배틀** — 런던 경시청의 총경. 휴가중에 우연히 사건을 맡아, 그의 독특한 수사 방법으로 치밀하게 추적해 나간다.

**네빌 스트레인지** — 원하는 것을 모두 소유한 일류 테니스 선수. 만능 스포츠맨이며, 또한 제법 많은 재산을 가지고 있다.

**케이 스트레인지** — 스트레인지의 두 번째 부인. 붉은 머리에 어울리는 다혈질의 젊고 아름다운 여자.

**카밀라 트레실리안** — 몸이 쇠약하고 고집이 센 노부인. 걸즈 곶에서 벌어지는 묘한 삼각 관계에 냉담한 반응을 보인다.

**메리 올딘** — 트레실리안 노부인을 헌신적으로 보살펴 주는 희생심이 강한 여자. 걸즈 곶에 초대된 손님들의 중재 역할에 야릇한 재미를 느낀다.

**오드리 스트레인지** — 네빌 스트레인지의 첫번째 부인.

**토머스 로이드** — 말이 없고 침착한 사람. 겉으로는 무관심한 체하지만, 오드리에게 정열적인 마음을 품고 있다.

**테드 라티머** — 케이의 오랜 친구인 잘생긴 청년. 언제나 케이의 주위에서 떠나지 않는다.

**제임스 리치 경감** — 걸즈 곶 살인사건을 맡은 배틀 총경의 조카. 배틀 총경의 도움으로 사건을 해결하면서 많은 것을 배운다.

# 프롤로그

11월 19일

벽난로 주위에 모여 있는 사람들은 대부분이 변호사이거나, 아니면 법률에 관계하고 있는 사람들이었다. 마틴데일 사무 변호사, 왕실 고문 변호사인 루퍼스 로드 씨, 카스테이스 사건에서 명성을 얻은 젊은 대니엘스, 그리고 클리버 판사, 루이스 2세와 트렌치, 트레브스 노인 등이 있었다. 트레브스 씨는 여든이 다 된, 노련하고도 경험이 풍부한 노인이었다. 그는 저명한 변호사들 모임의 회원이자 그 모임에서 가장 유명한 인물이었다. 법정 밖에서 벌어지는 미묘한 사건들을 무수히 해결했었던 그는, 영국에서는 그 누구보다도 감추어진 이야기들을 많이 알 것이라고 알려져 있었으며, 또한 범죄학에 대해서도 전문가였다.

생각이 단순한 사람들은 트레브스 씨가 기억하고 있는 사실들을 전부 기록해 놓아야 한다고 말했다.

트레브스 씨는 정말 많은 사실들을 알고 있었다. 그 자신도 자기가 너무 많이 알고 있다는 것을 인정했다. 그가 비록 오랫동안 일선에서 물러나 있었다고는 하나, 그의 동료들은 그의 의견보다 더 훌륭한 의견을 내놓을 만한 사람은 영국에는 없다고 하면서 그를 몹시 존경했다. 그가 나직하고도 또렷한 목소리로 말을 할 때면, 청중은 그저 존경스러움으로 침묵할 뿐이었다.

이제 대화는 그날 올드 베일리에서 공판이 끝난 사건으로 이어졌다. 그것은 살인사건이었는데, 피고가 무죄 판결을 받았다. 이 사건을 재검토하느라고 모두들 애를 쓰며 전문적인 평가를 내리고 있었다.

우선, 목격자 한 사람에게만 전적으로 기소를 의존했다는 것 자체부터가 잘못되었는데——즉, 디플리치 노인은 자신이 변호를 맡은 사건에 대해서 구체적으로 파악을 하고 있어야 했다. 아서 청년은 그 하녀의 증언 대부분을 만들어 주었다. 벤트모어가 그의 약술(略述)에서 사건의 진상을 바로잡기 위해 그 문제를 제기했던 것은 매우 타당한 일이었다. 그러나 잘못은 바로 그때 저질러진 것이었다——즉, 배심원이 그녀를 너무 믿었다는 것이다. 배심원들은 어리석었다——그들이 어떤 것은 그대로 받아들여야 하며, 또 어떤 것은 그렇지 않다는 것을 결코 알 도리가 없었을 테지만 말이다. 그러나 그들은 한번 어떤 사실을 머릿속에 집어넣으면, 다시는 그 문제에 대해서 재고해 보려고 하지 않는다는 것이다. 배심원들은 하녀가 그 철봉에 대해서 진실을 말하고 있다고 믿었으며, 또 사실 그러했다. 의사의 증언도 그들의 생각을 그쪽으로 기울게 했다. 도대체 그러한 장황한 진술과 전문적인 용어투성이들은 증인들을 혼란스럽게 만들고, 이런 전문가들은——늘 어떤 평범한 문제에 대해서는 가타부타 말을 못하고 망설이다가는——나중에 가서는 '어떤 상황 아래서는 있을 수도 있는 일'이라고 결론 짓게 된다——기타 등등!

그들끼리 이야기를 나누다가, 차츰 의견들이 서로 엇갈리고 우왕좌

왕하게 되자, 그들은 뭔가 부족한 것이 있다는 느낌을 갖게 되었다. 누군가가 고개를 돌리자 모두 그를 따라서 트레브스 씨 쪽을 쳐다보았다. 지금까지 트레브스 씨가 토론에 대해서 단 한마디도 거들지 않았기 때문이었다. 그들의 태도는 차츰 그들이 가장 존경하는 회원으로부터 한마디 결론이 내려지기를 고대하고 있다는 듯한 표정으로 바뀌어 갔다.

트레브스 씨는 의자에 뒤로 기대어 앉아서 무의식적으로 유리잔을 쓰다듬고 있었다. 그러한 침묵 속에서 무엇인가가 갑자기 그에게 정신이 들게 만들었다.

「응? 뭐라고 했지? 자네가 물어 봤나?」

「선생님, 우리는 라몬사건에 대해서 논의하고 있었습니다.」

루이스 청년이 말했다.

그는 뭔가를 기대하는 마음으로 말을 멈췄다.

「오, 그런가――? 나도 그 생각을 하고 있었지.」

엄숙한 침묵이 흘렀다.

「하지만 내가 걱정하는 것은――.」

트레브스 씨는 계속 잔을 문지르며 말을 이었다.

「내가 좀 공상을 즐기고 있지는 않나 하는 것이라네. 나이를 먹은 탓이겠지. 내 나이쯤 된 사람은 공상을 즐길 권리를 주장할 수가 있어. 본인이 좋아한다면 말일세.」

「예, 그것은 사실이지요, 선생님.」

루이스 청년은 대답했지만 다소 당황하는 것 같았다.

「내가 보기에는 법의 다양한 관점이 제대로 거론되지 않았다고 생각하네――비록 흥미가――대단한 흥미가 있기는 하지만――만일 판결이 충분히 주장할 만한 근거가 있는 다른 쪽으로 났다면, 오히려 나는 그렇게 생각하지――하지만 이제 나는 그런 것에 대해서 언급하지 않을 거야. 이미 말했듯이 나는 법의 관점에서 보다는 ──글쎄, 일반 사람들의 관점에서라고나 할까, 뭐 그런 쪽으로 생각하고 있네.」

사람들은 다소 놀란 것 같았다. 그들은 일반 사람들을 단지 그 사건에서 증인으로서의 진실성 여부에 대해서만 고려했었다. 그들 중 아무도 피고가 법정이 그에게 선고한 것처럼 유죄였냐 아니면 무죄였던가에 대해서 숙고해 보는 모험을 감행하지 않았었다.

「인간이란 자네들도 알다시피 ──.」하고 트레브스 씨는 신중하게 말을 이어 나갔다. 「말 그대로 인간일세. 온갖 종류의 모습과 크기를 가지고 있지. 극히 일부만이 우수한 두뇌를 가지고 있고, 대부분은 그렇지 않아. 그들은 도처에서 모여든다네. 랭카셔, 스코틀랜드 ── 이탈리아 출신의 레스토랑 주인, 그리고 미들 웨스트 지방의 어딘가에서 온 여선생 등등. 모두 그 일에 걸려들어서 결국은 그 음울한 11월의 런던 법정에 함께 끌려 나오게 되었지. 그들은 각각 자신의 분야에 기여했어. 그것들이 모여서 결국은 살인사건 공판이 열리게 된 것이라네.」

그는 말을 멈추고는 부드럽게 자기 무릎을 손가락으로 톡톡 치며 말을 이었다.

「나는 훌륭한 탐정 소설을 좋아하네. 하지만 다들 알다시피 ── 그들은 잘못 착수했던 거야. 그들은 살인을 계획했어. 그러나 살인은 결과에 지나지 않아. 그 계획은 오래 전에 구상되었던 것이지 ── 수년 전부터 ── 모든 원인과 결과와 함께 그것이 어떤 사람에 의해 어디에서, 언제, 어느 날 실행될 것인지가. 그 하녀의 증언을 받아들인다면 ── 만일 그 하녀가 자기 애인을 들볶지 않았었다면 그녀는 자기 일을 내팽개치고 라몬으로 가서 변론을 위한 중요한 증인이 되지는 않았을 걸세. 쥐제페 안토넬리 ── 그는 그의 아우와 교대하기 위해 한 달 동안 건너와 있었지. 그의 아우는 장님이나 마찬가지일세. 그는 쥐제페가 무엇을 보았는지 알 수 없었을 것이네. 만일 경관이 48번 요리를 싫어했다면, 그의 순찰 구역에 늦게 도착하지는 않았을 테지…….」

그는 천천히 고개를 끄덕이며 이야기를 계속했다.

「모든 것이 정해진 장소로 모이고……그리고 그 다음에 바로 그 시간――행동개시 시간이 되었을 때? 0시. 그래, 그 모두가 0시를 향하여 집중되고 있었어…….」

그는 되풀이했다.

「0시를 향하여…….」

그리고는 갑자기 몸을 떨었다.

「추위를 타시는 것 같군요, 선생님. 이리 불 가까이로 오십시오.」

「아니야, 괜찮아. 웬지 몸이 오싹하는구먼. 아무튼 글쎄――나는 그만 집에 갈까 하네.」 하고 트레브스 씨가 말했다.

그는 정중하게 머리를 숙이고는 느릿하지만 분명한 걸음 걸이로 그 방을 나갔다.

한 순간 불안한 침묵이 흐른 뒤에 왕실 고문 변호사 루퍼스 로드가 가엾은 트레브스 노인이 어떻게 지내고 있는지에 대해 이야기했다.

윌리엄 클리버 경은 이렇게 말했다.

「날카로운――정말 날카로운 두뇌를 가지고 있어요――하지만 나이는 어쩔 수 없는 모양입니다.」

「심장도 약해졌고요. 오래지 않아 눕게 될 것 같소.」 하고 로드 변호사가 말했다.

「그분은 자신에 대해서는 매우 조심하고 있어요.」 하고 루이스 청년이 말했다.

바로 그때, 트레브스 씨는 성능이 좋은 다임러 자동차 쪽으로 조심스럽게 걸어가고 있었다. 그 자동차는 그를 안락하게 집으로 데려다 주었다. 그를 걱정하며 기다리고 있던 집사가 코트를 벗겨 주었다. 트레브스 씨는 석탄 난로가 활활 타고 있는 서재로 갔다. 그의 침실은 아래층에 있었다. 그는 심장 때문에 위층으로 올라가는 일은 삼가고 있었다.

그는 난로 앞에 앉아서 문서 뭉치를 자기 쪽으로 끌어당겼다.

그의 마음속에는 아직도 모임에서 자신이 이야기했던 그 상상들이 남아 있었다.

트레브스 씨는 생각에 잠겼다.

'지금까지도──어떤 드라마──어떤 살인에 대한 것이 계획대로 착착 진행되고 있다. 만일, 내가 이 피와 범죄에 대한 재미있는 이야기들 중에서 하나를 골라 쓰려고 한다면, 나는 난로 앞에서 문서 뭉치를 펴놓고 앉아 있는 노신사와 함께 시작해야 할 거야──자기 자신도 알 수 없는──0시를 향해서…….'

그는 봉투를 뜯고는 그 속에서 종이 뭉치를 꺼내어 넋을 잃고 내려다보았다.

갑자기 그의 표정이 바뀌었다. 그는 공상의 세계로부터 현실로 돌아왔다.

「이런──이럴 수가 있나? 정말 분통이 터질 노릇이군. 결국 나도 늙은 게야? 이것이 내 계획을 모두 바꿔 놓겠군.」

# 문을 열자 사람들이 있었다

1월 11일

병원 침대 위에 누워 있는 남자가 몸을 약간 움직이며 신음소리를 눌러 참았다.

그 병실의 담당 간호사가 조용히 의자에서 일어나 그에게 다가왔다. 그녀는 베개를 움직여서 그를 좀더 편안하게 해주었다.

앤드루 맥휘터는 단지 고맙다는 표시로 끙끙거리는 소리를 낼 뿐이었다.

그는 연속적인 반항과 고통의 상태에 머물러 있었다.

지금쯤은 모든 것이 끝났어야 했다. 그는 그 모든 것을 끝냈어야 했는데! 그 망할 놈의 나무가 하필이면 그 절벽 끝에 있었다니! 게다가 그 참견하기 좋아하는 연인들은 그 절벽 가장자리에서 겨울밤의 추위에도 아랑곳하지 않았다.

하지만 그들(그리고 그 망할 놈의 나무!)만 없었다면 모든 게 끝나 버렸을 텐데——차갑고 깊은 물속에 풍덩 빠져서, 잠시 허우적거리다가는 마침내 모든 것을 잊어버리겠지——그렇게 해서 학대받고, 쓸모없고, 무익한 인생을 끝낼 수 있었을 것을.

그런데 그는 지금 어디에 있는 것일까? 우스꽝스럽게도 어깨가 부러진 채 병원 침대에 누워서 자살을 기도했다는 죄목으로 경찰의 취조를 받게 된 것이었다.

제기랄——그것이 자기의 생명이었었나, 그렇지 않았었던가?

그가 만일에 그 자살에 성공했더라면, 그들은 그를 마치 미친 놈인 양 철저히 매도했을 것이다!

미친 사람——그렇다! 그는 결코 정상적인 인간이 아니다! 오직 자살하는 것만이 가장 이성적이고, 그가 인간으로서 취할 수 있는 가장 정상적인 행위였다.

완전히 몰락해 버렸고, 건강도 도저히 회복할 수 없을 정도로 엉망이 되었고, 게다가 아내마저도 그를 버리고 다른 남자에게로 달아났다. 일자리도 없고, 사랑도 잃고, 돈도 한푼 없는 채——건강을 되찾을 아무런 희망도 없었으니, 목숨을 끊는 것이 유일한 해결책이 아니었을까?

그런데 지금 여기에서 그는 이처럼 궁상을 떨고 있는 처지가 된 것이다. 자기 딴엔 꽤 점잖은 체하는 치안판사는 그에게 보통 사람들처럼 건전하게 살아가는 것은 오직 그 자신의 의지에 달려 있다고 무뚝뚝하게 훈계하려고 들 것이다.

갑자기 그는 화가 치밀어 올랐다. 한 줄기 열이 그를 휩쌌다.

간호사가 다시 그의 곁으로 왔다.

그녀는 빨간 머리에 젊고 친절한 여자였지만, 좀 멍청해 보이는 표정을 하고 있었다.

「많이 고통스러우세요?」

「아니오.」

「좀 주무시도록 해드릴게요.」
「그럴 필요가 전혀 없소.」
「하지만——.」
「내가 이 정도의 고통이나 불면증도 참지 못할 거라고 생각합니까?」
간호사는 부드럽지만, 좀 건방져 보이는 미소를 지었다.
「의사 선생님이 당신은 회복될 거라고 말씀하셨어요.」
「나는 의사의 말 따위에는 신경쓰지 않소.」
그녀는 침대 커버를 정돈하고는 레모네이드(레몬 즙에 물·설탕·시럽·탄산수 등을 탄 청량 음료) 잔을 그에게 좀더 가까이 옮겨 주었다.
그는 좀 부끄러워하며 말했다.
「내가 좀 거칠게 굴었다면 용서하시오.」
「어머, 괜찮아요.」
그는 자기가 기분을 상하게 해도 그녀가 전혀 개의치 않는 것에 더욱 화가 났다. 멋대로 굴도록 내버려두는 간호사 특유의 변함없는 태도는 도저히 어떻게 해볼 도리가 없는 것 같았다. 그는——한 남자로서가 아니라——한낱 환자에 불과했다.
「그놈의 참견——지긋지긋한 간섭들…….」
「자, 이봐요. 그러면 아주 좋지 않아요.」 그녀가 꾸짖듯이 말했다.
「좋다고요?」 하고 그가 물었다.
「좋다고? 맙소사! 아침이 되면 한결 기분이 좋아질 거예요.」
간호사가 침착하게 말했다.
그는 화가 치미는 것을 억지로 참았다.
「당신은 환자를 간호하는 사람이오. 단지 환자를 간호하고 있을 뿐이지요! 당신은 비인간적입니다. 당신은 정말 그렇게 나를 대하고 있단 말이오!」
「우리는 당신도 알다시피 어떤 것이 환자에게 가장 이로운지 알고 있어요.」
「바로 그것이 나를 더욱 참을 수 없게 하죠! 당신이나 병원, 또 이 세상 모두 똑같소. 끊이지 않는 그 간섭! 나도 다른 사람들을 위한 최상책이 무엇인지 알고 있소. 나는 내 목숨을 끊으려고 했단 말이오. 당신도 알지요, 그렇지 않소?」
그녀는 고개를 끄덕였다.
「내가 절벽에서 몸을 던지든 말든, 그것은 내 일이지 다른 사람이 간섭할 게 못 된단 말이오. 나는 인생을 끝마치고 싶었소. 나는 완전히 몰락해 버렸단 말입니다!」
간호사는 가엾다는 듯이 가볍게 혀를 찼다. 그는 환자였다. 그녀는 그가 울분을 터뜨리도록 놔두었다.
「왜 나를 죽도록 내버려두지 않은 거요?」
그녀는 그 질문에 대해 아주 진지하게 대답했다.
「왜냐하면, 그것은 옳지 않은 일이기 때문이죠.」
「왜 그것이 옳지 않은 일이오?」
간호사는 의심스러운 듯이 환자를 바라보았다. 그녀 자신의 신념은 털끝만큼도 흔들리지 않았으나, 자기의 생각을 설명하기가 몹시 힘들었다.
「글쎄요——내 생각엔——스스로 목숨을 끊는 것은 도덕적으로 옳지 못한 일이라고 생각해요. 당신은 싫든 좋든간에 계속 살아가야 할 의무가 있어요.」
「어째서 그렇소?」
「글쎄요, 다들 그렇게 생각하지 않을까요?」
「내 경우에는 다릅니다. 세상에는 나처럼 엉망으로 살아온 사람도 없소.」

「당신은 가족이 없나요? 어머니나 누이, 아니면 그 밖에 누구라도 있을 게 아니에요?」

「아니오. 내게는 아내가 있었지만, 그녀는 나를 버렸어요——물론 당연한 일이었겠지만! 그녀는 나를 아무짝에도 쓸모없는 인간으로 생각했으니까.」

「하지만 친구들은 있을 게 아니에요?」

「없어요. 내게는 친한 사람들이 없어요. 이봐요, 간호사, 내 말 좀 들어봐요. 나도 한때는 행복했던 때가 있었지요. 훌륭한 직장과 아름다운 아내가 있었다고요. 그런데 자동차 사고가 났었소. 사장이 운전하고 있었고, 내가 함께 타고 있었지요. 그는 나에게 사고가 났을 당시에 자신이 30마일(약 48km) 이하로 운전하고 있었다고 말해 주길 바랐지요. 하지만 사실은 그렇지가 않았습니다. 그는 거의 50마일(약 80km)에 가까운 속도로 달리고 있었죠. 죽은 사람은 없었지만, 그는 보험 회사 직원에게 아무 일도 없었던 것처럼 보이려고 했던 거요. 하지만 나는 그가 바라는 대로 말할 수가 없었소. 그것은 거짓말이었기 때문이지요. 나는 거짓말을 하지 않습니다.」

「어머——나는 당신이 정말 옳았다고 생각해요.」 하고 간호사가 말했다.

「그래요? 그런데 그 고집 때문에 나는 일자리에서 쫓겨났소. 사장이 화를 낸 거지요. 나는 내가 다른 일자리를 얻지 못할 거라는 사실도 알고 있었습니다. 아내는 일자리를 찾지 못하고 빈둥거리는 나를 보는 것에도 이골이 났지요. 마침내 그녀는 내 친구와 함께 떠나 버렸습니다. 그 친구는 처세도 잘했고 출세도 보장된 사람이었지요. 그 뒤에 나는 그 충격에서 헤어나지 못하고 허송 세월을 보내게 되었습니다. 술도 마시게 되었지요. 그것은 내가 일거리를 찾는 데에는 아무런 도움이 되지 않았습니다. 결국 나는 점점 더 비참하게 되었고──몸도 축나게 되었지요──의사는 내가 회복할 수 없을 거라고 말했습니다. 아무튼 그 다음부터는 더 이상 살아갈 수가 없었소. 그래서 가장 쉽고 깨끗한 방법은 바로 목숨을 끊는 것이었단 말입니다. 내 인생은 내 자신에게나, 또 다른 누구에게도 전혀 쓸모없는 것이었으니까요.」

「당신이 어떻게 그런 것을 알 수 있어요?」

그 조그만 간호사는 중얼거리듯이 물었다.

그는 웃었다. 이제는 기분이 훨씬 나아져 있었다. 그녀의 순진한 완고함이 그를 즐겁게 해준 것이다.

「이봐요, 아가씨──내가 어떻게 다른 사람에게 쓸모있는 인간이 될 수 있겠소?」

「당신은 몰라요. 당신은 아마──나중에──.」

간호사는 당황한 듯이 말했다.

「나중에? 나중이란 것은 없어요. 다음에는 결코 실수하지 않을 거요.」

그녀는 황급히 고개를 저으며 말했다.

「오, 아니에요. 당신은 이제 스스로 목숨을 끊을 수 없어요.」

「왜 안 됩니까?」

「한번 자살에 실패한 사람은 다시는 자살을 기도하지 않아요.」

그는 간호사를 노려보았다.

「다시는 자살을 기도하지 않는다고?」

그는 단지 자살 미수자 중의 한 명에 불과했다. 그는 그것을 완강히 부인하려고 입을 열었으나, 그의 타고난 정직함이 그에게 입을 다물게 했다.

과연 그가 다시 자살을 할 수 있을까? 아니, 그는 진정으로 자살할 생각이었을까?
 그는 갑자기 자기는 그럴 생각이 없다는 것을 깨달았다. 굳이 그 이유를 들라면, 아마도 간호사가 그 한정된 지식으로 자기를 설득한 것이 그 중 하나였을 것이다. 자살 미수자들은 다시는 자살을 기도하지 않는다고 한 그 말——.
 그는 점점 더 그녀가 말했던 윤리적인 측면으로 어쩔 수 없이 이끌려 가는 것을 느꼈다.
「어찌되었든 누가 뭐라고 해도 나는 내 인생을 내 마음대로 할 권리가 있습니다.」
「아니에요——그렇지 않아요. 당신에게는 권리가 없어요.」
「왜 없다는 겁니까, 아가씨. 왜지요?」
 간호사는 얼굴을 붉혔다. 그녀는 목에 걸려 있는 조그만 금십자가를 만지작거리며 말했다.
「당신은 이해할 수 없겠지만, 하나님은 당신을 필요로 하실 거예요.」
 그는 깜짝 놀라서 쳐다보았다. 그는 그녀의 순진 무구한 신앙심을 혼란에 빠뜨리고 싶지 않았다.
 그는 조롱하듯이 말했다.
「언젠가는 내가 달리는 말에 뛰어들어 금발의 어린애를 구해내기라도 할 것이라는 말인가요——그렇습니까?」
 그녀는 고개를 저었다. 그녀는 마음속에서는 생생하게 맴도는데, 막상 말로 하기가 어려운 것을 표현하고자 무던히 애를 쓰며 힘들게 설명했다.
「그런 일도 있을 수 있죠——어떤 것을 한다는 게 아니라——어떤 시기에 어느 장소에서 일어날 수도 있는——아유, 어떻게 설명할 수가 없군요. 하지만 당신은 틀림없이 그렇게 될 거예요——어느 날인가 무심코 거리를 걷다가 갑자기 아주 중요한 일을 성취하게 될 거라고요——어쩌면 그것이 무슨 일이었는지 모르고 지나갈 수도 있겠지만 말이에요.」

그 빨간 머리의 작은 간호사는 스코틀랜드의 서부 해안 지방 출신인데, 그녀의 가족 중에는 예지 능력을 가진 사람도 있었다.

아마도 그녀는 9월의 어느 날 밤에, 길을 따라 걸어가고 있는 한 남자의 모습과, 그 남자가 어떤 사람을 무서운 죽음으로부터 구해 주는 것을 어렴풋하게 본 모양이었다.

**2월 14일**

그 방에는 단지 한 사람밖에 없었고, 들리는 소리라고는 오직 누군가가 종이에 펜으로 쓸 때 나는 긁히는 소리뿐이었다.

아무도 그것이 무슨 글인지 읽을 수 없었다. 만일 누군가가 그 내용을 읽어 볼 수 있었다면, 아마 자기의 눈을 의심했을 것이다. 왜냐하면, 그 글은 명확하고도 조심스럽게 설명해 놓은 살인 계획서였기 때문이다.

때때로 육체는 마음을 지배하고 있다고 여겨지는데——즉, 그것은 그 행동을 제어하는 외부적인 어떤 것에 의해 지배된다는 것이다. 한편, 정신이 육체를 지배하고 조종한다고도 여겨지며, 그러한 육체를 이용하여 그 목적을 성취한다고도 한다.

앉아서 글을 쓰고 있던 인물은 마지막에 서명을 했다. 그것은 냉정하게 통제되어 있는 지능적인 정신이었다. 이러한 정신은 오직 한 가지 생각과 목적을 가지고 있을 뿐이었다——한 인간을 파멸시키기 위한 것. 그의 목적은 아마 실현될 수 있을 것이고, 또 그 계획은 이미 종이 위에서 꼼꼼하게 완성되어 있었다. 돌발적으로 일어날 수 있는 모든 일과 모든 가능성이 전부 계산되어 있었다. 그것은 절대로 실패할 수 없는 계획이었다. 그 계획은 다른 모든 훌륭한 계획들과 마찬가지로, 한 가지 틀에 박힌 것이 아니었다. 어떤 일이 일어날 때는 어떤 대체 행동으로 옮길 것인가까지도 명시되어 있었다. 무엇보다도 눈에 띄게 뛰어난 점은, 예기치 못한 일에 대비해서 현명한 준비까지 해두었다는 사실이다. 하지만 주요한 줄기는 명확했고, 또한 거의 테스트를 마친 상태였다. 단지 시간과 장소, 방법, 그리고 희생자만이 남은 것이다!

그 사람은 고개를 들었다. 손으로 그 종이를 집어들고는 조심스럽게 읽어 내려갔다. 그래, 그 계획은 정말이지 수정처럼 맑게 들여다보이는 것이었다.

그 진지한 표정 위에 한 줄기 미소가 번졌다. 그것은 아주 기묘한 미소였다. 그 사람은 깊이 숨을 들이마셨다.

그래, 모든 것이 준비되었지——모든 사람들의 반응, 즉 누구나 가지고 있는 착한 면과 악한 면을 이용해서 악한 쪽으로 기울어지도록 조종하고, 또 그러한 면을 고려에 넣었던 것이다.

하지만 아직 한 가지 부족한 점이 있었는데…….

그 사람은 미소를 지은 채 날짜를 적어 넣었다——9월의 어떤 날짜를…….

그리고 나서 싱긋 웃고는 그 종이를 갈기갈기 찢어서 방 끝쪽으로 가져가 활활 타고 있는 난로 속에 집어넣었다. 한치의 실수도 없었다. 종이 쪼가리는 하나도 남김 없이 타 없어졌다. 그 계획은 단지 구상자의 두뇌로부터 실행으로 옮겨지는 것만 남아 있었다.

3월 8일

배틀 총경은 아침식사를 하려고 식탁에 앉아 있었다. 그는 턱을 무섭게 굳히고는 아내가 방금 눈물을 흘리며 그에게 넘겨 준 편지를 천천히, 그리고 조심스럽게 읽어 내려갔다. 그의 얼굴에는 아무런 표정도 없었다. 하긴, 그의 얼굴은 아직까지 어떤 표정도 나타내 보인 적이 없었다. 마치 나무로 조각된 얼굴 같았다. 견고하고도 영원히 변치 않을 것 같은 무감각한 표정이었다.

배틀 총경은 결코 재능이 뛰어나지는 않았다. 그러나 그는 어떤 다른 특성――뭐라고 표현하기 어려운 특성을 가지고 있었는데, 그럼에도 불구하고 그것은 아주 강렬한 힘이었다.

「도저히 믿을 수 없어요.」

배틀 부인은 흐느끼며 말했다.

「실비아!」

실비아는 배틀 총경 부부의 다섯 아이 중 막내딸이었다. 그녀는 열여섯 살로 메이드스톤 근처의 학교에 다니고 있었다.

그 편지는 바로 그 학교의 교장인 앰프레이 양이 보낸 것이었다. 그것은 또박또박하고 친절하게, 그리고 아주 노련하게 쓴 편지였다. 여러 건의 사소한 도난사건이 이따금씩 학교의 질서를 어지럽혔으며, 마침내 그 범인이 밝혀졌는데――실비아 배틀이 자기 죄를 고백했고, 따라서 '그 문제에 대해서 의논하기 위해' 될 수 있는 대로 빨리 앰프레이 양이 배틀 부부를 만나고 싶다는 등의 내용이 상세하게 적혀 있었다.

배틀 총경은 그 편지를 접어서 주머니에 넣은 다음 아내를 쳐다보며 말했다.

「나한테 맡겨요, 메리.」

그는 일어서서 식탁을 빙 돌아와서는 아내의 뺨을 토닥거리며 말했다.

「걱정하지 말아요, 여보. 모든 게 잘될 거야.」

그는 아내를 위로하고 나서 방을 나섰다.

그날 오후──앰프레이 양의 현대적이고도 독신주의자 냄새가 물씬 나는 방에서 배틀 총경은 몹시 딱딱한 자세로 앉아 있었다. 그는 주체할 수 없을 정도로 커다란 팔을 무릎에 올려놓은 채 앰프레이 양과 마주앉아서, 전형적인 경찰관들이 늘 그러하듯이 시선을 좀 먼 데에 두고 있었다.

앰프레이 양은 아주 유능한 여교장이었다. 그녀는 대단한 성격의 소유자로서, 평생 동안 교육계에 몸담아 왔으며, 또한 현대적인 자결 사상과 교육을 잘 결합시켰다.

그녀의 방은 미드웨이 정신을 대변해 주듯이 꾸며져 있었다. 모든 것이 차가운 귀리빛 일색이었고, 커다란 수선화 무늬의 단지와 튤립과 히야신스 무늬의 꽃병들이 있었다. 벽 쪽에는 고대 그리스 조각의 모조품이 한두 점, 현대 조각품이 두 점, 고대 이탈리아 작품이 두 점 놓여 있었다. 이러한 분위기 속에서 앰프레이 양은 짙은 푸른색의 옷을 입고, 충실한 그레이하운드 개를 연상시켜 주는 진지한 표정을 짓고 있었다. 그녀의 맑고 푸른 눈이 두꺼운 안경 속에서 진지하게 반짝거렸다.

그녀는 또렷하고도 차분한 목소리로 말하기 시작했다.

「중요한 점은── 이 문제가 올바른 방법으로 처리되어야 한다는 점입니다. 우리가 염두에 두어야 할 것은 바로 그 학생 자신입니다, 배틀 씨. 실비아 자신 말입니다! 그 애의 인생이 어떻게 해서든지 불구가 되지 말아야 한다는 것은 심각하고도 아주 중요한 문제죠. 그 아이 혼자서 무거운 짐을 떠맡게 해서는 안 되지요──책임은 아주 균등하게 돌아가야 할 겁니다. 그렇게 할 수만 있다면 말입니다. 우리는 이 사소한 좀도둑질의 뒷면에 감추어져 있는 근본적인 이유를 밝혀내야만 해요. 열등 의식 때문이 아닐까요, 아마? 선생님도 아시겠지만, 그 애는 놀이를 잘하지 못한답니다──그래서 다른 쪽에서 두각을 나타내고 싶은 어떤 알 수 없는 욕망──즉, 자신을 표출해 보이고자 하는 욕망 같은 것에서 나온 행동이 아닐까요? 우리는 이 문제에 아주 주의 깊게 대처해야 할 겁니다. 이것을 의논드리려고 선생님을 만나 뵙자고 했습니다──즉, 선생님께서 실비아에게 매우 조심스럽게 대해야 할 것이라는 말씀을 드리고 싶었던 겁니다. 다시 말씀드리지만, 이 뒷면에 숨겨진 사실을 알아내는 일이 무엇보다도 중요합니다.」

「앰프레이 양, 제 생각도 그렇습니다.」

배틀 총경이 무뚝뚝하게 말했다.

그의 목소리는 잔잔했다. 얼굴에 아무런 감정도 나타내지 않은 채 여교장을 저울질이라도 하듯이 내려다보고 있었다.

「저는 그 애를 아주 잘 대해 주었답니다.」

앰프레이 양이 말했다.

배틀은 간단하게 대답했다.

「고맙습니다.」

「잘 아시겠지만, 저는 진정으로 학생들을 사랑하고 이해하고 있지요.」

배틀은 곧바로 대답하지 않고 잠시 있다가 말했다.

「괜찮다면, 이제 딸 아이를 만나 보고 싶군요, 앰프레이 양.」

앰프레이 양은 그에게 조심스럽게 거듭 강조했다──부드럽게 타일러야지, 이제 막 성숙기에 접어든 아이를 함부로 다그쳐서는 안 된다고.

배틀 총경은 조금도 초조해 하지 않았다. 그는 어딘지 공허해 보이는 얼굴이었다.

이윽고 그녀는 배틀 총경을 자기 서재로 데리고 갔다. 그들은 복도에서 몇몇 여학생과 마주쳤다. 그들은 공손히 한쪽으로 비켜서서는 호기심으로 가득 찬 눈길로 배틀 총경을 흘끔흘끔 쳐다보았다. 아래층 방처럼 그렇게 강한 개성이 풍기지는 않는 작은 서재로 배틀 총경을 안내한 앰프레이 양은 다시 방을 나서며 곧 실비아를 보내주겠다고 말했다.

그녀가 막 방을 나서려고 할 때, 배틀이 그녀를 멈춰 세웠다.

「잠깐만요, 교장 선생님. 실비아가 그랬다는 걸 어떻게 알아냈습니까?」

「제 방식은요, 배틀 씨, 심리학적인 것이지요.」

앰프레이 양은 점잔을 빼며 말했다.

「심리학적이라고요? 흠──무슨 증거가 있었습니까, 교장 선생님?」

「아──예, 무슨 말씀인지 잘 알겠습니다, 배틀 씨──그 방법에 대해서 의문을 가지고 계실 겁니다. 선생님의──음──직업도 그런 절차를 밟는 것이잖습니까? 하지만, 심리학이란 범죄학을 인식하기 위한 기초이지요. 저는 제 방법에 추호도 실수가 없었다는 것을 절대 보증할 수 있습니다──실비아는 자유 의사에 의해 모든 사실을 인정했으니까요.」

배틀은 고개를 끄덕였다.

「예, 물론이죠──저도 그것은 알고 있습니다. 제가 물어 본 것은, 어떻게 교장 선생님이 실비아를 제일 먼저 지목하게 되었나 하는 겁니다.」

「좋습니다, 배틀 씨. 요즘 들어서 학생들의 사물함이 털리는 사고가 자주 발생했습니다. 그래서 저는 전교생을 모아 놓고 그 사실을 이야기했지요. 그리고 동시에, 학생들의 표정을 주의 깊게 관찰했습니다. 그러자 실비아의 표정이 즉시 제 주의를 끌었습니다. 그것은 죄를 지은 듯한──몹시 당황하고 있는 표정이었거든요. 그래서 저는 곧 그 애가 그랬다는 것을 알았습니다. 저는 실비아를 맞대 놓고 추궁하지 않고, 그 애 스스로 자진해서 인정해 주기를 원했지요. 저는 실비아를 앉혀 놓고 약간의 테스트──소위 연상 테스트라는 것을 해보았습니다.」

배틀은 알았다는 표시로 고개를 끄덕였다.

「그렇게 해서 그 아이가 모든 것을 인정했던 겁니다!」

「잘 알겠습니다.」

실비아의 아버지가 말했다.

앰프레이 양은 잠시 머뭇거리다가 밖으로 나갔다.

문이 다시 열렸을 때 배틀은 창 밖을 내다보고 서 있었다. 그는 천천히 돌아서서 딸을 쳐다보았다.

실비아는 문을 닫고 문 바로 안쪽에 똑바로 섰다. 앙상하게 마르고 홀쭉한 몸에 우울한 표정으로, 그녀의 얼굴은 뾰로통했고 아직 눈물 자국이 남아 있었다. 실비아는 도전적이 아니라 오히려 겁을 먹은 듯이 말했다.

「저, 여기 있어요.」

배틀은 한동안 그녀를 그윽하게 바라보고 나서 한숨을 내쉬고는 말했다.

「내 다시는 너를 이곳에 보내지 않겠다. 그 여자는 엉터리야.」

실비아는 아버지의 말에 너무나 놀라서 자기 자신의 문제는 잊어버린 것 같았다.

「앰프레이 교장 선생님 말예요? 오──하지만, 그분은 정말 놀라운 여자예요! 우리는 모두 그렇게 생각하고 있는걸요.」

「흠, 글쎄다. 그녀가 그처럼 자기 자랑을 늘어놓는 것을 보면, 완전히 멍텅구리라고는 할 수 없지. 하지만 이 학교는 너에게 맞지 않아 —— 내가 잘못 생각했는지도 모르지만 —— 그런 일은 어디에서든지 있을 수 있는 거야.」
　실비아는 두 손을 비비틀며 바닥을 내려다보고 말했다.
「저 —— 죄송해요, 아빠. 정말로 제가 한 짓이에요.」
「정말 네가 틀림없다 이거지?」하고 배틀이 무뚝뚝하게 말했다. 「이리 오너라.」
　그녀는 천천히 마지못해 하며 방을 가로질러 그에게 가까이 왔다. 그는 커다랗고 모난 손으로 딸의 뺨을 어루만졌다. 그리고는 그녀의 얼굴을 바싹 들여다보며 부드럽게 말했다.
「고생 많았구나, 응?」
　실비아의 눈에서 눈물이 솟구쳐 나왔다.
　배틀이 천천히 입을 열었다.
「얘야, 실비아. 나는 네가 어떤 일을 겪었는지 알고 있단다. 틀림없이 무슨 일이 있었을 거다. 대부분의 사람들은 한두 가지의 약점을 지니고 있게 마련이지. 보통 그것은 대수롭지 않은 것이란다. 너는 어린애가 욕심을 낸다든지, 못된 성질을 부린다든지, 아니면 난폭한 기질이 있다면 그것을 알아차릴 수 있을 거야. 하지만 너는 착한 아이였단다. 아주 얌전하고 —— 매우 온순한 성격을 가졌지 —— 전혀 말썽 없이 자랐거든. 이따금 나는 그것이 걱정되었단다. 왜냐하면 만일 네게 알지 못하는 결점이 있다면, 자칫 그것을 너무 지나치게 의식한 나머지 전체를 그르치게 될 수도 있기 때문이지.」
「바로 제가 그랬어요!」하고 실비아가 말했다.
「그래, 너는 너무 긴장하고 있었어. 그리고 그 좋지 못한 묘한 버릇에 그만 굴복당한 거야. 그것은 하나의 습관이지. 어리석게도 난 그것을 알아차리지 못했었지.」

실비아는 갑자기 경멸적으로 말했다.
「저는 아빠가 종종 물건이 없어진다는 것을 알고 있었다고 생각해요!」
「오, 그래——나도 모두 알고 있었지. 그리고 그것이 바로 그 이유란다. 얘야——내가 너의 아버지이기 때문이 아니라(아버지들은 자기 자식들에 대해서 그리 많이 알고 있지 못한단다.) 경찰관이기 때문에 네가 도둑이 아니란 것을 너무도 잘 알고 있는 거야! 너는 여기에서 단 한 가지도 훔치지 않았어. 도둑은 두 종류가 있는데——갑작스럽고도 견딜 수 없는 충동에 굴복하는 종류와(매우 희귀한 일이지만——평범하고 정상적인 인간이 그런 충동을 견디어 낸다는 것은 놀라운 일이지) 자기에게 없는 것은 무엇이든지 손에 넣는 일을 당연하게 생각하는 종류가 있지. 너는 그 두 가지 종류에 모두 속하지 않아. 너는 도둑이 아니야. 단지 극히 평범한 거짓말쟁이에 불과한 것이지.」

「하지만——.」실비아가 말했다.

배틀이 도중에서 말을 가로챘다.

「네가 모든 것을 자백했다는 말이지? 오, 그래——나도 그것을 알고 있어. 옛날에 어떤 성녀가 있었지——그녀는 가난한 사람들에게 나누어 주려고 빵을 가지고 나갔어. 남편은 그것을 좋아하지 않았단다. 그는 그녀에게 바구니에 든 것이 무엇이냐고 물었지. 그녀는 당황해서 그것을 장미라고 대답했어——그리고 나서 남편이 그 바구니를 열어 보니까 놀랍게도 장미가 들어 있었던 거야——정말 기적이었단다! 이제 만일 네가 그 성 엘리자베스였고, 네가 장미가 들어 있는 바구니를 가지고 나가는데 네 남편이 다가와서 가지고 있는 게 무어냐고 물었다면, 너는 당황해서 '빵'이라고 말했을 거야.」

그는 잠시 멈추었다가 다시 부드럽게 말했다.

「그게 바로 이번 일의 진실이지, 그렇지 않냐?」
오랜 침묵이 흐른 다음에 실비아는 갑자기 고개를 떨구었다.
「이제 내게 모두 털어놓거라, 얘야. 정말 무슨 일이 있었던 게냐?」
배틀이 말했다.
「교장 선생님이 우리들을 모두 다그쳤어요. 한바탕 연설을 시작했지요. 그런데 저는 교장 선생님의 눈이 제게 쏠려 있다는 것을 느끼고는 저를 범인으로 생각하고 있다는 것을 알아차렸어요! 저는 몸이 화끈화끈 달아올랐어요――그리고, 몇몇 애들이 저를 보고 있다는 것도 눈치챘고요. 그것은 정말 소름 끼치는 일이었어요. 그러자 다른 애들도 모두 저를 쳐다보기 시작했고, 한쪽 구석에서는 소곤거리기 시작하는 거예요! 저는 그들이 모두 같은 생각을 하고 있다는 걸 알 수 있었지요. 그리고 나서, 앰프레이 양은 다른 애들 몇 명과 함께 저녁때 저를 찾아와서는 낱말 게임 같은 것을 했어요――그녀가 낱말을 내놓으면 우리가 대답하는 것이었어요.」

배틀은 참을 수 없다는 듯이 툴툴거렸다.

「그리고 저는 곧 그 게임이 무엇을 뜻하는 것인지 알 수 있었어요――그리고――그리고 저는 어떤 마비 상태에 빠졌던 거예요. 저는 틀린 말을 하려고 애쓰지는 않았어요――그냥 엉뚱한 것들을 생각해 내려고 했지요――다람쥐라든가 꽃 같은 거 말이에요――그런데 앰프(앰프레이의 애칭) 선생님은 송곳처럼 예리한 눈빛으로 저를 노려보는 거예요――아빠도 알겠지만, 마음속까지도 꿰뚫어보는 듯한 그 눈빛 말이에요. 그리고 나서 또 한 번은――오, 그것은 정말 더욱 견딜 수가 없었어요――하루는 앰프 선생님이 제게 아주 친절하게, 그렇게――정말 그렇게도 이해심 있는 이야기를 하는 거예요――그래서――그래서, 저는 그만 그 일을 제가 했다고 제가 훔쳤다고 말해 버렸어요――그리고――오, 아빠! 저는 드디어 해방되었던 거예요!」
　배틀은 그녀의 뺨을 어루만졌다.
「이제 알겠다.」
「아빠도 이해하시는 거지요?」
「아니다, 실비아. 나는 이해할 수 없어. 나는 그런 방법은 인정하지 않는단다. 만일, 누군가가 나에게 무슨 일을 했느냐고 말하도록 강요한다면 그들에게 턱을 한 대 갈겨 주는 것보다 더 좋은 방법이 있다고 생각하지 않았을 거야. 하지만, 나도 네 경우에는 그 효과가 어떻게 작용했는지 알고 있단다——네가 말한 대로 그 송곳처럼 예리한 눈을 가진 앰프가, 제대로 알지도 못하는 설익은 이론을 들먹이면서 특이한 심리학의 아주 전형적인 본보기처럼 너를 가볍게 취급했었지. 지금부터 해야 할 일은 이런 혼란을 바로잡는 일이다. 앰프레이 양은 어디 있지?」
　앰프레이 양은 아주 약게도 근처에서 서성거리고 있었다.
「제 딸에게도 공평하게 하기 위해서, 저는 교장 선생님이 지방 경찰에 출두해 주도록 요청해야겠습니다.」
　배틀 총경이 무뚝뚝한 목소리로 이렇게 말하자 그녀의 동정적인 미소가 얼어붙어 버렸다.
「하지만, 배틀 씨, 실비아 자신이——.」
「실비아는 자기 물건이 아닌 것에는 결코 손대지 않았습니다.」
「저도 그것을 이해할 수 있습니다. 아버지로서——.」
「저는 아버지로서가 아니라 경찰관으로서 이야기하고 있습니다. 이번 사건을 조사하는 데 교장 선생님이 경찰에 협조해 주셔야 합니다. 범인은 매우 용의 주도하지요. 선생님은 그 물건들이 어디에 숨겨져 있는지 곧 알게 될 겁니다. 거기에는 틀림없이 지문이 찍혀 있을 테니까요. 시시한 좀도둑은 장갑을 껴야 한다는 생각을 미처 하지 못하지요. 이제 딸을 데려가야겠습니다. 만일, 경찰이 제 딸이 절도와 관련되었다는 확실한 증거를 찾아낸다면 저는 딸을 법정에 출두시킬 각오가 되어 있습니다. 그리고 이 애도 자신이 어떻게 되는지 알고 있을 테지만, 결코 두렵지 않습니다.」

그는 실비아와 함께 서재를 나선 뒤 5분쯤 지났을 무렵에 갑자기 물었다.

「금빛 고수머리에다 푸른 눈에 뺨이 빨갛고 턱에 점이 하나 있는 그 여자애의 이름이 어떻게 되지?」

「올리브 파슨스를 말하는 것 같군요.」

「아, 그래──나는 그 애의 짓이었다면 별로 놀라지 않았을 거다.」

「그 애가 겁을 집어먹은 모양이지요?」

「아니, 아주 태연해 보이더구나! 그런 침착하고 태연한 모습은 경찰 취조에서도 수백 번씩 보아 왔지! 나는 그 애가 범인이라는 것을 단언할 수 있단다──하지만 너는 그 애가 그것을 나타내고 있다는 사실을 알지 못할 거야.」

실비아는 한숨을 쉬며 말했다.

「마치 악몽을 꾸고 난 것 같아요. 오, 아빠, 정말 죄송해요! 정말 죄송해요! 어떻게 그처럼 완전히 바보가 될 수 있었을까요? 저는 정말 끔찍해요.」

「그래, 그럴 거다.」

배틀 총경은 핸들에서 손을 떼고 그녀를 어루만지면서 케케묵은 위로의 말을 사랑하는 딸에게 해주었다.

「걱정하지 말거라, 실비아. 이런 일들은 모두 우리를 시험하기 위한 것이란다. 그래, 우리를 시험하기 위해 보내진 것이지. 적어도, 나는 그렇게 생각한단다. 앞으로 우리에게 어떤 것을 보낼지는 모르지만 말이다…….」

### 4월 19일

햇볕이 하인드헤드에 있는 네빌 스트레인지의 집에 쏟아져 들어오고 있었다.
한 달에 한 번쯤은 보통 있는 일로, 6월의 가장 더운 날보다도 더 뜨거운 4월 날씨였다.
네빌 스트레인지는 아래층으로 내려왔다. 그는 흰색 플란넬 천의 옷을 입고, 겨드랑이에는 테니스 라켓 4개를 끼고 있었다.
만일, 영국인 중에서 더 이상 바랄 것이 없는 행복한 남자를 한 명 뽑으라고 한다면, 선발 위원회는 틀림없이 네빌 스트레인지를 뽑을 것이다. 그는 영국에서 유명한 일류 테니스 선수이자 만능 스포츠맨이었다. 비록 윔블던 결승에는 한 번도 오르지 못했지만, 그는 각종 순회 경기에서 여러 차례 결승에 올랐었고, 혼합 복식 경기에서도 두 차례나 준결승에 올랐었다. 그는 일류 테니스 선수이자 만능 스포츠맨으로서 조금도 손색이 없는 인물이다. 골프 선수인 동시에 뛰어난 수영 선수였고, 알프스에도 몇 차례 등반한 경력이 있었다. 33살의 건장한 체구에다 훤칠한 용모, 많은 재산, 게다가 최근에는 대단히 아름다운 여자와 결혼을 해서, 어느모로 보나 전혀 근심 걱정 따위와는 거리가 먼 사람이었다.
그럼에도 불구하고, 이 화창한 아침에 아래층으로 내려온 네빌에게는 우울한 그림자가 드리워져 있었다. 그것은 그 자신을 제외하고는 아무도 알아차릴 수 없으리 만큼 희미한 것이었다. 그러나 그는 분명히 그것을 깨닫고 있었으며, 바로 그러한 생각이 그의 이마에 주름살을 짓게 하고, 또한 그의 표정을 미적지근하고 불안스럽게 만들었다.

그는 홀을 지나면서 마치 어떤 짐이라도 탁 떨쳐 버리듯이 어깨를 활짝 펴고는, 아내 케이가 쿠션에 쪼그리고 앉아서 오렌지 주스를 마시고 있는 베란다 쪽으로 나갔다.

케이 스트레인지는 23살로 보기 드문 미인이었다. 그녀는 날씬하면서도 독특하게 육감적인 몸매를 가지고 있었고, 진홍빛 머리카락과, 한층 더 매력을 더해 주기 위한 가벼운 화장밖에는 하지 않은 거의 완벽한 피부──그리고 붉은 머리카락과 아주 잘 어울리고, 또한 마주보고 있으면 도저히 끌려 들어가지 않을 수 없을 것 같은 짙은 눈과 눈썹을 가지고 있었다.

네빌이 아주 유쾌하게 말했다.

「안녕, 여보──아침식사는?」

케이가 대답했다.

「당신은 콩팥하고 버섯──그리고 베이컨을 드세요.」

「알았어.」 네빌이 대답했다.

그는 케이가 말한 음식들을 준비하고 커피를 한 잔 가득 따랐다. 한동안 훈훈한 침묵이 흘렀다.

「오──!」

케이가 진홍색 매니큐어를 칠한 발가락을 육감적으로 꿈틀거리며 말했다.

「태양이 참 아름답지 않아요? 영국도 과히 나쁘지는 않군요.」

그들은 막 남프랑스에서 돌아온 참이었다.

네빌은 신문의 머릿기사를 흘끗 본 뒤에 스포츠난을 펼치면서 건성으로 대답했다.

「그렇지…….」

그리고는 토스트에다 마멀레이드를 바른 뒤에, 신문을 한쪽으로 밀어 놓고 자기에게 온 편지들을 뜯었.

문을 열자 사람들이 있었다

그가 대부분을 찢어 버렸지만 아직까지도 이런 것들이 많이 남아 있었다. 회람장, 광고 안내문, 각종 인쇄물 등등.

「거실 색깔이 맘에 들지 않아요. 내가 다시 칠해도 되겠어요, 네빌?」

케이가 물었다.

「당신 좋을 대로 해요, 여보.」

「윤기가 도는 청색과 상아색 쿠션들.」하고 케이는 꿈을 꾸듯이 몽롱하게 말했다.

「당신은 그 흉내내는 일을 곧 그만두게 될 거야.」하고 네빌이 말했다.

「당신도 흉내낼 수 있어요.」

네빌은 다른 편지를 뜯어 보았다.

「어머──참! 셔티가 우리에게 6월말 경에 요트를 타고 노르웨이에 가지 않겠냐고 제의해 왔어요. 무척 재미있을 거예요.」

케이는 곁눈질로 조심스럽게 네빌을 훔쳐보고는 부럽다는 듯이 덧붙였다.

「정말 근사할 거예요.」

어딘지 우울하고 불투명한 그림자가 네빌의 얼굴 위에 맴도는 것 같았다.

케이는 다소 도전적으로 말했다.

「하지만 우리는 쓸쓸한 카밀라 노인 댁에 가야겠지요?」

네빌은 눈살을 찌푸렸다.

「물론 그렇게 해야지. 이봐요, 케이, 그 일은 이미 결정된 거잖소? 매튜 경은 내 후견인이었어. 그분과 카밀라 아주머니가 나를 보호해 주었지. 걸즈 곶은 내 고향과 다름없어. 어느모로 보나 내겐 고향 같은 곳이야.」

「오, 물론 그렇지요. 우리는 당연히 그렇게 해야겠죠. 게다가, 그녀가 죽으면 우리가 모든 재산을 물려받을 테니까, 그러기 위해서는 가끔 아부도 해야죠.」

네빌이 화를 내며 말했다.

「그것은 아부가 아니야! 카밀라 아주머니는 전혀 재산 관리를 하지 않아. 매튜 경은 단지 아주머니가 살아 있는 동안에만 그녀에게 재산을 위탁한 거야. 따라서, 나중에는 자연히 나와 내 아내에게 돌아오도록 되어 있단 말이야. 그것은 인간적인 문제야. 왜 당신은 그것을 이해하지 못하지?」

케이가 잠시 침묵을 지키다가 말했다.

「나도 잘 알고 있어요. 하지만 한 가지만은 말해 두겠어요. 그 사람들은 바로 그것 때문에 내게 관대한 체한다는 것을 알고 있다고요. 사실은 나를 아주 싫어한단 말이에요! 정말 그렇다고요! 트레실리안 부인은 나를 대할 때 그 커다란 코 아래로 내려다보고, 메리 올딘은 나와 이야기할 때는 어깨너머로 시선을 돌려요. 그것은 당신도 잘 알고 있는 거잖아요? 당신은 도무지 뭐가 어떻게 돌아가는지 알지 못해요.」

「내게는 그들이 늘 당신에게 아주 잘 대해 주는 것처럼 보이는데? 당신도 만일 그들이 없었다면, 내가 그 재산을 지금까지 지키지 못했을 거란 사실을 잘 알고 있잖아.」

케이는 그에게 몹시 비난하는 듯한 눈초리를 던졌다.

「오, 물론 그들은 대단히 친절하지요. 하지만 그들은 나에 대해서는 속속들이 알고 있어요. 게다가, 그들은 내가 난데없이 끼여든 여자라고 생각하고 있다고요.」

「글쎄──당신이 뭐라고 하든, 내 생각에는──그것은 극히 당연한 일인데 뭘 그래?」

네빌의 목소리는 가볍게 바뀌었다. 그는 일어서서 케이에게서 시선을 돌렸다.

「오, 그래요. 나도 그것은 당연한 일이라고 말할 수 있어요. 하지만 그들은 오드리에게는 헌신적이었어요. 그렇지 않나요?」

그녀의 목소리는 약간 떨리고 있었다.

「사랑스럽고, 정숙하고, 얌전하고, 연약한 오드리! 카밀라는 내가 그녀의 자리를 빼앗았다는 사실을 잊지 않을 거예요.」

네빌은 돌아다보지 않고 생기 없고 둔탁한 목소리로 말했다.

「카밀라는 나이 든 사람이오——일흔이 넘었어. 그녀 세대는 이혼을 달갑게 여기지 않는다는 것을 당신도 알잖소. 그녀가 오드리를 얼마나 좋아했든지간에, 나는 그 문제를 충분히 고려해 보고 나서 당신을 받아들인 거요.」

그의 목소리는 오드리의 이름을 말할 때 약간 변한 것 같았다.

「그들은 당신이 그녀에게 잘해 주지 않았다고 생각하고 있어요.」

「나도 그렇다고 생각해.」 하고 말하며 네빌은 한숨을 쉬었지만, 그의 아내는 듣지 못했다.

「오, 네빌——바보 같은 소리 하지 말아요. 그녀는 스스로 그런 끔찍한 소동을 자초했던 거예요.」

「그녀는 소동을 부리지 않았어. 오드리는 결코 소동 따위를 피울 여자가 아니야.」

「하지만 당신도 내 말뜻을 알 거예요. 그녀는 집을 떠나서 병이 들었고, 마음에 상처를 입은 모습으로 여기저기 돌아다녔잖아요? 그것이 바로 내가 소동이라고 말하는 거예요! 오드리는 내가 말하는 그런 훌륭한 패배자가 아니에요. 아내란 남편을 도저히 붙잡을 수 없을 것 같으면, 깨끗하게 포기할 줄도 알아야 한다고 생각해요! 당신네 둘은 전혀 공통점이 없어요. 그녀는 게임을 할 줄도 모르고, 빈혈에 걸려서 그냥——접시 같은 것만 닦고 지냈잖아요. 그녀에게는 다른 생활이란 게 전혀 없었어요! 만일 그녀가 진정으로 당신을 아꼈다면, 그녀는 먼저 당신의 행복에 대해서 생각을 했어야 했고, 또한 당신이 보다 적합한 상대와 행복하게 지내게 된 것을 기쁘게 생각해야 하는 거예요.」

네빌이 돌아섰다. 그의 입술에는 냉소적인 미소가 희미하게 떠올라 있었다.

「이런 깜찍한 여자 같으니라고! 사랑과 결혼에 대한 게임을 정말 능숙하게 끌어가는군!」

케이는 웃으며 얼굴을 붉혔다.

「내가 좀 지나쳤나 보죠? 하지만 언젠가는 일어날 일이었어요. 당신도 그것을 인정해야 해요!」

「오드리는 그것을 받아들였어. 그녀는 우리가 결혼할 수 있게 나와 이혼해 주었단 말이야.」

네빌이 조용하게 말했다.

「그건 나도 알아요——.」

케이는 머뭇거리면서 말했다.

「당신은 아직 오드리를 이해하지 못한 것 같은데?」

「아니에요, 그렇지 않아요. 난 오드리 생각만 하면 가슴이 두근거려요. 무엇 때문인지 그 이유는 잘 모르겠어요. 당신은 그녀가 무슨 생각을 하고 있는지 알지 못할 거예요. 그 여자는——웬지 좀 두려운 존재예요.」

「오——그렇지 않아, 케이!」

「정말이에요. 난 그녀가 두려워요. 어쩌면 그녀가 뛰어난 머리를 가지고 있기 때문일 거예요.」

「이런 사랑스러운 바보 같으니라고!」

케이는 웃었다.
「당신은 항상 나를 그렇게 부르죠!」
「당신이 늘 그렇기 때문이지!」
 그들은 서로 바라보며 웃었다. 네빌은 그녀에게로 다가와서는 고개를 숙여서 그녀의 목 뒤에 입을 맞추고는 속삭였다.
「오, 사랑스러운 케이.」
「매우 훌륭한 케이죠. 멋진 요트 여행 계획도 포기하고, 남편의 까다로운 빅토리아 풍의 친척들에 의해 옴쭉달싹 못 하게 되어 버렸으니.」
 네빌은 돌아가서 식탁 옆에 앉았다.
「당신도 참──아니, 당신이 그렇게 원한다면, 왜 우리가 셔티와 함께 그곳에 갈 수 없는지 그 이유를 모르겠어.」
 케이는 깜짝 놀랐다.
「어머, 그렇다면 솔트크리크와 걸즈 곶은 어떡하고요?」
「그곳에는 9월초에 가면 되잖겠어?」
 네빌은 다소 어색한 목소리로 말했다.
「오, 하지만, 네빌──.」
 그녀는 말을 멈추었다.
「7월과 8월에는 갈 수 없어. 시합이 있거든. 그러나 8월 마지막 주에 세인트 루에서 시합을 끝내고 그곳에서 솔트크리크로 간다면 아주 꼭 들어맞을 거야.」
「오, 정말 그렇겠군요──훌륭해요! 하지만 내가 생각했던 것은 ──글쎄, 그녀는 9월이면 늘 그곳에 가잖아요?」
「오드리 말인가?」
「그래요. 그곳 사람들이 그녀에게 좀 나중에 오라고 할 수도 있겠죠. 그런데──.」

「왜 오드리가 나중에 와야 하지?」

케이는 좀 이상하다는 듯이 그를 쳐다보았다.

「어머, 그럼 당신은 오드리가 그곳에 오는 때를 맞추어서 가자는 건가요? 참 별난 생각이군요!」

「나는 전혀 별난 생각이 아니라고 여겨지는데. 요즈음에는 많은 사람들이 그렇게 하고 있어. 왜 우리가 친구들처럼 함께 지내면 안 된다는 거지? 아주 자연스러운 기쥘 텐데. 왜 당신도 얼마 전에 그런 말을 했잖소?」

네빌이 퉁명스럽게 말했다.

「내가요?」

「물론이지. 생각나지 않아? 우리가 하우스 집안에 관해서 이야기할 때 당신이 그런 문제는 건전하고 깨인 눈으로 보아야 한다고 말했잖아. 게다가, 레너드의 새 부인과 전처는 더할 나위 없이 좋은 친구였지.」

「오, 그랬었나요? 나도 그것이 올바른 일이라고 생각해요. 하지만 ——오드리는 그렇게 생각할 것 같지 않아요.」

「그건 말도 안 돼.」

「그렇지 않아요. 당신도 알 거예요, 네빌. 오드리는 정말로 당신을 끔찍하게 사랑했어요……그녀는 한 순간도 당신을 잊지 않을 거예요.」

「당신은 뭔가 크게 잘못 생각하고 있군, 케이. 오드리는 오히려 우리가 만난 걸 아주 잘된 일이라고 생각하고 있어.」

「오드리가?——그게 무슨 말이죠, 오드리가 그렇게 생각하고 있다니요? 어떻게 당신이 오드리 생각을 안다는 거죠?」

네빌은 좀 난처해 하는 것 같았다. 그는 조금 목청을 가다듬어서 말했다.

「사실은 얼마 전에 런던에 올라갔을 때 그녀를 우연히 만났어.」
「당신은 내게 그런 말을 하지 않았었잖아요?」
「지금 이야기하잖아. 그것은 정말 우연이었어. 내가 하이드파크를 가로질러 가는데, 맞은편에서 그녀가 나를 향해 오고 있잖아. 당신은 내가 그녀를 피했어야 했다고 생각하지는 않겠지, 응?」

네빌은 다소 신경질적으로 말했다.

「그야 물론이죠.」하고 말하며 케이는 몸을 흠칫 떨었다.「계속해요.」

「나──우리──그래, 우리는 걸음을 멈추었어. 그리고 나서, 잠시 함께 걸었지. 난──나는 그게 내가 할 수 있었던 전부였다고 생각해.」

「계속해요.」

「우리는 의자에 앉아서 이야기를 했어. 오드리는 아주 훌륭했었지──정말 훌륭했다고.」

「당신은 무척 기뻤겠군요.」

「우리가 이야기한 것은──뭐 당신도 잘 알겠지만──한 가지 일에 대해서만이었어. 다른 것은……아무튼 오드리는 상당히 자연스러웠고, 또한 정상적이었어──그리고는──그리고, 그게 전부야, 케이.」

「흥, 정말 놀랄 만한 일이로군요!」

케이가 내뱉듯이 말했다.

「그녀는 당신이 어떻게 지내는지 묻더군.」

「어쩜, 친절하기도 하셔라!」

「음──그래서, 당신에 대해서도 좀 이야기를 나누었어. 정말이야, 케이. 그녀는 정말 그렇게 훌륭할 수가 없었어.」

「오, 사랑스런 오드리!」

「그런 이야기를 하다 보니까 내게 그런 생각이 떠오르더군──내 말뜻 알지?──만일에 말이야, 당신들 둘이 친구가 될 수 있다면 정말 멋지지 않겠어?──우리와 함께 지낼 수 있다면 말이야. 그래서 이번 여름에 걸즈 곳에서 그렇게 한번 해보면 어떨까 생각한 거야. 그런 장소에서는 매우 자연스럽게 이루어질 수 있잖겠어?」

「당신 혼자 그런 생각을 해낸 거예요?」

「나──글쎄──오, 물론이지. 그건 모두가 내 아이디어야.」

「당신은 그 이야기에 대해서는 그 동안 단 한 마디도 하지 않았잖아요?」

「글쎄, 나는 아주 우연히 그때 그런 생각이 났던 거야.」

「좋아요, 알겠어요. 하지만 당신의 그런 제안에 오드리는 끔찍한 생각이라고 반대하지 않던가요?」

케이의 태도에는 네빌의 속마음을 알아내려고 하는 빛이 역력히 나타나 있었다.

「그게 그렇게도 문제가 되나, 여보?」

「오, 아니에요. 전혀 그렇지 않아요! 그렇지 않다고요! 하지만 당신이나 오드리는 내가 그것을 끔찍한 일이라고 생각하리란 것을 전혀 염두에 두지 않았지요?」

네빌이 그녀를 쏘아보았다.

「하지만, 케이, 도대체 왜 당신은 그런 생각을 하는 거지?」

케이는 입술을 깨물었다.

「당신도 분명히 말했잖아──불과 며칠 전에 말이야.」

「오, 제발 그 일은 다시 말하지 마세요! 나는 다른 사람에 대해서 말했던 거예요──우리가 아니라.」

「그렇지만, 바로 그런 일이 나에게 그런 생각을 하도록 만들었던 거란 말이야.」

「당신은 점점 더 나를 바보로 만드는군요. 나는 그렇게 생각하지 않아요.」

네빌은 어찌할 바를 모른 채 그녀를 바라보고 있었다.

「아니, 케이――왜 그러는 거야, 응? 내 생각에는 당신이 신경쓸 일이 하나도 없는 것 같은데 말이야!」

「없다고요?」

「아니, 질투라든가 뭐 그런 것이――한편으론 있을 수도 있겠다고 생각하지만…….」

그는 잠시 멈추었다가 목소리를 바꾸어 말했다.

「당신도 잘 알겠지만, 케이, 당신과 나는 오드리에게 너무 가혹하게 대했어. 아니야, 나는 그런 뜻으로 말한 게 아니야. 당신은 전혀 상관없는 일이지. 내가 그녀에게 너무 지독하게 대했던 거야. 그렇지 않았다고 한다면――그건 거짓말이지. 그래서, 이번 일이 실현될 수만 있다면 오드리에 대한 내 죄책감이 조금 덜해질 것 같다는 생각이 들었어. 그렇게 하는 편이 나를 좀더 행복하게 해줄 것 같아.」

「그렇다면 당신은 지금까지 행복하지 않았단 말인가요?」

케이가 천천히 말했다.

「이런 맹추 같으니라고――그게 무슨 소리야? 물론 나는 행복했지. 더할 나위 없이 행복했어. 그러나――.」

케이가 말을 가로챘다.

「그러나――? 바로 그게 문제예요! 이 집에는 늘 '그러나'가 존재해 왔어요. 도저히 참을 수 없이 불안한 그림자가 곳곳에 널려 있다고요. 오드리의 그림자 말이에요.」

네빌이 그녀를 쏘아보았다.

「당신은 오드리를 질투하는 모양이군.」

「나는 그녀를 질투하지 않아요. 그녀를 두려워하고 있어요……네빌, 당신은 오드리가 어떤 여자인지 하나도 몰라요.」
「내가 그녀와 8년간이나 함께 살았었는데도 그녀가 어떤 여자인지 모른다는 거야?」
「당신은 정말 몰라요———.」 케이는 되뇌듯이 말했다. 「오드리가 어떤 여자인지…….」

### 4월 30일

「그건 터무니없는 일이야!」 하고 트레실리안 노부인이 말했다. 그녀는 베개를 높이고는 방안을 날카롭게 둘러보았다. 「정말 어처구니없는 일이로군! 네빌이 미쳤어.」
「저도 좀 이상하다고 생각돼요.」 하고 메리 올딘이 말했다.
트레실리안 노부인은 매우 커다란 매부리코를 가지고 있었다. 그녀가 고개를 숙여야만 상대방을 쳐다보며 대화를 나눌 수 있을 정도였다. 이제 일흔 살이 넘어서 기력은 좀 떨어졌지만, 그녀의 타고난 정신력은 조금도 쇠퇴하지 않았다. 그녀가 반쯤 눈을 감고 있으면 생활 일선에서 오랜 기간을 물러나 있었다는 쓸쓸함에 젖는 것이 사실이지만, 그러한 몽롱한 상태에서도 그녀는 자신의 극도로 예리한 통찰력과 신랄한 언변을 과시할 수 있었다. 그녀는 방 한쪽 구석에 놓여 있는 커다란 침대에서 베개를 높이 하고, 마치 프랑스의 여왕이라도 된 것처럼 시중을 받고 있었다.
메리 올딘은 그녀의 먼 친척으로서, 이 집에 함께 살고 있었다. 이 두 여인은 대체로 원만히 지내고 있었다. 메리는 서른여섯 살이지만, 나이를 먹어도 그다지 얼굴이 변하지 않는 그런 매끄러운 피부를 가지고 있었다. 그녀는 사람들에 따라서 서른 살에서부터 마흔다섯 살까지로 보았다. 그녀는 우아한 모습에 지적인 느낌을 주고 있으며, 풍성

한 머리카락을 독특한 느낌을 주는 흰 리본으로 묶고 있었다. 그것은 이미 지나가 버린 머리 모양이지만, 메리에게는 아주 잘 어울렸다. 그녀는 소녀 시절 이후로 죽 그렇게 해왔다.

그녀는 방금 트레실리안 노부인이 건네준 네빌 스트레인지의 편지를 내려다보고 있었다.

「정말 이상한 일이로군요.」

「너도 이게 순전히 네빌의 생각이라고는 믿지 않겠지? 분명히 누군가가 그를 부추긴 거야. 홍, 그 새 여편네의 짓이겠지!」

「케이 말이죠? 아주머니는 이것이 케이의 생각이라고 믿으세요?」

「그 여자 같으면 그러고도 남아. 그 잘난 현대적이고도 저속한 속물. 부부가 자신들의 불만을 떳떳하게 알리고 불가피하게 이혼해야 한다면, 그때는 서로 최소한 품격을 갖추고 헤어질 수도 있어. 하지만 새 부인과 전처가 친구가 된다는 것은 정말 구역질나는 일이야. 요즈음 세상에는 도대체가 어떤 기준 같은 것을 갖고 있지 않은 모양이지?」

「저는 그것이 바로 현대적인 풍습이라고 생각하는데요.」 하고 메리가 말했다.

「어떻든간에 그런 일이 내 집에서는 일어날 수 없어!」 트레실리안 노부인이 단호하게 말했다. 「나는 그 발가락을 붉은색으로 물들인 계집이 내게 요구했던 모든 것을, 내가 할 수 있는 한은 전부 해주었다고 생각해.」

「그녀는 네빌의 아내예요.」

「물론이지. 그것 때문에 매튜도 내가 그렇게 해주길 바랄 거라고 생각했어. 그는 네빌에게는 무척 헌신적이었지. 그리고 늘 그 애가 이곳을 자기 집처럼 생각해 주길 바랐지. 그 애 아내가 공개적으로 불협화음을 만드는 것보다는 내가 한 발 양보하는 게 나을 것 같아서 그녀를 이곳으로 초청했던 거야. 하지만 나는 그녀를 좋아하지 않아. 그녀는 네빌에게는 전혀 어울리지 않는 여자야——배경도 없고 가문도 형편없어!」

「꽤 훌륭한 태생이던데요.」하고 메리가 변호해 주듯이 말했다.

「별로 좋지 않은 가문이야!」

트레실리안 노부인이 반박하고는 말을 이었다.

「내가 전에 말한 적이 있지만, 그녀의 아버지는 그 카드 사건 이후로 그가 가입했던 모든 클럽에서 물러나야 했어. 그 사람, 얼마 안 있어 죽긴 했지만 말이야. 그리고 그녀의 어머니는 리비에라에서는 유명한 여자였어. 그녀가 딸을 어떻게 키웠는지 알아? 늘 호텔 생활이었지——그런 어머니였다고! 그러던 중에 테니스 코트에서 네빌을 만났던 거야. 그때부터 네빌에게 치근거리기 시작해서, 결국에는 오드리와 헤어지게 만들어 놓고 말았잖아——그 애가 그토록 아껴 오던 아내와 말이야——그렇게 해서 오드리를 몰아냈던 거지! 나는 모든 책임이 그녀에게 있다고 생각해!」

메리는 트레실리안 노부인이 그런 경우에 있어서 늘 모든 책임을 여자에게 덮어씌우고 남자 쪽에 대해서는 관대한 태도를 취하는 것을 보고 희미한 미소를 지었다.

「저는 엄격히 말해서 네빌에게도 똑같이 책임이 있다고 생각해요.」하고 그녀가 넌지시 말했다.

「물론 네빌의 책임도 아주 크지.」하고 트레실리안 노부인은 인정했다. 「오드리는 그 애에게 늘 헌신적으로 대했어——정말이지 지나칠 정도로 헌신적이었지. 그러니까, 만일 그 계집이 끈덕지게 달라붙지만 않았더라면 네빌은 정상적인 이성을 되찾을 수 있었을 거야. 하지만 결국엔 당하고 말았지. 그래서 나는 오드리를 불쌍하게 여기고 있단 말이야. 오드리는 정말 훌륭한 여자야.」

메리는 한숨을 쉬며 말했다.
「정말 어려운 일이었어요.」
「그래, 사실이야. 누구나 그처럼 어려운 처지에 놓여 있을 때는 어떻게 처신해야 할지 모르게 되는 법이야. 매튜는 오드리를 좋아했어. 물론 나도 그랬지만, 그녀가 네빌에게는 아주 잘 어울리는 아내였다는 것을 아무도 부인하지 못할 거야. 그녀가 네빌의 취미 생활에 보다 적극적으로 따라 주지는 못했지만 말이야. 그녀는 스포츠하고는 거리가 멀었지. 내가 처녀였을 때에는 그런 일들은 거의 일어나지 않았어. 남자들이 흔히 바람을 피우곤 했지만, 결혼 생활을 깨뜨리는 일은 결코 용납하지 않았거든.」
「하지만, 그들은 성공했잖아요?」하고 메리가 무뚝뚝하게 말했다.
「맞는 말이야. 너는 극히 일반적인 감각을 가지고 있구나. 이제 와서 굳이 과거를 들추어낼 필요는 없겠지. 아무튼 그 일은 이미 저질러진 것이고, 케이 모티머 같은 여자가 다른 여인네들의 남편을 가로채도 아무도 그녀를 나쁘다고 생각하지 않지.」
「아주머니 같은 분은 빼놓고요, 카밀라!」
「나는 계산에 넣지 않아. 그 케이라는 여자는 내가 좋아하든 싫어하든 그런 것은 전혀 상관치 않을 테니까. 그녀는 행복에 겨워서 정신이 없을 거야. 네빌이 여기에 올 때 그녀를 데려온다면 그녀의 친구도 맞아들일 수밖에 없겠군——늘 곁에 붙어다니는 그 연극 배우같이 생긴 젊은 녀석이 마음에 들지는 않지만 말이야——이름이 뭐라더라?」
「테드 라티머라든가요?」
「맞았어. 그녀가 리비에라에 있을 때 사귄 친구라지? 그의 행동거지를 보면 어떤 사람인지 훤히 알 수 있어.」
「꽤 재치가 있던데요?」하고 메리가 말했다.

「누구나 그 정도는 할 수 있어. 나는 단지 그의 외모로 그의 생활을 짐작하는 거야. 네빌의 아내에게는 결코 바람직하지 못한 친구야! 나는 그가 지난 여름 여기에 내려왔을 때 이스터헤드 베이 호텔에 묵었던 일이 영 못마땅하단 말이야.」

메리는 창을 열고 밖을 내다보았다. 트레실리안 노부인 집은 턴 강 기슭에 튀어나온 가파른 벼랑 위에 세워져 있었다. 그 강의 맞은편 기슭에는 이스터헤드 베이의 새로 세워진 여름 휴양지가 있었다. 그곳에는 넓은 모래밭을 끼고 현대식으로 지은 방갈로들과, 바다가 보이는 곳 위에 세운 커다란 호텔이 있었다. 솔트크리크는 언덕 기슭에 띄엄띄엄 자리잡고 있는 아름다운 어촌과 잘 어우러져 있었다. 그곳의 주민들은 이스터헤드 베이와 그곳을 찾는 여름 방문객들을 몹시 경멸하는 완고한 사고방식을 가진 사람들이었다.

이스터헤드 베이 호텔은 트레실리안 노부인의 집과 거의 마주보고 있었다.

메리는 좁다랗게 흐르는 강물 너머로, 이제는 흰색으로 요란하게 단장하고 새로운 모습으로 우뚝 서 있는 그 호텔을 바라보았다.

「무척 다행한 일이야.」

트레실리안 노부인은 눈을 감은 채 중얼거렸다.

「매튜가 저 저속한 호텔을 볼 수 없었다는 것이 말이야. 저 해안선은 그가 살아 있을 때만 해도 아주 조용했지.」

매튜 경과 트레실리안 노부인은 30년 전에 이곳 걸즈 곶으로 이사 왔다. 그러나 10년 전에, 열렬한 요트광이었던 매튜 경은 그의 딩기 (소형 경기용 보트)가 전복되는 바람에 아내가 보는 앞에서 빠져 죽었다.

사람들은 그녀가 걸즈 곶을 팔고 솔트크리크를 떠날 것이라고 생각했었지만, 트레실리안 노부인은 그렇게 하지 않았다. 그녀는 계속 그 집에서 살았으며, 단지 달라진 점이란 보트들을 전부 처분하고 보트장을 폐쇄한 일이 고작이었다. 걸즈 곶을 찾아오는 손님들이 쓸 수 있는 배는 한 척도 없었다. 그들이 배를 타려면 나루터까지 걸어가서 전세업자에게 배를 빌리는 수밖에 없었다.

메리는 잠시 주저하다가 말을 꺼냈다.

「제가 네빌에게 편지를 써서 그 계획이 아주머니의 마음에 들지 않는다고 말할까요?」

「나는 오드리의 방문을 취소시킬 생각이 전혀 없어. 그녀는 늘 9월이면 우리들을 찾아왔고, 나도 그녀에게 계획을 바꾸라고 하지는 않을 거야.」

메리는 그 편지를 보면서 말했다.

「편지에는 네빌이 오드리에게 제안했다고 쓰여 있잖아요?──그러니까──그 생각에 찬성했고──그녀가 기꺼이 케이를 만나겠다고 했다던데요.」

「나는 그것을 믿지 않아. 네빌은, 모든 남자들과 마찬가지로 자신이 믿고 싶은 것을 믿는 거야!」

메리는 계속 고집했다.

「그는 분명히 오드리에게 그것에 대해 이야기했다고 했어요.」

「그것은──사실은 그렇지 않을 거야. 아니지──어쨌든간에 그것은 그렇지 않아!」

메리는 그녀를 이상하다는 듯이 쳐다보았다.

「마치 헨리 8세처럼──.」하고 트레실리안 노부인은 말했다.

메리는 당황한 표정을 지었다.

트레실리안 노부인은 그녀의 마지막 말에 대해서 자세히 설명해 주었다.

「너도 잘 아는 이야기지만, 헨리 왕은 캐서린 왕비에게 그들의 이혼이 합법적인 것이었다는 사실을 동의케 하려고 무척 노력했었지. 네빌은 자기가 몹쓸 짓을 했다는 것을 알고 있어——그 애는 그 일로 더 이상 고민하고 싶지 않았던 거야. 그래서, 오드리에게 모든 일이 다 순조로울 거라고 말하며 억지로 케이를 만나러 오지 않겠느냐고 한 것이지. 억지를 부려서——사실 오드리는 전혀 마음에도 없는데.」

「제가 생각하기로는——.」하고 메리가 천천히 말했다.

트레실리안 노부인은 그녀를 날카롭게 쏘아보았다.

「어서 말해 보거라.」

「저는 이렇게 생각하고 있었어요——.」

그녀는 말을 멈추었다가 다시 계속했다.

「그것은——그것은 전혀 네빌답지 않은 행동 같아요——이 편지 말이에요! 아주머니는 그런 생각이 들지 않으세요? 어째서 오드리가 케이를 만나겠다고 했을까요?」

「글쎄, 그녀가 왜 그랬을까?」하고 트레실리안 노부인이 날카롭게 되물었다.

「네빌과 헤어진 뒤에, 오드리는 렉토리에 있는 그녀의 아주머니인 로이드 부인에게 갔지요. 그녀는 완전히 절망에 빠져서 지냈어요. 그녀는 철저하게 과거의 환영 속에 사로잡혀 있었답니다. 그것은 분명히 그녀에게는 견디기 힘든 일이었을 거예요. 오드리는 자기의 격렬한 감정을 겉으로 드러내지 않고 조용히 삭이는 그런 여자예요.」

메리는 좀 지루하게 이야기를 끌고 나갔다.

「그래요, 오드리는 격렬한 여자예요. 그리고 어떤 면에서는 이상한 여자…….」

「그녀는 많은 고통을 겪었어……오드리가 이혼을 받아들이자, 네빌은 곧 그 계집애와 결혼을 했고, 오드리는 차츰 그 괴로움을 극복하기 시작했지. 이제 그녀는 예전의 모습을 거의 회복했어. 너는 그런 오드리가 다시 옛 기억을 들추어내길 원한다고 생각하니?」
「네빌은 그녀가 그러기를 원했다고 했어요.」
메리는 부드럽지만 완강하게 말했다.
노부인은 메리를 수상쩍다는 듯이 쳐다보았다.
「너는 이 일에 대해서는 유별나게 고집을 부리는구나, 메리? 왜 그러지? 너는 그들이 이곳에서 함께 만나기를 원하니?」
메리 올딘은 얼굴을 붉혔다.
「아니에요. 그런 뜻으로 말씀드린 것이 아니에요.」
「혹시 네가 네빌에게 이것을 제안했던 것이 아니냐?」
트레실리안 노부인이 날카롭게 물었다.
「어떻게 제가 그런 무모한 짓을 할 수 있겠어요?」
「여하튼 나는 그것이 정말로 네빌의 생각이라고는 믿지 않아.」
그녀는 한동안 침묵을 지키고 있다가 굳은 얼굴을 풀며 말했다.
「내일이 5월 1일이지, 그렇지? 3일에는 오드리가 에스뱅크에서 달링턴 가족과 함께 이곳으로 올 거야. 에스뱅크는 이곳에서 불과 20마일(약 32km)밖에 떨어져 있지 않아. 그녀에게 편지를 보내어 이곳에서 점심을 함께 하자고 하거라.」

## 5월 5일

「스트레인지 부인이에요, 아주머니.」
오드리 스트레인지는 그 커다란 침실로 들어와서, 침대 쪽으로 가서는 노부인에게 키스를 하고 미리 준비된 의자에 앉았다.
「너를 만나게 되다니 정말 기쁘구나, 애야.」하고 트레실리안 노부인이 말했다.

「저도 기뻐요.」하고 오드리도 답례를 했다.
오드리 스트레인지에게는 뭐라고 표현하기 힘든 매력이 있었다. 그녀는 알맞은 키에 아주 자그마한 손과 발을 가지고 있었다. 그녀의 머리카락은 회색빛이 도는 금발이었으며, 매우 창백한 얼굴을 가지고 있었다. 그녀의 눈은 커다랗고 맑았으며, 옅은 회색빛을 띠고 있었다. 조그맣고 균형잡힌 얼굴에는 역시 자그마한 코가 오똑 서 있었다. 그녀의 모습은 예쁘기도 했지만, 사람의 시선을 끄는 묘한 매력이 있었다. 어딘지 좀 멍청해 보이는 인상을 주었지만, 동시에 그런 것은 살아 있는 인간으로서 더욱 실체감을 풍겨 주는 매력이기도 했다.
게다가, 그녀는 보기 드물게 아름다운 목소리를 가지고 있었다. 마치 은종을 울리는 듯한 부드럽고 해맑은 목소리를.
한동안 그녀는 노부인과 이것저것 세상 돌아가는 이야기들을 나누었다. 그리고 나서 트레실리안 노부인이 말했다.
「얘야, 내가 너를 오라고 한 것은 네빌에게서 좀 이상한 편지를 받았기 때문이란다.」
오드리는 눈을 커다랗게 떴지만 조용하고 침착한 표정으로 노부인을 바라보았다.
「오, 그래요?」
「그 애는——어처구니없는 제안을 했더구나. 내 생각으로는 정말 어처구니없는 짓이야!——네빌하고——케이가 9월에 이곳으로 오겠다고 하는구나. 그리고 너와 케이가 친구가 되기를 원하고, 또 너도 그것을 받아들였다고 썼더구나.」
그녀는 잠시 기다렸다. 이윽고 오드리가 부드럽고 평온한 목소리로 말했다.
「그것이——그렇게도 어처구니없는 일인가요?」
「얘야——네가 정말 진심으로 케이와 친구가 되기를 원하는 건 아니겠지?」

오드리는 다시 잠시 동안 침묵을 지키다가 부드럽게 말했다.

「아주머니도 아시겠지만, 저는 그것이 오히려 잘된 일일지도 모른다고 생각해요.」

「그럼, 네가 진정으로 원했단 말이니——케이와 만나는 것을? 그게 정말이야?」

「그래요, 카밀라 아주머니. 그것은——모든 일들을 수월하게 해줄 거예요.」

「수월하게 해준다고!」

트레실리안 노부인은 절망적으로 되뇌었다. 오드리는 매우 부드럽게 말했다.

「카밀라, 아주머니는 정말 좋은 분이에요. 만일 네빌이 이 일을 원한다면——.」

「네빌이 원하든 말든 상관없어!」하고 트레실리안 노부인이 단호하게 말했다.「문제는 네가 그것을 진정으로 원하느냐에 있어.」

오드리의 뺨에 엷은 홍조가 떠올랐다. 마치 조개처럼 부드럽고 섬세한 홍조였다.

「예, 저는 그것을 바라고 있어요.」

「음——글쎄다.」

트레실리안 노부인이 입을 열었다.

「세상에——.」

그녀는 말을 멈추었다.

「하지만, 물론 그것은 전적으로 아주머니의 결정에 달렸어요. 여기는 아주머니 집이고 또한——.」

트레실리안 노부인은 그녀를 바라보면서 말했다.

「나는 이제 늙었어. 더 이상 아무것도 생각할 수가 없구나.」

「아무래도——저는 좀 나중에 올까 봐요, 아주머니——적당한 시기에.」

「아니다, 네가 항상 하던 대로 9월에 오려무나.」 하고 트레실리안 노부인은 딱 잘라 말했다. 그리고는 목소리를 바꾸어 다시 말했다.

「네빌과 케이도 그때 온다고 했으니까. 나는 비록 늙었지만, 누구 못지않게 빠르게 변모해 가는 세상 물정에 나 자신을 적응시킬 수가 있다고 생각한다. 이제 더 이상 말하지 말자. 이미 결정된 일이니 어쩔 수 없지 않겠니?」

그녀는 다시 눈을 감았다. 1~2분 뒤에 그녀는 곁에 앉아 있는 젊은 여인을 지그시 바라보며 물었다.

「정말로 그게 네가 원하는 것이니?」

오드리는 흠칫 몸을 움직였다.

「오, 물론 그래요. 정말이에요.」

「얘야——.」 트레실리안 노부인은 침울하고 신중한 목소리로 말을 이었다. 「너는 그 일이 네 마음에 상처를 주지 않으리라고 자신할 수 있니? 너는 네빌을 몹시 사랑했잖니? 나는 그 일이 너의 과거를 건드릴 것 같아서 걱정이 되는구나.」

오드리는 장갑을 낀 조그만 손을 내려다보고 있었다. 그녀의 한쪽 손이 침대의 모서리를 꽉 움켜쥐고 있는 것을 트레실리안 노부인은 뚫어지게 쳐다보았다. 오드리가 고개를 들었다. 그녀의 눈빛은 침착하고 아무런 동요가 없었다.

「하지만 이제는 모두 끝난 일이에요. 완전히.」

트레실리안 노부인은 더욱 깊숙이 베개 속으로 머리를 파묻었다.

「글쎄다——그런 문제는 네 자신이 잘 알고 있겠지. 피곤하구나——이제 가보거라, 얘야. 메리가 아래층에서 기다리고 있을 게다. 내려가거든 바레트를 내게 보내라고 말해 주렴.」

바레트는 트레실리안 노부인의 충실한 늙은 하녀였다.

그녀는 눈을 감고 누워 있는 여주인의 방으로 들어왔다.

「나도 이제 죽을 때가 다 된 모양이야, 바레트.」하고 트레실리안 노부인이 말했다. 「도무지 뭐가 어떻게 되어가는 건지 알 수가 없으니 말이야.」

「오! 그런 말씀 마세요, 마님. 마님이 피곤하셔서 그런 것뿐이에요.」

「그래, 나는 지금 몹시 피곤해. 그 털신을 벗겨내고 강장제 좀 가지고 와요.」

「스트레인지 부인이 마님을 불편하게 해드렸나 보군요? 마님, 하지만, 그녀가 바로 강장제가 될 수도 있어요. 그녀는 남들이 보지 못하는 것을 보고 있는 것 같아요. 그러나 좀 별난 성격을 가지고 있지요. 그녀는 좋은 인상을 주어요, 마님이 말씀하시던 대로.」

「그것은 사실이야, 바레트. 그래, 그것은 정말 사실이지.」트레실리안 노부인이 말했다.

「그리고 그녀는 마님이 쉽게 잊어버릴 만한 사람이 아니죠. 저는 가끔 스트레인지 씨가 때때로 그녀를 그리워할 거라고 생각해요. 새로 얻은 스트레인지 부인은 매우 아름답죠──정말로. 그러나 오드리에게는 그녀에게서는 찾아볼 수 없는 다른 것이 있어요.」

트레실리안 노부인은 갑자기 빙그레 웃으며 말했다.

「네빌은 바보처럼 그 두 여자를 함께 데려오겠다고 하는군. 그 애는 틀림없이 후회하게 될 거야!」

### 5월 16일

토머스 로이드는 파이프를 입에 물고, 솜씨가 매우 좋은 말레이 소년이 바쁘게 자기 짐을 꾸리고 있는 것을 내려다보았다. 이따금 그의 시선은 농장 너머로 향했다. 요 몇 달 동안 그는 지난 7년간 그토록 익숙해져 있는 그곳의 경치가 마치 처음 보는 것처럼 느껴졌다. 다시 영국에 가서 살게 되다니 꿈만 같았다. 그의 동업자인 알렌 드레이크가 찾아왔다.

「토머스, 어떻게 잘 되어가나?」

「이제 모두 준비되었네.」

「그럼, 내려와서 한잔 하세. 이 나쁜 친구야, 나는 샘이 나서 죽을 지경이라네.」

토머스 로이드는 천천히 침실에서 나와 친구가 있는 곳으로 내려갔다. 그는 한마디도 하지 않았다. 그것은 다른 이유가 있기 때문이 아니라, 본디 거의 쓸데없는 말을 하지 않는 사람이었기 때문이다. 그래서, 그의 친구들은 그의 침묵 속에서도 그의 반응을 정확하게 알아내는 방법을 터득하고 있었다.

그는 좀 땅딸막한 몸집에 엄격한 표정과 사려 깊은 눈매를 가지고 있었다. 그는 언젠가 지진이 일어났을 때 문짝에 짓눌려 오른쪽 팔을 다쳤기 때문에 마치 게처럼 어색하고 비스듬하게 걸었다. 그래서 주위 사람들이 '숨은 게'라고 불렀다. 사실 그는 그런 따위의 감정을 별로 느끼지는 않았지만, 어색하고 꾸민 듯한 걸음걸이로 자신이 부끄러움을 느끼고 있다는 것을 사람들이 알도록 오른팔과 어깨를 가끔씩 움츠리곤 했다.

알렌 드레이크는 칵테일을 만들었다.

「아무튼——멋진 사냥이었어!」

로이드는 별로라는 듯이,「흐흠——.」했다.

드레이크는 신기하다는 듯이 로이드를 쳐다보았다.

「정말 지겨운 일이지. 자네가 어떻게 그것을 해냈는지 모르겠구먼.

「집을 떠난 지 얼마나 되었지?」

「7년——거의 8년 되었군.」

「오랜 세월이지. 자네 완전히 이곳 사람이 된 것은 아니지?」

「아마 거의 그리 되었을 거야.」

「자네는 사람들보다는 오히려 말 못하는 친구들과 어울렸지! 떠날 준비는 다 되었나?」

「글쎄——그래——어느 정도는.」

그의 구릿빛 얼굴이 갑자기 벽돌색으로 변했다.

알렌 드레이크는 정말 놀랐다는 듯이 말했다.

「틀림없이 여자가 있긴 한 모양이군! 제기랄, 자네 얼굴에 그렇게 쓰여 있어.」

「바보 같은 소리 말게!」

토머스 로이드가 좀 쉰 목소리로 말했다.

그는 알렌 드레이크의 말을 덮어 버리려고 이야기를 계속했다.

「글쎄, 생활에 약간의 변화야 있겠지.」

「나는 또 자네가 집에 돌아가기를 미루는 것은 아닐까 하고 생각했네. 바로 조금 전까지만 해도 말이야.」

알렌 드레이크는 희한하다는 듯이 말했다.

로이드는 어깨를 으쓱했다.

「그 사냥 여행은 확실히 재미가 있었네만, 바로 그때 집에서 좋지 않은 소식이 왔어.」

「그랬었지. 내가 잊고 있었군. 자네 동생이 죽었었지——자동차 사고로.」

토머스 로이드는 고개를 끄덕였다.

동시에, 드레이크는 그것이 집에 돌아가는 일을 연기하려고 했던 묘한 구실 같았다는 사실을 생각해 보았다. 어머니가 계셨지——또한 누이동생도 한 명이 있었다. 바로 그때에——그는 어떤 일을 기억해 냈다. 토머스가 여행을 취소한 것은 동생이 죽었다는 소식이 도착하기 전의 일이었다.

알렌은 토머스를 이상하다는 듯이 쳐다보았다. 그런데 왜 갑자기 토머스가 영국으로 돌아가겠다는 걸까?

3년이란 세월이 흐른 뒤에야 그는 물어 볼 수 있었다.

「자네는 동생과 사이가 좋았나?」

「아드리안과? 특별히 친한 사이는 아니었네. 우리는 각자 나름대로의 일을 가지고 있었어. 그 앤 변호사였지.」

「아, 그랬어. 전혀 다른 생활이지. 런던 한구석에 변호사 사무실을 차려 놓고——능란한 말 재주로 먹고 사는 변호사.」

그는 아드리안 로이드는 조용한 토머스와는 전혀 다른 인간일 거라고 생각했다.

「자네 어머니는 아직 살아 계신가?」

「어머니? 물론이지.」

「그리고, 누이동생도 있었지?」

토머스는 고개를 저었다.

「오, 나는 자네에게 누이동생이 있는 줄 알았는데. 그 사진 속의 여자 말일세.」

「누이동생이 아니야. 먼 친척인가 뭐 그런 사이지. 그녀는 고아였기 때문에 우리와 함께 자랐어.」

로이드는 중얼거렸다.

토머스의 구릿빛 얼굴에 엷은 홍조가 천천히 떠올랐다.

「흠……그녀는 결혼했나?」

「결혼했지. 네빌 스트레인지란 사람과 결혼했어.」

「그 테니스인가 뭐가 한다는 친구 말인가?」

「그래. 하지만 얼마 전에 이혼했다네.」

'그래서 자네는 그녀와 함께 지내기 위해 집에 돌아가려는 것이군.' 하고 드레이크는 생각했다. 다행스럽게도 그는 화제를 바꾸었다.

「그렇다면 뭐 낚시나 사냥이라도 할 생각인가?」

「우선 집에 가봐야지. 그리고 나서 배를 타고 솔트크리크로 내려갈 생각이네.」

「솔트크리크? 그곳이라면 나도 잘 알고 있어. 상당히 매력적인 곳이지. 그곳에는 오래 된 호텔이 하나 있지?」

「그래. 발모럴 코트 호텔이지. 그곳에서 지내든지, 아니면 그 근처에 살고 있는 친구와 함께 지내게 될 걸세.」

「아주 멋진 계획이군.」

「흠, 멋지고 평화로운 곳이지, 솔트크리크는. 억지로 밀어내는 사람도 없고——.」

### 6월 16일

「정말 분통 터지는 일이야.」 트레브스 노인이 말했다. 「25년간 나는 리헤드에 있는 머린 호텔을 이용해 왔는데——자네도 알겠지만, 그 호텔을 전부 헐어 버리고 있다네. 프런트를 넓힌다는 둥 그런 어처구니없는 일을 하고 있다네. 왜 이 해변의 경관들을 그대로 놔두지 않는 걸까——리헤드는 늘 독특한 멋을 풍겨 왔는데.」

루퍼스 로드 경이 위로하듯이 말했다.

「머린 호텔 말고도 지낼 만한 곳이 또 있을 걸세.」

「하지만, 나는 리헤드에는 다시 갈 것 같지가 않아. 머린 호텔에서는 매키 부인이 내 시중을 아주 잘 들어주었지. 나는 매년 같은 방을 썼는데——서비스도 변함이 없었어. 그리고 음식도 정말 훌륭했다네──대단히 훌륭했지.」

「솔트크리크에서 지내면 어떻겠나? 그곳에는 조금 오래 되기는 했지만, 훌륭한 호텔이 있다네. 발모럴 코트라고 하지. 주인이 바로 그 로저스 부부라네. 그 안주인이 마운트 헤드 경에게 요리를 해드리곤 했지──그는 런던에서도 최고급 요리를 먹는 사람이잖는가? 바로 그녀가 그 호텔의 집사와 결혼해서, 이제는 그들이 그 호텔을 직접 경영하고 있다네. 그곳이라면 자네에게 꼭 알맞는 곳일 거야. 조용하고──요즈음의 시끄러운 재즈 음악 따위는 전혀 없지──게다가 일급 요리와 서비스까지도.」

「흠, 괜찮겠군. 확실히 괜찮은 곳 같구먼. 햇빛을 가릴 만한 테라스도 있는가?」

「물론이지──지붕이 달린 베란다가 있고, 베란다 저쪽에 테라스가 있지. 자네 좋을 대로 햇빛이든 그늘이든 택할 수가 있어. 그리고 자네만 좋다면 이웃들도 소개해 줄 수 있다네. 트레실리안 노부인이 있는데──바로 근처의 훌륭한 저택에 살고 있지. 몸이 몹시 허약하긴 하지만 무척 유쾌한 부인이라네.」

「그 판사 미망인을 말하는 건가?」

「그렇지.」

「나는 매튜 트레실리안과는 알고 지냈었지. 그 부인과도 만난 적이 있어. 매력적인 부인이었지──물론 오래 전의 이야기이지만 말일세. 솔트크리크는 세인트 루에서 가깝지, 그렇지 않은가? 그쪽에는 친구들도 몇 있네. 자네 말을 듣고 보니, 솔트크리크에 꼭 가봐야겠어. 자세한 내용들을 써 보내야겠는데. 8월 중순에 그곳에 갈까 하는데──8월 중순에서 9월 중순까지 있게 될 걸세. 거기에는 차고가 있나? 운전사는?」

「오, 물론 있지. 모든 것이 완전히 갖추어져 있네.」

「자네도 알겠지만, 나는 높은 곳에 올라가는 일은 되도록 삼가야 하네. 물론 엘리베이터가 있기야 하겠지만, 그래도 나는 1층의 방이 더 좋겠네.」

「오, 물론 그렇지. 뭐든지 다 갖추어져 있으니까.」

「그럼, 내 문제는 모두 해결된 셈이군.」하고 트레브스 노인이 말했다.「그리고 트레실리안 노부인과도 옛정을 다시 나눌 수 있게 되겠지.」

## 7월 28일

케이 스트레인지는 짧은 바지와 얇은 노란색 스웨터를 입고, 상체를 앞으로 숙인 채 테니스 선수들의 시합을 주의 깊게 지켜보고 있었다. 남자 단식 토너먼트 준결승전으로 네빌은 테니스 계의 샛별이라고 칭찬받는 젊은 선수인 메릭과 경기를 하고 있었다. 메릭의 기술은 정말 뛰어났다——그의 서비스는 받기가 몹시 까다로웠지만——노련한 선수와 만났을 때 가끔 형편없는 게임을 하기도 했으나 그날은 승리를 따냈다.

스코어는 마지막 세트에서 3대 3이었다.

미끄러지듯이 케이 옆자리로 다가온 테드 라티머가 빈정거리는 투로 천천히 말을 건넸다.

「헌신적인 아내가 남편이 승리를 거두기 위해 분투하는 모습을 지켜보고 있군!」

케이는 흠칫했다.

「어쩜! 깜짝 놀랐잖아! 나는 테드가 여기에 와 있는 줄 몰랐어.」

「나는 줄곧 여기에 있었는데 케이가 이제야 알아본 거야.」

테드 라티머는 스물다섯 살로 매우 잘생긴 청년이었다——비록 엄격한 어른들이 그에게, 「틀림없이 스페인 계통의 피가 흐르고 있을 거야!」 하고 말들은 했지만.

그는 알맞게 햇빛에 그을린 피부를 가진 훌륭한 댄서였다.

그의 짙은 눈은 다른 사람을 설득시키는 힘이 있었으며, 목소리는 무언가 자신에 찬 듯했다. 케이는 열다섯 살 때 그를 알게 되었다. 그들은 몸에 기름을 바르고 후앙——레——핀스에서 일광욕을 즐겼으며, 함께 춤추고 테니스를 즐겼다. 하지만 그들은 단지 친구 사이였지 결혼은 하지 않았다.

메릭이 왼쪽 코트에서 서비스를 하고 있었다. 그는 네빌이 받아내기 불가능한 아주 깊숙한 곳으로 공을 넘겼다.

「네빌의 백핸드(공을 치는 손의 반대쪽으로 오는 공을 치는 일)는 일품인데.」 하고 테드가 말했다.

「그래, 포핸드보다 훨씬 훌륭하지. 메릭의 약점은 백핸드에 있고, 네빌도 그것을 알고 있어. 아마 계속 그쪽으로 공을 보낼 거야.」

그 게임이 끝났다.

「4대 3, 네빌 승리.」

네빌은 자기 서비스로 다음 게임을 시작했다. 메릭은 그의 공을 거칠게 받아쳤다.

「5대 3.」

「네빌이 잘하는데.」 하고 라티머가 말했다.

그때 메릭은 정신을 차렸다. 그의 플레이는 다시 신중해졌다. 그는 게임의 속도에 다양한 변화를 주었다.

「메릭이 자신을 되찾았어.」 하고 테드가 말했다. 「메릭은 발놀림이 일품이군. 그것이 승부를 가늠하게 될 거야.」

이윽고 메릭은 5대 5까지 끌어올렸다. 곧, 7대 7이 되었고, 메릭은 결국 9대 7로 2세트를 따냈다. 네빌은 네트 쪽으로 다가와서는 싱긋이 웃으며 유감이라는 듯 고개를 흔들고 악수를 했다.
「젊음이 좋긴 좋군.」하고 테드 라티머가 말했다.「19살과 33살의 대결이라. 하지만, 케이, 나는 왜 네빌이 졌는지 그 이유를 알아. 그는 아주 깨끗이 질 줄 아는 남자거든.」
「그건 말도 안 돼.」
「그렇지 않아. 아무튼 네빌은 훌륭한 스포츠맨이지. 나는 그가 시합에 지고 나서 풀이 죽어 있는 모습을 한 번도 본 적이 없어.」
「그건 사실이야.」하고 케이가 말했다.「다른 선수들과는 달라.」
「오, 그래, 다른 선수들은 그렇지 않아! 우리는 그런 사람들을 많이 보아 왔지. 용기를 잃은 테니스 스타들은——주어진 모든 특혜를 스스로 포기해 버리고 말지. 그러나 네빌은——항상 그런 것들을 계산에 넣고 싱긋이 웃어 넘길 만큼 마음의 준비가 되어 있단 말이야. 가장 훌륭한 인간의 승리란 바로 그런 것이야. 그러나 나는 그런 퍼블릭 스쿨(영국의 부유층 자녀가 다니는 사립 학교) 정신은 질색이야. 고맙게도 나는 그러한 학교에는 다녀 보지 않았거든.」
케이가 고개를 돌렸다.
「어쩐지 앙심을 품고 하는 말 같은데, 그렇지 않아?」
「당치도 않아.」
「네빌을 싫어하는 기색을 그렇게 노골적으로 드러내지 않았으면 좋겠어.」
「왜 내가 그를 좋아해야 하지! 그는 내 애인을 가로챘는데.」
그의 눈은 그녀에게서 좀처럼 떨어지지 않았다.
「나는 네 애인이 아니었어, 테드. 우리 환경이 그렇게 될 수 없게 했잖아.」
「그렇고말고. 천하가 다 알고 있듯이 우리가 1년 동안 그렇고 그런 사이로 지내지 않았더라면 말이지.」

「제발 그만둬! 나는 네빌을 사랑했고, 이제는 그와 결혼을 했단 말이야——.」
「그리고 그는 유쾌하고 훌륭한 친구이지——그리고 우리 모두 그렇게 말하니까!」
「너는 내가 불행해지기를 바라니?」
케이는 이렇게 말하며 고개를 돌렸다.
테드는 부드럽게 미소를 지었다——그리고 그녀도 그의 미소에 마음을 돌렸다.
「여름에 어떻게 지낼 계획이지, 케이?」
「멋진 요트 여행을 할 거야. 나는 이 테니스 시합에는 신물이 났어.」
「언제 떠날 거야! 다음 달에?」
「그래. 그리고 나서 9월에는 2주일 동안 걸즈 곶에 다녀올 예정이야.」
「그때는 나도 이스터헤드 베이 호텔에 있을 건데.」 하고 테드가 말했다. 「나는 이미 방까지 예약해 놓았어.」
「멋진 파티가 열리겠군! 네빌과 나, 그리고 네빌의 전부인. 그리고 휴가를 즐기러 집에 오는 어떤 말레이시아 농장주 등등.」
「꽤 떠들썩한 파티가 되겠는걸!」
「하지만, 그 보기 싫은 친척 여자가 있어. 그녀는 항상 그 고약한 노파 옆에서 충성을 다하지——하지만, 재산은 나와 네빌에게 모두 돌아오게 되어 있어. 그녀는 한푼도 받지 못하게 될 거야.」
「혹시 그녀가 그 사실을 모르고 있는 게 아닐까?」
「그건 좀 우스운 일인걸.」
케이가 샐쭉해져서 말했다.
그녀는 만지작거리고 있던 라켓 쪽을 내려다보았다. 그리고는 갑자

문을 열자 사람들이 있었다 65

기 몸을 움찔했다.
「오, 테드!」
「무슨 일이야, 케이?」
「모르겠어. 이따금 이런 일이 있는데——발이 몹시 차가워지면서 기묘한 느낌을 받게 되곤 하는 거야.」
「그건 케이답지 않은 말인데.」
「나답지가 않다고?」
케이는 좀 어색하게 웃으며 말을 멈췄다가 다시 물었다.
「너는 이스터헤드 베이 호텔에서 묵을 거라고 했지?」
「계획대로.」
케이는 탈의실 밖에서 네빌이 나오기를 기다렸다.
「그 친구가 보이는 것 같던데?」
「테드 말이에요?」
「그래, 그 충실한 개——아니 충실한 도마뱀이 더 잘 어울리겠는걸.」
「당신, 그를 좋아하지 않지요, 그렇지요?」
「오, 나는 그에게 신경쓰지 않아. 당신만 즐겁다면 그에게 끈을 매서라도 끌고 다닐 수 있지.」
네빌은 어깨를 으쓱했다.
「나는 당신이 질투하고 있다는 것을 알아요.」
「라티머에게?」
그는 정말로 깜짝 놀랐다.
「테드는 꽤 매력 있는 사람이에요.」
「그건 나도 인정해. 그는 남미인 같은 그런 나긋나긋한 매력을 가지고 있지.」
「당신 정말 질투하시는군요?」

네빌은 그녀의 팔을 은근하게 끼었다.
「아니, 그렇지 않아, 여보. 당신은 당신을 따르는 사람들과 지낼 수 있어——그리고 당신만 좋다면 그들에게서 존경을 받을 수도 있고. 하지만, 당신에 대한 소유권은 내게 있지. 실제 소유자는 9할의 승산이 있단 말이야.」
「당신은 정말 자신 만만하군요..」하고 케이는 약간 뾰로통하게 말했다.
「물론이지. 당신과 나는 운명이 맺어 준 거야. 운명이 우리를 만나게 했고, 운명이 우리를 함께 살게 한 것이지. 당신도 기억할 거야, 우리가 칸에서 만났을 때를. 나는 에스토릴에 가려고 했고, 내가 그곳에 갔을 때 처음으로 만난 사람이 바로 케이 당신이었어! 나는 그때 그것이 운명이라고 생각했어——그래서 나는 결국 당신을 피할 수가 없었지.」
「그것은 운명이 아니었어요. 그것은 내가 계획적으로 그렇게 만든 것이었어요!」
「당신이 그렇게 만들었다니, 그것이 무슨 뜻이지?」
「내가 그렇게 만들었다는 말이에요. 나는 호텔에서 당신이 에스토릴로 갈 예정이라고 말하는 것을 들었어요. 그래서 엄마에게 졸라서 모든 일이 그렇게 꾸며지도록 한 거예요. 그것이 바로 당신이 그곳에 갔을 때 처음으로 만난 사람이 케이가 되었던 까닭이에요. 이제 알겠어요, 네빌?」
네빌은 그녀를 좀 묘한 감정을 품고 쳐다보았다.
그가 천천히 말했다.
「왜 당신은 지금까지 내게 그런 이야기를 하지 않았지?」
「당신에게 그렇게 좋은 일이 아닌 것 같았기 때문에 말하지 않았던 거예요. 그것이 당신을 너무 자만하게 만들었던 거예요! 하지만, 나는 계획을 세우는 데는 비상한 머리를 가지고 있다고요. 사건이란 누가 일부러 꾸미지 않으면 일어나지 않는 법이잖아요! 당신은 가끔 나를 바보라고 하지만――나는 바로 그러한 속에서도 아주 현명하게 처신하고 있단 말이에요, 네빌. 나는 종종 사건이 일어나도록 일을 꾸미지요. 때로는 앞으로 일어날 일을 미리 앞당겨서 계획하기도 하고요.」

「그렇게 머리를 쓰는 일은 몹시 힘들 텐데.」

「그건 그래요. 하지만, 그런대로 즐길만 해요.」

네빌은 갑자기 뒤통수를 얻어맞은 듯이 묘하게 씁쓰레한 표정을 지으며 말했다.

「이제서야 비로소 내가 결혼한 여자를 이해하기 시작하는 것인가! 그렇다면 운명의 여신은――바로 케이였군!」

「당신, 기분 나쁘지 않아요, 네빌?」

그는 다소 넋을 잃은 듯이 말했다.

「아니야――그렇지 않아, 전혀. 나는 생각을 하고 있었어――생각을……」

### 10월 8일

「그런데, 사고가 생겨서 휴가가 어렵게 되었어.」하고 배틀 총경이 넌더리가 난다는 듯이 말했다.

배틀 부인은 실망했지만, 경찰관의 아내로서 오랫동안 지내온 경험으로, 그녀에게는 그 실망을 냉정하게 받아들일 마음의 준비가 되어 있었다.

「오, 그래요! 그렇다면 어쩔 수가 없겠군요. 도대체 어떤 일이에요? 매우 흥미 있는 사건 같은데요?」

「당신이 알 바가 못 돼요, 여보.」

배틀 총경이 말했다. 그리고는 잠시 뒤 조용한 목소리로 설명을 덧붙였다.

「그 일 때문에 외무성 직원들이 당황하고 있어——키가 크고 날씬한 젊은이들이 여기저기 돌아다니면서 쉬쉬거리고 있지. 하지만 곧 해결될 것이고——사람들은 두려움에서 벗어날 수 있을 거야. 그러나 그 사건은 내가 수첩에 기록하곤 했던 그런 종류의 사건이 아니야. 물론 나도 무언가를 기록하는 것은 참 어리석은 짓이라고 생각하고 있지만서도.」

「차라리 휴가를 연기하는 것이 어떨까요! 제 생각에는——.」하고 배틀 부인이 못 미덥다는 듯이 이야기를 시작했지만, 총경이 단호하게 그녀의 말을 가로막았다.

「그럴 필요는 없어. 당신과 애들은 브리틀링턴으로 떠나요——방은 3월에 예약해 놓았는데——쓸데없이 낭비할 수는 없지. 그리고 나는 이 사건이 잠잠해지면 짐과 함께 내려가서 일주일 정도 같이 지내면 되지 않겠소?」

짐은 제임스 리치 경감으로서, 배틀 총경의 조카이다.

「솔링턴은 이스터헤드 베이와 솔트크리크에서 얼마 안 떨어져 있어. 바다 공기를 마시고, 바닷물에도 들어가 볼 수 있을 거야.」 총경이 말했다.

배틀 부인이 코웃음을 쳤다.

「짐이 사건을 해결하는 데 당신의 도움을 받기 위해 당신을 잡아매면 맺지 함께 내려오겠어요?」

「아니, 이맘때에는 거의 사건이 일어나지 않아——여자들이 몇 푼 안 되는 옷가지를 훔쳐내는 사건을 빼놓고는 말이야. 그리고 아무튼 짐은 괜찮아——그에게는 자신도 깜짝 놀랄 만큼 예리한 기지가 있다고.」

「오, 그래요? 제 생각에는 괜찮은 쪽보다는 실망하는 쪽으로 일이 진행될 것 같은데요?」하고 배틀 부인이 말했다.

「그러한 일은 우리에게 주어진 임무야.」하고 배틀 총경은 설득하듯이 그녀에게 말했다.

# 새하얀 눈과 붉은 장미

토머스 로이드는 기차에서 내리자마자 솔링턴 역의 플랫폼에서 자기를 기다리고 있는 메리 올딘을 발견했다.

그는 그녀에 대해서 단지 희미한 기억밖에 없었다. 그러나 그녀를 다시 만나 보고 나니, 활기차게 사람을 대하는 그녀의 태도에 놀라움과 함께 즐거움을 느낄 수 있었다.

그녀는 그를 세례명으로 불렀다.

「만나 뵙게 되어 기뻐요, 토머스. 그 동안 잘 지내셨어요?」

「덕분에 잘 지냈습니다. 그런데 이거 너무 폐가 되는 건 아닌지 모르겠습니다.」

「천만에요. 그렇지 않아요. 당신은 특별히 환영을 받을 거예요. 당신 짐꾼인가요? 이쪽으로 짐을 가져오라고 하세요. 제가 차를 가지고 왔어요.」

토머스의 가방들이 포드 자동차에 실렸다. 메리가 운전을 하고 로이드는 그녀의 옆에 탔다. 차가 출발하자, 토머스는 그녀가 능숙하고 신중한 솜씨로 다른 차들과의 거리를 잘 유지하며 운전한다는 사실을 알아차렸다.

솔링턴은 솔트크리크에서 7마일(약 11.2km) 떨어져 있었다. 이윽고 그들이 그 작은 도시를 빠져나와 시골길로 접어들자, 메리 올딘이 그의 방문에 대해서 이야기를 꺼냈다.

「정말, 토머스――당신의 방문은 뜻밖의 선물이 될 거예요. 모든 일들이 좀 어렵고――그리고 이상하고――아니, 아무튼 누군가의 도움이 꼭 필요한 상태예요.」

「무슨 걱정거리라도 있습니까?」

그의 태도는 늘 그렇듯이 무관심한――거의 게으른 듯한 태도였다. 토머스 로이드가 그렇게 물어 본 것도 그가 그 일에 대해서 뭔가 알고 싶어하는 마음이 있기 때문이라기보다는 그냥 예의상 물어 본 것에 지나지 않았다. 그리고 그 말은 메리 올딘을 달래는 듯한 투였다. 사실 메리 올딘은 누군가와 몹시 이야기를 나누고 싶었다――그러나 별반 흥미를 보이지 않는 그 누군가와 이야기를 나누고 싶었던 것이다.

「글쎄요――우리는 조금 어려운 상황에 처해 있어요. 오드리가 여기에 와 있다는 것은 당신도 아시지요?」

그녀가 그의 대답을 기다리듯이 침묵을 지키자, 토머스 로이드는 고개를 끄덕였다.

「그리고 네빌과 그의 아내도 와 있어요.」

토머스 로이드의 눈썹이 치켜 올라갔다.

그는 잠시 뒤에 말했다.

「꼴사나운 일이로군――도대체 어떻게 된 겁니까?」

「그래요, 정말 안 좋은 일이지요. 그것이 모두 네빌의 계획이라는 군요.」

그녀는 잠시 침묵을 지켰다. 로이드는 아무 말도 하지 않았지만, 마치 그에게서 어떤 의혹의 실오라기가 끊임없이 흘러나오는 것 같았다.

메리 올딘은 단호하게 그 말을 되풀이했다.

「그것이 모두 네빌의 계획이라는군요.」

「도대체 왜 그런 계획을 세웠답니까?」

그녀는 잠시 핸들에서 손을 떼었다.

「오, 어떤 현대적인 반응이라는 거죠! 지각 있고 분별 있는 사람들은 함께 어울려 지낼 수 있다나요? 하지만 저는 그렇게 생각하지 않아요. 당신도 마찬가지겠지만, 그 계획은 절대로 잘되지 않을 거예요.」

「아마 잘될 리가 없을 겁니다.」 그는 덧붙여 말했다. 「그 새 부인은 어떻습니까?」

「케이 말이에요? 물론 아름답지요. 정말 대단히 아름다운 여자예요. 그리고 아주 젊고.」

「네빌이 푹 빠져 있겠군요?」

「오, 그래요. 그리고 그들은 결혼한 지 이제 1년 반밖에 되지 않았으니까요.」

토머스 로이드는 고개를 천천히 돌려서 그녀를 쳐다보았다. 그의 입가에 희미하게 미소가 떠올랐다.

메리가 그런 분위기를 피하려는 듯이 급하게 말했다.

「저도 정확히는 몰라요.」

「메리, 나는 당신이 무슨 생각을 하는지 알고 있어요.」

「글쎄요, 그들이 정말 함께 지낸 시간이 극히 짧았는지는 알 도리가 없어요. 그들의 친구들, 이를테면 ──.」

그녀는 말을 멈추었다.

「네빌은 리비에라에서 그녀를 만났다면서요, 그렇지 않은가요? 나는 그 일에 관해서 잘 알지 못합니다. 어머니가 보낸 편지를 보고 겨우 그 사실을 알았을 뿐이죠.」

「그래요, 그들은 칸에서 처음 만났다고 하더군요. 네빌이 한눈에 케이에게 이끌렸다고 하지만, 그가 정말로 어떤 순진 무구함 따위에 이끌릴 만한 성격인가 하고 의심해 보았지요. 아직도 저는 그가 주위의 아무런 압박을 받지 않고 혼자서 처리했다면, 과연 그런 지경에 이르게 되었을까 하고 생각해 본답니다. 그가 오드리를 정말 사랑했었다는 것을 당신도 아시죠?」

토머스는 고개를 끄덕였다.

메리가 이야기를 계속했다.

「저는 네빌이 진정으로 오드리와 헤어지기를 원했다고는 생각하지 않아요――아니, 그가 원치 않았다는 것을 확신해요. 그러나 케이는 단단히 결심을 하고 네빌에게 접근했던 거예요. 그녀는 그가 아내와 헤어지도록 끈질기게 달라붙었을 테고――그러한 상황에서 케이가 네빌에게 어떻게 했을까요? 두말할 것도 없이 갖은 아양을 다 떨었겠죠, 뭐.」

「네빌을 자기에게 푹 빠지게 했다는 말입니까, 그녀가?」

「그렇지요. 케이는 그러고도 남을 만한 여자예요.」

그렇게 말하는 메리의 말투는 어떤 의심을 품고 있는 것처럼 들렸다. 그녀는 얼굴을 붉힌 채 의문으로 가득 찬 듯한 토머스의 눈을 쳐다보았다.

「저는 정말 시기심이 많은 여자예요! 그녀 주위에는 늘――잘생긴 젊은 남자 댄서――그녀의 옛친구라는 사람이 붙어 다니지요. 저는 가끔 네빌이 많은 재산과 명성, 그 밖에 다른 권리를 가지고 있으면서도 그 젊은이를 그냥 내버려두는 데에는 아마 무슨 이유가 있을 거라는 생각이 들어요. 소문에 의하면, 케이는 돈이 한푼도 없었다더군요.」

그녀는 조금 부끄러운 표정을 짓고는 말을 멈추었다.

토머스 로이드는 사색에 잠긴 듯한 목소리로,「흠――흠.」할 뿐이었다.

메리가 다시 이야기를 시작했다.

「그러나――이것은 단순히 저의 시기심에서 나온 착각일지도 몰라요! 그 여자는 누가 보다라도 육감적인 용모를 가지고 있죠――아마도 그것이 중년 노처녀들의 본능적인 시기심을 불러일으키는 원인일 거예요.」

로이드는 그녀를 뚫어지게 바라보았지만, 얼굴에 어떤 반응을 전혀 나타내지는 않았다.

그는 잠시 뒤에 말했다.

「도대체 지금 무엇이 문제입니까?」

「사실 저는 확실하게 알고 있는 것이 별로 없어요! 조금 이상한 상황이라는 것밖에는. 우리는 먼저 오드리에게 물어 보았지요――그녀는 여기에서 케이와 만나는 것에 대해서 아무런 감정도 없는 것 같았어요――정말 오드리는 모든 면에서 매력 있는 여자예요. 정말 매력 있어요. 어느 누구도 그 이상 멋질 수는 없을 거예요. 오드리는 언제나 모든 일에 있어서 올바른 행동만 해요. 네빌 부부를 대하는 그녀의 태도는 정말 훌륭해요. 당신도 알겠지만, 그녀는 몹시 수줍음을 타기 때문에 누구도 그녀가 무슨 생각을 하고 어떻게 느끼는지 그녀가 조금이라도 불쾌하게 느낀다고는 믿지 않아요.」

「그녀가 그럴 이유는 전혀 없지요.」

토머스 로이드가 말했다. 그리고 한참 있다가 덧붙였다.

「어차피 3년 전의 일이었으니까요.」

「오드리 같은 사람을 잊을 수 있을까요? 그녀는 네빌을 몹시 사랑했었는데.」
토머스 로이드는 자세를 조금 고쳐 앉았다.
「오드리는 이제 겨우 서른둘입니다. 그녀 앞에 놓인 인생은 그녀 자신이 선택해야 해요.」
「오, 저도 그렇게 생각해요. 그러나 그녀에게는 그것이 무척 힘들 거예요. 그녀는 아주 깊은 상처를 받았으니까요. 당신도 그걸 잘 알잖아요?」
「물론이지요. 어머니가 내게 편지를 보냈더군요.」
「아무튼 당신 어머니가 오드리를 보살펴 준 것은 참 고마운 일이에요. 당신 어머니는 오드리와 함께 지내면서 아마 당신 자신의 슬픔도 잊어버릴 수 있었을 거예요. 당신 동생의 죽음에 대한 기억 말이에요, 토머스.」
「그렇습니다. 불쌍한 아드리안, 항상 차를 너무 빨리 몰았지요.」
잠시 침묵이 흘렀다.
메리는 손을 뻗쳐서 솔트크리크로 가는 언덕바지에 들어서는 모퉁이에 접어들고 있다는 표시를 했다.
이윽고 차가 좁고 꾸불꾸불한 길을 미끄러져 내려가기 시작했을 때 그녀가 물었다.
「토머스——당신은 오드리를 잘 알지요?」
「물론, 그렇지요. 하지만 지난 10년 동안 별로 만나 보지 못했습니다.」
「그게 아니라, 당신은 어렸을 때부터 오드리를 잘 알고 있었잖아요, 토머스? 그녀는 당신과 아드리안에게는 누이동생과 같지 않았었나요?」
그는 고개를 끄덕였다.

「그녀는——그녀는 뭔가 좀 이상한 점이 없었나요? 오, 제 말은 꼭 그렇다는 것은 아니에요. 하지만 지금 그녀의 태도에는 뭔가 아주 좋지 않은 점이 있다는 느낌이 들어요. 네빌과 케이를 대하는 그녀의 태도는 정말 완벽해요. 그러한 그녀의 태도는 누가 보더라도 완전히 상식을 벗어난 정도예요——하지만 저는 때때로 그녀의 가슴속에는 도대체 무슨 생각과 느낌이 맴돌고 있을까 생각해 보지요. 그리고 가끔 그녀에게서 어떤 격렬한 감정의 소용돌이 같은 것을 느낄 수 있어요. 그러나 그것이 무엇인지는 전혀 알 수가 없어요! 그녀는 정상적인 상태가 아니에요! 그녀에게는 틀림없이 무언가가 있어요! 제가 걱정하는 것은 바로 그거예요. 그 집에는 모든 사람에게 영향을 미치는 알 수 없는 공기가 흐르고 있다는 것을 저는 알아요. 우리는 모두 신경과민 상태예요. 그러나 그 원인은 모르겠어요. 토머스, 바로 그것이 저를 불안하게 해요.」

「당신을 불안하게 만든다고요?」

토머스의 힘없는 목소리에 그녀는 자신도 모르게 약간 신경질적으로 웃었다.

「당신에게는 어리석은 소리로 들릴 테지만……그러나 제가 방금 말했던 것은 모두 사실이에요——당신의 도착으로 그런 어색한 분위기가 좀 바뀌게 될 거예요——전환의 계기가 될 거라고요. 아, 이제 다 왔어요.」

그들은 마지막 모퉁이를 돌아 나갔다. 걸즈 곶은 강물이 내려다보이는 평평한 바위 위에 자리잡고 있었다. 그 두 면은 강물로 이어지는 날카로운 절벽에 임하고 있었다.

정원과 테니스 코트가 그 저택의 왼쪽에 자리잡고 있었으며, 현대적인 감각이 풍기는 차고는 저택의 오른쪽에, 길에서 상당히 떨어진 곳에 있었다.

「차를 넣어 두고 돌아올게요. 허스톨이 안내해 줄 거예요.」하고 메리가 말했다.

허스톨은 나이가 많은 집사로서, 토머스를 마치 옛친구처럼 반갑게 맞이했다.

「선생님을 다시 뵙게 되다니 정말 기쁩니다, 로이드 씨. 그간 별고 없으셨지요? 그리고 마님도 안녕하신지요? 동쪽 방으로 드십시오. 선생님 방으로 가시기 전에 정원으로 나가 모두 만나 보시지 않겠습니까?」

토머스는 고개를 저었다. 그는 거실로 들어가 테라스 쪽으로 열려 있는 창문으로 다가갔다. 그는 그곳에서 잠시 멈춰 서서는 아무에게도 들키지 않게 조심하며 앞을 바라보았다.

테라스에는 두 여자가 있었다. 한 여자는 강물이 내려다보이는 난간 한쪽 귀퉁이에 앉아 있었고, 다른 여자는 그녀를 마주보고 있었다.

먼저의 여자가 오드리였고——다른 여자는 그의 생각으로는 케이 스트레인지가 틀림없었다. 케이는 자신이 관찰당하고 있다는 사실을 모른 채, 표정을 조금도 꾸미지 않고 있었다. 토머스 로이드는 여자들을 보는 데 있어서 아주 뛰어난 안목을 가지고 있지는 않았지만, 케이 스트레인지가 오드리 스트레인지를 몹시 싫어한다는 표정을 한눈에 읽을 수 있었다.

오드리는 다른 사람의 존재를 전혀 개의치 않는다는 듯이 당당한 표정으로 강물을 바라보았다.

토머스가 오드리 스트레인지를 본 지도 벌써 7년이 넘었다. 그는 그녀를 주의 깊게 관찰했다. 그녀는 변해 있었다. 어째서 그렇게 된 것일까?

분명히 어떤 변화가 있었다. 그녀는 마르고, 더 창백해졌다. 아니, 그보다는 오히려 새털처럼 가볍게 보였다——그러나 거기에는 무엇인가가 있을 텐데, 그것이 무엇인가를 그는 도무지 알 수가 없었다. 그의 동작들을 하나하나 살펴본 결과, 그것은 마치 그녀를 옴쭉달싹 못 하도록 꽉 붙들어 매놓고 있는 것 같았고——게다가 끊임없이 그녀 주위에서 격렬한 기류가 맴돌고 있다는 것을 알아차릴 수 있었다. 그는 그녀가 어떤 비밀을 감추고 있는 것 같다고 생각했다. 하지만 무슨 비밀일까?

그는 지난 몇 년 동안 그녀에게 닥친 사건들에 대해서 거의 알지 못했다. 그는 슬픔이나 낙담 따위의 문제라면 위로해 줄 자신이 없었다. 하지만 그런 단순한 문제 때문은 아닐 것이다. 그녀는 마치 어린애처럼 소중한 물건을 손에 꼭 쥐고는, 그것을 감추기 위해 딴청을 부리는 것 같았다.

다음에 그는 다른 여자에게로 눈을 돌렸다——현재 네빌의 아내에게로. 아름다웠다. 맞아, 메리 올딘이 옳게 보았다. 그러나 그는 어딘지 불길한 데가 있다고 생각했다. 만일에 그녀의 손에 칼이 쥐어져 있다면, 그녀는 오드리를 찌르지 않을까……?

하지만 왜 그녀는 네빌의 전처를 싫어하는 걸까? 모두가 이미 끝난 일이고 지나간 일인데. 오드리는 그들의 새생활에 전혀 끼여들지 않았다.

테라스에서 발자국 소리가 들리고, 네빌이 저택의 모퉁이를 돌아 나왔다. 그는 온화한 표정으로 영화계 신문을 들고 있었다.

「여기 '일러스트레이티드 리뷰'가 있어. 좀체로 구해 보기 어려운 거야.」

그때 두 가지 사건이 거의 동시에 일어났다.

「오, 정말 멋져요. 이리 주세요.」

케이가 말했다.

그리고 오드리는 고개도 돌리지 않은 채, 거의 무의식적으로 손을 내밀었다.
 네빌은 두 여자의 중간에 서 있었다. 그의 얼굴에 당황하는 빛이 나타났다.
 그가 미처 대답하기 전에, 케이가 약간 신경질적인 높은 목소리로 말했다.
「그것을 보고 싶어요. 얼른 이리 주세요! 얼른요, 네빌!」
 오드리 스트레인지는 움찔하더니 고개를 돌려 손을 도로 거두어들이고는 어색하게 당황하는 모습을 보이며 속삭였다.
「오, 미안해요. 나는 당신이 내게 이야기한 줄 알았어요, 네빌.」
 토머스 로이드는 네빌 스트레인지의 목덜미가 붉게 물든 것을 보았다. 그는 세 발자국 앞으로 나와서 오드리에게 건네주었다.
「오, 그렇지만——.」
 그녀는 당황하여 어쩔 줄 몰라 하며 말했다.
 케이는 거친 동작으로 의자를 밀어 버렸다. 그리고는 벌떡 일어서서 거실 창문 쪽으로 걸어갔다.
 로이드는 그녀가 자기 쪽으로 급하게 다가오는 것을 보았지만, 전혀 피할 여유가 없었다.
 그들이 서로 맞닥뜨리자 케이가 뒤로 몇 발자국 물러났다. 그녀는 그가 사과하는 것을 물끄러미 지켜보았다. 그는 케이의 눈에서 눈물이 넘쳐 흐르는 것을 보고, 그녀가 자기를 알아보지 못한 이유를 알 수 있었다. 눈물이라——그는 생각했다——화가 났군.
「안녕하세요?」
「누구시죠? 오, 이제 알겠어요. 말레이에서 오신 분이로군요!」
「그렇습니다. 내가 바로 말레이에서 온 사람입니다.」 하고 토머스가 말했다.
「저도 말레이에 가고 싶어요.」 하고 케이가 말했다. 「이곳만 빼고는 어디에든지! 저는 이 지긋지긋하고 넌더리나는 집이 끔찍해요! 이 집에 있는 모든 것이 다 지긋지긋하단 말이에요!」

감정적인 태도는 늘 토머스에게 경종을 울렸다. 그는 케이를 위험 인물이라고 생각하며, 신경질적으로 중얼거렸다.

「으──흠.」

「만일에 그들이 조심하지 않으면 저는 누군가를 죽이고 말거예요! 네빌이나, 아니면 그 순진한 체하는 고양이 같은 여자를 저기로 밀어 버릴 거라고요!」

케이는 그의 옆을 스쳐 그 방을 나가면서 문을 쾅 하고 닫았다.

토머스 로이드는 통나무처럼 서 있었다. 그는 다음에 무슨 일이 일어날지는 모르지만 그저 그 젊은 스트레인지 부인이 나가 버린 것이 몹시 기뻤다. 그는 그녀가 거칠게 쾅 닫고 나간 문을 바라보며 서 있었다.

네빌 스트레인지가 프랑스 식 창문 사이의 공간에 서 있었기 때문에 방안이 어두워졌다. 그는 몹시 가쁘게 숨을 몰아 쉬고 있었다.

그는 어색하게 토머스에게 인사했다.

「오──안녕하십니까, 로이드 씨? 당신이 도착한 줄을 몰랐습니다. 그런데 내 아내를 보셨습니까?」

「약 1분 전에 나갔소.」

토머스가 말했다.

네발은 돌아서서 거실을 나갔다. 그는 화가 난 것처럼 보였다.

토머스 로이드는 열려 있는 창문을 통해 천천히 테라스로 나갔다. 그는 발걸음 소리를 크게 내는 사람이 아니었다. 그가 그녀에게서 아직 3m도 더 떨어져 있었는데 오드리가 고개를 돌렸다.

그때 토머스는 그녀의 커다랗게 뜬 눈과, 벌어진 입술을 보았다. 오드리는 난간 귀퉁이에서 뛰쳐나와 그에게로 다가와서는 손을 내밀면서 말했다.
「오, 토머스! 토머스 오빠! 이렇게 다시 만나게 되다니 너무 반가워요!」
 그가 오드리의 작고 하얀 두 손을 잡고 그녀에게 몸을 숙일 때, 메리 올딘이 그녀의 뒤쪽에서 돌아나와 프랑스 식 창가에 이르렀다. 그녀는 테라스에 있는 그 두 사람을 보고는 걸음을 멈추고, 잠시 지켜보다가 천천히 돌아서서 집 안으로 다시 들어갔다.

## 2

 네빌은 아래층에 있는 그녀의 침실에서 케이를 발견했다. 커다란 더블 침대가 있는 침실은 그 저택에서는 오직 트레실리안 노부인의 방뿐이었다. 결혼한 부부들에게는 연락문과 조그만 욕실이 딸린, 저택의 서쪽에 있는 두 개의 방을 주었다. 그것은 서로 떨어진 한 쌍의 방이었다.
 네빌은 그의 방을 지나서 아내 방으로 들어갔다. 케이는 침대에 누워 있었다. 그녀는 눈물에 젖은 얼굴을 치켜 들고 화를 내며 큰소리로 외쳤다.
「왜 오셨어요! 나가세요!」
「대체 이게 무슨 소동이야? 당신, 완전히 돌아버린 게 아니야, 케이?」
 네빌은 조용하게 말했지만, 화를 억지로 참고 있는 듯한 콧소리에는 어딘가 힘이 들어가 있었다.
「왜 당신은 그 '일러스트레이티드 리뷰'를 그 여자에게 주었지요?」

「케이, 정말 당신은 어린애로군! 그 따위 시시껄렁한 신문 때문에 이 난리를 피우다니.」

「당신은 그것을 내게 주지 않았잖아요!」하고 케이는 고집스럽게 되풀이했다.

「아니, 왜 안 되나? 그게 무슨 문제가 되는 거야?」

「내게는 문제가 돼요.」

「내가 당신에게 무엇을 잘못했는지 알 수가 없군. 그리고 남의 집에 있으면서 이렇게 신경질을 부려서는 안 된다는 것쯤은 알고 있지 않아? 당신은 도대체 공적인 장소에서 어떻게 행동해야 하는지도 모르는 거야?」

「왜 당신은 그걸 오드리에게 주었죠?」

「그녀가 그것을 원했기 때문이지.」

「나도 마찬가지로 원했어요. 게다가 나는 당신의 아내예요.」

「그런 경우에 있어서는 말이야, 나이가 많은 사람에게 주는 것이 예의야. 그것이 도리에 어긋나지 않는 행동이라고.」

「그녀가 결국 나를 눌렀어요! 그녀는 원하는 것을 손에 넣었어요. 당신은 그녀 편을 들었단 말이에요!」

「당신은 마치 시샘하는 어린애들처럼 말을 하는군. 제발 진정하고 좀 남부끄럽지 않게 행동해 봐!」

「그녀처럼 말이지요? 나보고 오드리처럼 행동하라는 건가요?」

「어쨌든간에 오드리는 숙녀답게 행동했어. 적어도 그녀는 자기 감정을 노골적으로 드러내지는 않아.」

네빌이 차갑게 말했다.

「그녀가 내게서 당신을 돌려놓았군요! 그녀는 나를 증오하고, 앙갚음을 하고 있는 거예요.」

「이봐요, 케이, 당신, 그 어리석고 바보스러운 착각에서 벗어날 수 없어? 나도 이제 신물이 나!」
「그렇다면 우리 이곳을 떠나요! 내일 당장 떠나기로 해요. 나는 이곳이 정말 싫어요!」
「우리는 여기에 온 지 겨우 나흘밖에 안 됐어.」
「나흘이면 충분해요! 제발 떠나요, 네빌.」
「이봐요, 케이. 나는 이곳을 무척 좋아한다고 했잖아. 나는 계획대로 이곳에서 2주일 동안 머무를 거야.」
「그렇다면 당신은 후회하게 될 거예요. 당신과 당신의 오드리는! 당신은 그녀가 정말 대단한 여자라고 생각하지요?」
「나는 오드리가 대단하다고는 생각지 않아. 단지 내가 몹시 모질게 대했는데도 그렇게 관대하게 용서해 준 참으로 훌륭하고 친절한 여자라고 생각할 뿐이야.」
「그것이 바로 당신이 잘못 알고 있는 거예요.」 하고 케이가 말했다.
그녀는 침대에서 벌떡 일어났다. 이제는 조금 누그러져 있었다.
케이는 아주 진지하게 말했다.
「오드리는 당신을 용서하지 않았어요, 네빌. 나는 그녀가 당신을 바라보는 모습을 보았는데⋯⋯그녀의 마음속에서 어떤 일들이 일어나고 있는지는 몰라요. 하지만 분명히 무엇인가가 있어요──오드리는 자신이 생각하고 있는 것을 남들이 알지 못하도록 하는 그런 종류의 여자예요.」
「아니, 여자라면──적어도 분별력 있는 사람이라면 누구나 그렇게 행동하지 않나?」 하고 네빌이 말했다.
케이의 안색이 아주 창백해졌다.
「당신, 그거 나를 두고 하는 말이지요?」
그녀의 목소리에는 날카로운 비수가 숨겨져 있었다.

「글쎄——당신은 무엇이든지 참지 못하는 성격이지. 그렇지 않아? 당신은 마음속에서 일어나는 사소한 나쁜 감정이나 앙심 따위를 곧장 내뱉곤 하지. 그것은 당신들뿐만 아니라, 나까지도 바보로 만드는 거야.」

「그래서 나에게 뭘 어떻게 하라는 거예요?」

그녀의 목소리는 얼음처럼 차갑고 날카로웠다.

그도 역시 마찬가지로 차가운 목소리로 말했다.

「당신이 내 말을 언짢게 생각한다면 정말 유감이야. 하지만 그것은 평범한 진리라고. 당신은 어린애만큼도 자신을 억제하지 못하고 있어.」

「그러면 당신은 한 번도 자제력을 잃어 본 적이 없나요, 그래요? 어서 말해 봐요. 인도의 점잖고 조그만 대감마님처럼 항상 자신을 억제하고 행동거지를 바르게 한단 말이지요! 당신은 아무런 감정도 없는 사람이에요, 네빌. 당신은 바로 물고기예요——잔인한 냉혈 동물이란 말이에요. 왜 당신은 당신 마음내키는 대로 하지 않는 거죠? 왜 당신은 나에게 소리지르고, 욕하고, 지옥에나 가라고 저주하지 않는 거예요?」

네빌은 한숨을 쉬었다. 그는 어깨를 축 늘어뜨렸다.

「오, 맙소사!」

그는 획 돌아서서 그 방을 나갔다.

## 3

「너는 열일곱 살 때나 지금이나 전혀 달라진 데가 없구나, 토머스 로이드. 그 점잔빼는 모습도 여전하고. 그런데 예전보다 더욱 말수가 적어진 것 같구나. 어째서 그렇지?」
 트레실리안 노부인이 말했다.
 토머스는 모호하게 대답했다.
「모르겠습니다. 저는 원래 말주변이 없었잖습니까?」
「아드리안과는 전혀 닮지 않았어. 아드리안은 무척 똑똑하고 재치 있는 이야기꾼이었지.」
「그래서 늘 남과 이야기하는 일은 그에게 돌아갔지요.」
「가엾은 아드리안. 매우 장래가 유망했었는데.」
 토머스도 고개를 끄덕였다.
 트레실리안 노부인은 화제를 바꾸었다. 그녀는 토머스하고만 이야기를 나누었다. 그녀는 손님들을 한 명씩 만나는 것을 더 좋아했다. 그것이 그녀에게 덜 피곤했으며, 손님들 한 사람 한 사람에게 그녀의 주의를 집중시킬 수가 있었다.
「이곳에 온 지 하루가 됐구나. 그래, 이곳의 분위기가 어떠니?」
「분위기라뇨?」
「어리석은 체하지 말거라. 일부러 그렇게 피하려고 애쓸 필요 없어. 내 말이 무슨 뜻인지 너는 아주 잘 알고 있을 거야. 지금 이 지붕 밑에서 묘한 삼각 관계가 이루어지고 있지.」
「뭔가 이상한 공기가 흐르는 것 같긴 합니다.」
 토머스가 신중하게 말했다.
 트레실리안 노부인은 이상야릇한 미소를 지었다.
「너에게 솔직히 말하지, 토머스. 사실은 나 자신도 조금은 즐기고 있단다. 이것은 전혀 바라지 않았는데도 찾아온 거야——나도 최선을 다해 그것을 막아 보려고 했단다. 하지만 네빌의 고집을 꺾을 수가 없었어. 그 애는 두 여자를 함께 데려오겠다고 우겼지——이제 그는 자기가 뿌린 씨앗을 거두어들이고 있는 거야!」

토머스 로이드는 의자에서 약간 움직이며 말했다.
「그건 어리석은 짓이에요.」
「그렇고말고.」하고 그녀가 말을 끊었다.
「저는 스트레인지가 그런 사람인 줄은 몰랐습니다.」
「너도 그렇게 생각하는구나. 나도 네빌이 그런 애인 줄은 몰랐다. 그것은 전혀 네빌답지가 않았어. 네빌은 보통 남자들처럼 될 수 있는 대로 입장이 곤란한 일이라든가 시비가 생길 만한 일들은 피하려고 애쓰는 사람이지. 나는 그것이 처음부터 네빌의 계획이 아닐 거라고 생각했다──하지만 만일 그렇지 않다면, 과연 누가 그러한 생각을 해냈는지 도무지 알 수가 없단 말이다.」

그녀는 멈추었다가 약간 목소리를 높여서 말했다.
「혹시 오드리의 생각이 아니었을까?」
토머스가 즉시 대답했다.
「아닙니다, 오드리는 절대로 아닙니다.」
「그렇다면 그 여우 같은 젊은 계집의 생각이라고 믿을 도리밖에 없구나. 만일, 내 생각이 사실이라면 그녀는 정말로 뛰어난 배우야. 얘야, 웬일인지 나는 요즘 들어서 가끔씩 그녀가 안됐다는 느낌이 든단다.」
「아주머니는 그녀를 몹시 싫어하잖습니까, 그렇지요?」
「물론이지. 그녀는 머리가 텅 비고, 언제나 뭔가 불안해 하는 것 같은 인상을 주지. 그래서 그런지, 나는 그녀가 불쌍하다는 생각이 든단다. 그녀는 마치 모기가 불빛 속으로 덤벼들듯이 무모한 짓을 저지르고 있어. 그녀는 무기를 잘못 사용하고 있는 거야. 고약한 성질, 나쁜 태도, 어린아이 같은 유치함──등등. 이런 것들은 모두 네빌 같은 사람에게는 역효과만 미칠 뿐이지.」
「저는 오드리가 더 어려운 지경에 처해 있다고 생각하는데요.」

토머스가 침착하게 말했다.

트레실리안 노부인이 그에게 날카로운 시선을 보냈다.

「너는 지금도 오드리를 사랑하고 있지. 그렇지 않니, 토머스?」

그의 대답은 아주 침착했다.

「그렇다고 생각합니다.」

「사실은 너희들이 어린 시절 함께 자랄 때부터 그랬던 것 아니니?」

토머스는 고개를 끄덕였다.

「그런데 갑자기 네빌이 나타나서는 네 앞에서 그녀를 채갔던 것이고?」

그는 불편한 듯이 의자에서 몸을 움직거렸다.

「오——글쎄요, 저는 늘 기회를 갖지 못했다고 생각하고 있습니다.」

「패배주의자라.」 하고 트레실리안 노부인이 말했다.

「저는 항상 느려 터진 개였지요.」

「도빈!」

「착한 토머스 오빠!——오드리는 저를 이것 이상 생각하지 않았어요!」

「진실한 토머스. 이것이 너의 별명이었지, 그렇지 않니?」

트레실리안 노부인이 말했다.

그는 그 말에 어린 시절의 기억을 한 번 떠올려 보고는 슬그머니 미소를 지었다.

「재미있군요! 저는 몇 년 동안 그 말을 듣지 못했어요.」

「그것은 너에게 큰 도움이 될 거야.」 하고 트레실리안 노부인이 말했다.

그녀는 맑고 신중한 토머스의 눈을 쳐다보았다.

「성실이라는 단어는, 오드리가 겪었던 많은 경험을 통해서 누군가를 바르게 인식할 수 있는 가장 중요한 요소일 거다. 너도 알겠지만, 일생 동안 충실히 헌신해 온 것은, 때가 되면 반드시 그 보상을 받게 된단다, 토머스.」

토머스 로이드는 아래를 내려다보면서 손가락으로 파이프를 만지작거리며 말했다.

「그것이 바로 제가 집으로 돌아오게 된 유일한 희망입니다.」


4


「그러고 보니 여기에 모두 모였군요.」
메리 올던이 말했다.

허스톨 집사는 이마를 훔쳤다. 그가 부엌으로 들어가자, 요리사인 스파이서 부인이 그의 표정을 살펴보았다.

「나는 도무지 제대로 해낼 자신이 없어.」 허스톨 집사가 중얼거리듯이 말했다. 「요즈음 이 저택에서 일어나는 일들은 모두 이상해. 무슨 비밀이 숨겨져 있는 것 같단 말이야. 사람들의 행동도 어딘가 어색한 것 같고. 내가 무슨 말을 하는 건지 알겠소?」

스파이서 부인은 대체 무슨 소리인지 알아듣지 못하는 것 같았다. 그래서 허스톨은 계속했다.

「올던 양은 방금 사람들이 모두 식사하러 내려왔을 때 이렇게 말하더군. ‘그러고 보니 여기에 모두 모였군요.’라고 말이야——그런데 그것이 정말로 소름 끼치는 말투였다고! 마치 조련사가 짐승들을 우리에 몰아 넣고 나서 우리 문을 닫아 걸고 있다는 생각이 들었어. 웬일인지 나는 갑자기 마치 우리가 모두 함정에 걸려든 것 같다는 느낌이 드는군.」
「맙소사, 허스톨 씨. 당신은 뭔가를 단단히 잘못 생각하고 있는 것 같아요. 틀림없어요.」하고 스파이서 부인이 말했다.
「아니야, 그렇지 않아. 그것은 바로 모든 사람들을 옭아 매는 방법이야. 방금 앞문이 쾅 소리를 내며 닫히더니, 스트레인지 부인── 우리의 스트레인지 부인인 오드리 마님이 마치 총알처럼 뛰어들어왔어. 그리고 그 방에서는 아무 소리도 들리지 않았지. 아주 이상한 침묵이 흘렀다고. 하지만 그들은 곧 그런 분위기가 두렵다는 생각을 하게 될 거야. 그리고는 그 어색한 두려움을 떨쳐 버리기 위해서 아무 말이나 생각나는 대로 떠들어대기 시작할 거라고.」
「그렇다면 정말 이상한 일이군요.」하고 스파이서 부인이 말했다. 「이 저택에 두 스트레인지 부인이 함께 있다는 것은──내 생각으로는 옳은 일이 아니에요.」
식당에서는 허스톨이 묘사했던 침묵이 흐르고 있었다.
아주 힘겹게 메리 올딘이 케이에게 고개를 돌려 침묵을 깨고 이야기를 꺼냈다.
「나는 당신 친구 라티머 씨를 내일 저녁식사에 초대했답니다.」
「오, 잘하셨어요!」하고 케이가 말했다.
「라티머? 그 친구도 이곳에 내려왔나?」네빌이 물었다.
「지금 이스터헤드 베이 호텔에 머물고 있어요.」하고 케이가 대답했다.
「우리 하루 저녁 그곳에 가서 식사를 합시다. 나루터는 얼마나 떨어져 있지요?」네빌이 물었다.
「반 마일(약 800m) 정도 떨어져 있어요.」하고 메리가 대답했다.
「사람들이 저녁때면 그곳에 모여서 함께 춤을 추며 즐기겠지?」
「한 100명쯤 모일 거예요.」하고 케이가 말했다.

「당신 친구는 그리 즐기지 못할 거야.」
네빌이 케이에게 말했다.
메리가 재빨리 말했다.
「우리 하루쯤 이스터헤드 베이로 건너가서 수영하는 것이 어떨까요? 아직 날씨도 덥고, 그곳에는 멋진 모래밭이 있어요.」
토머스 로이드가 나지막한 목소리로 오드리에게 말을 걸었다.
「나는 내일 배를 타고 나갈 생각인데, 너도 함께 가지 않겠니?」
「예, 좋아요.」
「우리 모두 배를 탑시다.」하고 네빌이 말했다.
「당신은 골프를 치겠다고 하셨잖아요?」하고 케이가 말했다.
「음, 그래. 골프를 치려고 했지. 그런데 요전날 골프공을 잃어버렸어.」
「참 안됐군요!」하고 케이가 말했다.
「골프란 비극적인 게임이야.」네빌이 유쾌하게 말했다.
메리가 케이에게 골프를 칠 줄 아는지 물었다.
「그래요──그런대로 조금 쳐요.」
「케이는 조금만 더 연습하면 아주 잘 칠 수 있을 겁니다. 천부적인 스윙 감각을 가지고 있거든요.」네빌이 말했다.
「당신은 어떤 운동도 할 줄 모르지요. 그렇지 않은가요?」
케이가 오드리에게 물었다.
「그렇지는 않아요. 테니스를 조금 쳐요──하지만 운동에 대해서는 완전히 맹꽁이죠.」
「너는 아직도 피아노를 치니, 오드리?」하고 토머스가 물었다.
그녀는 고개를 저었다.
「이제는 안 쳐요.」
「당신은 피아노를 썩 잘 쳤었지.」하고 네빌이 말했다.

「당신이 음악을 좋아하는지 정말 몰랐는데요, 네빌.」하고 케이가 말했다.

「그렇게 많이 알지는 못해.」하고 네빌은 어색하게 대꾸했다.「나는 늘 오드리가──그렇게 조그만 손으로 어떻게 한 옥타브 건반을 짚을 수 있었을까 무척 신기하게 생각했었어.」

그는 그녀가 디저트용 나이프와 포크를 내려놓는 손을 바라보고 있었다.

오드리는 약간 얼굴을 붉히고는 재빨리 말했다.

「나는 손은 작지만, 손가락이 긴 편이지요. 그 덕분이라고 생각해요.」

「그렇다면 당신 성격은 이기적일 거예요. 이기적이 아니라면 당신은 짧은 새끼손가락을 가지고 있을 거예요.」하고 케이가 말했다.

「그것이 사실인가요?」

「그렇다면 나는 이기적인 사람이 아니에요. 봐요, 내 새끼손가락은 아주 짧잖아요.」

「나는 네가 매우 헌신적인 사람이라고 생각한다.」

토머스 로이드는 그녀를 다정한 눈으로 쳐다보며 말했다.

그녀는 얼굴을 붉히고는──재빨리 말을 이었다.

「우리들 가운데서 가장 이기적이지 않은 사람은 누구일까요? 새끼손가락들을 비교해 봐요. 내가 당신보다 짧군요, 케이. 하지만, 토머스, 이것은 믿을 만한 것이 못 된다고 생각해요.」

「나는 당신들보다 더 짧아요, 봐요.」하고 네빌이 손을 불쑥 내밀었다.

「한쪽 손뿐인걸요.」케이가 말했다.「당신의 왼쪽 새끼손가락은 짧지만 오른쪽 것은 상당히 길어요. 그리고 왼쪽 손은 타고나는 것이지만, 오른쪽 손은 당신의 인생이 만들어 주는 거지요. 그러니까 결국 당신은 태어날 때는 이기적이 아니었지만 나이를 먹으면서 점점 이기적으로 변했다는 뜻이에요.」

「당신은 운세도 볼 줄 알아요, 케이?」

메리 올딘이 물었다.

그녀는 손을 쫙 펴서는 손바닥을 보여 주었다.

「어떤 점쟁이는 내가 남편을 둘 얻을 것이고, 아이는 셋을 낳을 거라고 했답니다. 그렇게 하려면 몹시 서둘러야겠어요!」

「그 가느다란 가로 금들은 아이들을 뜻하는 것이 아니에요. 그것은 여행을 뜻하는 것이죠. 그것은 당신이 바다를 건너는 여행을 세 번 할 거라는 뜻이에요.」케이가 말했다.

「그것도 역시 믿을 만한 점괘 같지는 않군요.」하고 메리 올딘이 말했다.

토머스 로이드가 메리에게 물었다.

「여행을 많이 해봤습니까?」

「아니에요. 거의 가본 데가 없어요.」

토머스는 그녀의 목소리 속에서 어떤 알 수 없는 한탄 같은 것을 느꼈다.

「당신은 여행을 좋아하지요?」

「물론이지요.」

그는 메리가 살아온 길을 천천히 돌이켜보았다.

그녀는 언제나 노부인의 시중을 들어왔다. 침착하고, 재치 있고, 훌륭한 태도로.

그는 궁금하다는 듯이 물어 보았다.

「트레실리안 아주머니와는 얼마나 지냈나요?」

「거의 15년쯤 되었어요. 아버지가 돌아가신 뒤에는 죽 노부인과 함께 지냈으니까요. 아버지는 돌아가시기 전 몇 년 동안은 거의 의식 불명 상태셨어요.」

메리는 토머스의 질문에 대답하면서, 그의 물음 속에는 다른 뜻이 있다는 것을 느꼈다.

「저는 서른여섯이에요. 당신이 알고 싶었던 것은 그것이었지요, 그렇지 않나요?」

「사실 그것도 궁금했습니다.」하고 그가 인정했다. 「당신은 도무지 ──나이를 짐작할 수가 없어요.」

「늙어 보인다는 거예요, 아니면 젊어 보인다는 거예요!」

「내 생각은 후자입니다.」

그의 신중하고 사려 깊은 눈길이 그녀의 얼굴에서 떠나지 않았다. 하지만 그녀는 전혀 당황한 빛을 나타내지 않았다. 그것은 수줍음과는 전혀 다른 것으로──진지하면서도 신중한 관심이었다. 그의 눈길이 그녀의 머리에 머물자, 그녀는 손을 들어 올려서 흰 리본을 만지작거렸다.

「저는 아주 어렸을 때부터 이렇게 묶고 다녔어요.」

「나는 그런 머리 모양을 좋아합니다.」하고 토머스 로이드는 짤막하게 말했다.

그는 계속 메리를 바라보았다. 이윽고 약간 기쁨에 들뜬 목소리로 그녀가 말했다.

「저……무슨 생각을 그렇게 골똘하게 하시는 거죠?」

토머스는 까맣게 그을린 얼굴을 몹시 붉혔다.

「오, 내가 너무 빤히 쳐다본 모양이군요. 이거 실례했습니다. 실은 나는 당신에 대해서 생각하고 있었습니다──당신은 정말 누군가와 무척 닮았어요.」

「미안합니다.」

메리는 서둘러 말하고 식탁에서 일어났다.

그녀는 오드리의 팔을 끼고 거실 쪽으로 걸어가며 말했다.
「트레브스 노인도 내일 저녁식사하러 오실 거예요.」
「그가 누구입니까?」하고 네빌이 물었다.
「루퍼스 로드 가족의 소개로 오시는 분인데, 아주 멋진 신사분이죠. 지금 발모럴 코트에 묵고 계실 거예요. 심장도 약하고 매우 노쇠해 보이지만, 놀라운 재능을 가지고 있어요. 그리고 많은 사람들과 친분이 있다고 하더군요. 무슨 사무 변호사라든가 법정 변호사라든가 하는데──그만 잊어버렸어요.」
「이곳에 내려오는 사람들은 모두 끔찍한 노인들뿐이로군요.」하고 케이가 불쾌하다는 듯이 말했다.
그녀는 키가 큰 램프 바로 아래에 서 있었다. 토머스는 그쪽을 바라보면서, 무엇인가에 즉각적으로 시선을 주었던 것처럼 그녀에게 천천히 관심을 기울였다.
그러다가 토머스는 문득 그녀의 격렬하고 정열적인 아름다움을 깨닫게 되었다. 생기발랄하고 생동감이 넘쳐 흐르는 아름다움을. 그는 은회색 드레스를 입고 있는 창백하고 청초한 모습의 오드리에게로 다시 시선을 옮겼다.
토머스는 슬그머니 미소를 지으면서 중얼거렸다.
「붉은 장미와 새하얀 눈이라.」
「뭐라고 하셨어요?」
메리 올딘이 그의 팔꿈치를 툭 쳤다.
그는 그 말을 되풀이해 주었다.
「마치 옛날 이야기 같죠? 당신도 알겠지만──.」
「아니, 그건 정말 훌륭한 묘사예요.」
메리 올딘이 말했다.

5

 트레브스 노인은 맛을 음미해 가며 포트(포르투갈 원산의 붉은 포도주) 잔을 기울이고 있었다. 매우 훌륭한 포도주였다. 그리고 저녁식사도 역시 훌륭했다. 확실히 트레실리안 노부인은 좋은 하인들을 데리고 있었다.
 그 저택은 여주인의 몸이 불편한데도 불구하고 아주 잘 유지되고 있었다.
 다만 한 가지 유감스럽다면, 포트를 한 잔씩 마시고 나서도 부인네들이 자리를 뜨지 않았다는 것이었다. 그는 예의 범절을 따지는 사람이었다——그러나 이곳의 젊은이들은 나름대로의 풍습을 가지고 있었다.
 그의 눈은 네빌 스트레인지의 현란하게 아름다운 젊은 부인에게 거의 고정되어 있었다.
 오늘 저녁은 케이의 밤이었다. 그녀의 발랄한 아름다움은 불빛 아래에서 더욱 찬란하게 빛나고 있었다. 그녀의 옆자리에서는 테드 라티머가 윤기나는 검은 머리를 그녀 쪽으로 기울이고 있었다. 그는 열심히 그녀의 기분을 맞추어 주고 있었다. 그녀는 승리감에 도취되어 자신의 존재를 다시 한 번 확인하는 듯했다.
 그처럼 생기발랄한 정경이 쓸쓸한 트레브스 노인의 마음을 훈훈하게 해주었다.
 젊음——사실 젊음과 비교할 만한 것이 또 어디에 있을까!
 네빌은 케이에게는 전혀 개의치 않고 그의 전처에게 관심을 기울이고 있었다. 오드리는 그의 옆자리에 앉아 있었다. 매력적이고 정숙한 부인——하지만 뭔가 항상 여운을 남기는 그런 여자라고 트레브스 노인은 경험에 비추어 생각해 보았다.

그는 그녀를 찬찬히 뜯어보았다. 그녀는 머리를 숙이고 자기 접시를 쳐다보고 있었다. 그녀의 한결같은 자세에서 풍겨 나오는 어떤 분위기가 트레브스 노인에게 무언가를 일깨워 주었다. 그는 좀더 자세히 그녀를 관찰했다.

그녀는 뭔가 깊은 생각에 빠져 있는 듯했다. 매력적으로 손질한 머리카락이 마치 조개 껍질처럼 생긴 아담한 귀 밑으로 흘러 내리고 있었다…….

그러다가 트레브스 노인은 다음 순서가 준비되어 있었다는 사실을 깨닫고 정신을 차렸다. 그는 급히 발걸음을 서둘렀다.

응접실로 들어가자, 케이는 곧장 축음기 쪽으로 가서 댄스 음악이 녹음된 판을 올려놓았다.

메리 올딘이 트레브스 노인에게 미안하다는 듯이 말했다.

「선생님께선 재즈를 좋아하시지 않을 것 같은데요?」

「괜찮습니다.」

트레브스 노인은 짐짓 점잖게 말했다.

「그럼, 나중에 브리지 게임을 하는 게 어떨까요?」하고 그녀가 제안했다.「지금은 브리지 게임을 하기에는 적당치가 않아요. 트레실리안 노부인이 선생님과 이야기를 나누고 싶어하시거든요.」

「그게 좋을 것 같군요. 트레실리안 노부인은 이곳에 내려와서 함께 어울리지 않소?」

「그렇지는 않아요. 때때로 휠체어를 타고 내려오시곤 하지요. 엘리베이터를 이용할 수 있거든요. 하지만 요즈음에는 방에서 지내시는 걸 더 좋아하세요. 그 대신 가끔 마치 어명이라도 내리는 것처럼 원하는 사람을 불러서 이야기를 나누곤 하시지요.」

「아주 표현을 잘하시는군요, 올딘 양. 나도 항상 트레실리안 노부인의 태도에는 어딘가 왕족다운 품위가 있는 것 같다고 느꼈소.」
 그 방의 한가운데에서 케이는 천천히 음악에 맞추어 발을 움직이면서 말했다.
「저 탁자 좀 치워 주세요, 네빌.」
 그녀의 목소리는 명령조였다. 그녀의 눈은 빛나고 있었고, 입술은 살짝 벌어져 있었다.
 네빌은 순순히 탁자를 치워 주었다. 그리고 나서 그는 그녀 쪽으로 다가갔지만, 케이는 의도적으로 테드 라티머 쪽으로 돌아섰다.
「이리 와요, 테드. 우리 함께 춤을 춰요.」
 테드의 팔이 즉시 그녀의 허리를 감쌌다. 그들은 완벽하게 호흡을 맞추며, 미끄러지고 숙이고 하면서 돌아갔다. 그것은 정말 멋진 광경이었다.
 트레브스 노인이 중얼거렸다.
「음──정말 훌륭하군.」
 메리 올딘은 그 말에 약간 흠칫했다──트레브스 노인은 단순히 감탄의 말을 했을 뿐인데. 그녀는 현명해 보이는 작고 쭈글쭈글한 그의 얼굴을 쳐다보았다. 메리는 그것이 마치 그가 어떤 절제된 사고에 무의식적으로 따르고 있는 표정 같다고 생각했다.
 네빌은 잠깐 동안 머뭇거리다가 창 옆에 서 있는 오드리에게로 다가갔다.
「춤추지 않겠소, 오드리?」
 그의 어조는 딱딱하고 차가웠다. 그의 태도에는 그가 단지 예의상 청해 보는 것이라는 인상이 뚜렷했다. 오드리 스트레인지는 잠시 망설이다가 승낙하고는 그에게로 걸음을 옮겼다.
 메리 올딘이 몇 마디 대수롭지 않은 말들을 늘어놓았지만, 트레브스 노인은 대꾸하지 않았다. 그의 표정으로 보아, 메리의 말을 듣지 못한 것 같지는 않았다. 그 노인의 몸가짐은 조금도 흐트러지지 않았다——메리는 그가 주위의 일을 모두 잊어버리고 무엇인가에 골똘하고 있다는 것을 깨달았다. 그녀는 그가 춤추는 사람들을 보고 있는 것인지, 아니면 저쪽 끝에 혼자 서 있는 토머스 로이드를 보고 있는 것인지 알 수가 없었다.

약간 흠칫하며 트레브스 노인이 말했다.

「미안합니다, 올딘 양, 뭐라고 했지요?」

「아무것도 아니에요. 9월에는 대개 날씨가 좋다고 했어요.」

「그렇지요, 사실 ——지역에 따라서 비란 거의 필요가 없는 것이지요. 호텔 사람들도 내게 그런 말을 하더군요.」

「그곳은 지내실 만한가요?」

「오, 물론입니다. 처음에 찾아갈 때 애를 먹기는 했지만 지낼 만하죠——.」

트레브스 노인은 갑자기 이야기를 멈추었다.

오드리가 네빌에게서 떨어져 나왔다. 그녀는 미안하다는 듯이 살짝 웃으며 말했다.

「춤을 추기에는 정말 너무 더워요.」

그녀는 다시 창문 쪽으로 가서 테라스로 나갔다.

「오! 바보 같으니라고. 어서 그녀를 쫓아가요.」하고 메리가 중얼거렸다. 그녀는 목소리를 죽여서 말했는데, 그 소리에 트레브스 노인은 흠칫 놀라서 그녀를 돌아보았다.

그녀는 얼굴을 붉히고는 당황하는 웃음을 지었다.

「속으로 생각하고 있던 말이 그만——.」그녀는 미안하다는 듯이 말을 이었다.

「하지만 그의 행동을 보고 있으면 정말 안타까울 때가 많아요. 그는 너무 느리거든요.」
「스트레인지 씨가요?」
「오, 아니에요. 네빌 말고 토머스 로이드 말이에요.」
 토머스 로이드는 막 나가려고 했다. 그러나 네빌이 먼저 잠시 머뭇거린 뒤에 오드리를 쫓아서 밖으로 나갔다.
 트레브스 노인은 특별한 호기심을 가지고 창문 쪽으로 눈길을 주었다. 잠시 뒤, 그의 주의는 다시 춤추는 사람들에게로 돌아왔다.
「저기 멋지게 춤을 추는 젊은이가 미스터──라티머, 맞소?」
「예, 에드워드 라티머라고 해요.」
「아, 그래요? 에드워드 라티머. 스트레인지 부인의 옛친구라고 들었소만?」
「그래요, 맞아요..」
「그런데 저 매우──음──화려한 젊은 청년은 무슨 일을 합니까?」
「글쎄요, 사실은 저도 전혀 몰라요.」
「아, 그렇습니까?」
 트레브스 노인의 이 대수롭지 않은 말 한마디 속에 많은 의미가 함축되어 있다는 것을 느낄 수 있었다.
 메리가 계속 말했다.
「그는 이스터헤드 베이 호텔에 머물고 있어요.」
「매우 재미있는 상황이로군요.」
 트레브스 노인이 말했다. 그는 잠시 뒤에 몽롱한 목소리로 덧붙여 말했다.
「게다가 저 이상한 머리 모양──정수리에서 목에 이르는 기묘한 각도──비록 그가 헤어스타일로 조금 그 모양을 감추기는 했지만, 분명히 유별난 생김새로군요.」

트레브스 노인은 잠시 멈추었다가 더욱 몽롱한 목소리로 계속 이야기했다.
「나는 전에도 저런 이상한 머리 모양을 가진 사람을 본 적이 있지요. 그 사람은 늙은 보석상을 폭행한 죄로 10년의 징역형을 선고받았소. 그런 일이 있었죠.」
「설마 어떤 뜻이 있어서 하시는 말씀은 아니겠지요——.」
메리가 놀라며 소리쳤다.
「천만에요, 그렇지는 않소.」하고 트레브스 노인이 말했다.「내 말을 잘못 알아들으셨군요. 나는 라티머 씨를 비난할 생각은 전혀 없어요. 단지 상습적이고 포악한 범죄자도 저렇게 매력적이고 의젓한 젊은이의 모습으로 충분히 나타날 수 있다는 사실을 지적한 것뿐이오. 이상한 일이지만, 그것은 흔한 일이지요.」
그는 그녀에게 부드럽게 미소를 지었다.
「선생님도 아시겠지만, 트레브스 씨, 저는 선생님이 조금 두려워요.」메리가 말했다.
「정말 이상하군요, 올던 양.」
「하지만 사실이 그런걸요. 선생님은——정말 매우 예리한 관찰자예요.」
「내 눈은 사실——.」트레브스 노인은 매우 흡족해 하며 말했다.「그 어느 누구보다도 훨씬 정확하지요.」
그는 잠시 멈추었다가 덧붙였다.
「하지만 그것이 다행인지 불행인지는 나도 뭐라고 단정 지을 수가 없답니다.」
「제 생각으로는, 적어도 그것은 불행이라고는 할 수 없어요.」
트레브스 노인은 알 수 없다는 듯이 머리를 저었다.
「누구든지 때때로 범죄의 유혹에 빠질 수 있소. 늘 정당하게 처신

한다고 장담하기란 그리 쉽지 않지요.」
　허스톨이 커피 쟁반을 들고 들어왔다.
　그는 메리와 노법률가에게 한 잔씩 준 뒤에, 방 끝쪽에 있는 토머스 로이드에게로 다가갔다. 그리고 나서, 메리의 지시대로 쟁반을 낮은 탁자 위에 올려놓고 밖으로 나갔다.
　케이가 테드의 어깨너머로 말했다.
「우리 이 곡을 마저 끝내요.」
「제가 오드리에게 갖다 주겠어요.」
　메리가 말했다.
　그녀는 컵을 들고 프랑스 식 창문으로 갔다. 트레브스 노인도 그녀를 따라갔다. 그녀가 문턱에서 멈추었을 때, 그는 어깨너머로 오드리를 바라보았다.
　오드리는 난간의 한쪽 구석에 앉아 있었다. 밝은 달빛 아래서 그녀의 아름다움이 생기를 찾고 있었다──어떤 화려하고 인위적인 아름다움이 아니라, 타고난 선의 아름다움이, 턱에서부터 귀에 이르는 우아한 곡선과, 부드러운 입과 턱의 모양새, 그리고 참으로 아름다운 머리 모양과 작으면서도 오똑한 코, 그런 아름다움은 오드리 스트레인지가 원숙한 여인이 되어가면서 더욱 뚜렷해지는 것 같았다──그것은 육체를 감추고 있는 옷 따위로 표출되는 그런 것이 아니라 그 육체가 가지고 있는 아름다움 바로 그것이었다. 그녀가 입고 있는 은빛 드레스는 달빛을 받아서 더욱 돋보였다. 오드리 스트레인지는 아주 조용하게 앉아 있었고, 네빌 스트레인지는 그녀를 바라보며 서 있었다.
　네빌이 그녀 쪽으로 걸음을 옮겼다.
「오드리, 당신은──.」
　그녀는 자세를 바꾼 다음에, 발을 살짝 뻗고는 손으로 귀를 가볍게 만졌다.
「오, 내 귀고리——! 떨어뜨렸나 봐요.」
「어디? 내가 찾아 주지——.」
그들은 몸을 굽혀서 더듬거리며 찾다가——그만 서로 부딪쳤다. 오드리가 털썩 뒤로 물러서자 네빌이 소리쳤다.
「잠깐만——내 커프스 단추가——당신 머리카락에 걸렸어. 가만히 있어 봐요.」
오드리는 네빌이 머리카락에서 단추를 풀어 낼 때까지 얌전히 서 있었다.
「아아——당신이 내 머리칼까지 잡아당기고 있어요——어째서 그렇게 서투르지요. 네빌, 좀 잘해 봐요.」
「미안해. 나——나는 솜씨가 없는 것 같아.」
오드리는 볼 수 없었지만, 네빌이 아름다운 은빛 머리카락에서 커프스 단추를 풀어 내려고 애쓸 때 그의 손이 떨리고 있다는 것을 두 구경꾼이 알아보기에는 달빛만으로도 충분했다.
그러나 오드리 자신도 역시 떨고 있었다——마치 갑자기 추워지기라도 한 것처럼.
메리 올딘은 뒤에서 들린 조용한 목소리에 깜짝 놀랐다.
「미안합니다.」
토머스 로이드가 그들 사이를 비집고 들어가서 물었다.
「내가 풀어 드릴까요, 스트레인지 씨?」
네빌은 몸을 바로 세웠고, 그와 오드리는 거리를 두고 비켜섰다.
「괜찮습니다. 이제 됐어요.」
네빌의 얼굴은 몹시 창백했다.
「너, 추운가 보구나. 들어가서 커피를 좀 마시려무나.」
토머스가 오드리에게 말했다.

그녀가 그와 함께 들어가 버리자, 네빌은 바다 쪽으로 돌아섰다.
「커피를 가지고 왔는데——.」하고 메리가 말했다.
「하지만 안으로 들어가는 게 좋겠습니다.」
「그래요——나도 들어가는 게 좋아요.」
오드리가 말했다.
그들은 모두 다시 응접실로 들어왔다. 테드와 케이는 춤을 추고 있지 않았다.
문이 열리고, 검은 드레스를 입은 키가 크고 바싹 마른 여자가 들어왔다.
그녀는 정중하게 말했다.
「마님께서 트레브스 씨를 마님의 방에서 뵙고 싶다고 하십니다.」

## 6

트레실리안 노부인은 트레브스 노인을 몹시 반갑게 맞이했다.
그들은 곧 옛날에 대한 회상과 옛친구들을 떠올리며 주체할 수 없는 즐거움 속으로 빠져들었다.
반 시간쯤 이런저런 이야기를 한 뒤에 트레실리안 노부인은 만족스럽게 한숨을 깊이 내쉬었다.
「아, 정말 즐거웠어요! 옛날 이야기를 나누거나, 오래 묵은 비밀을 다시 들추어내는 일보다 재미있는 것은 없지요.」
「약간의 심술은 생활에 어떤 자극제가 될 수도 있습니다.」
트레브스 노인도 인정했다.
「그런데 말입니다, 우리 집안에서 일어나고 있는 삼각 관계에 대해서 어떻게 생각하세요?」

트레실리안 노부인이 말했다.

트레브스 노인은 갑자기 멍청한 표정을 지었다.

「호――어떤 삼각 관계 말입니까?」

「당신이 그것을 눈치채지 못했을 리가 없을 텐데요! 네빌과 그의 아내들 말이에요.」

「아, 그 말씀이군요! 스트레인지의 새 부인은 상당히 매력적인 여자더군요.」

「오드리도 마찬가지지요.」하고 트레실리안 노부인이 말했다.

트레브스 노인도 인정했다.

「그녀도 매력적입니다――물론이지요.」

트레실리안 노부인은 목소리를 높여서 말했다.

「당신은 네빌이 오드리를 버리고, 그 별난 성질을 가진 여자――그 뭐라고 하더라――케이인가 하는 여자에게 간 것을 이해할 수 있나요?」

트레브스 노인은 침착하게 대답했다.

「물론이죠. 그것은 흔히 일어나는 일이 아닙니까?」

「구역질이 나는군요. 내가 만일 남자라면, 케이에게 곧 싫증을 느끼게 될 거예요. 그리고 그처럼 자신을 결코 바보로 만들지는 않을 거예요!」

「그것도 역시 흔히 있을 수 있는 일이지요. 그런 갑작스럽고 열정적인 사랑이란――.」트레브스 노인은 진지하고 엄숙한 표정을 지으며 말했다.「오랫동안 계속되는 경우가 드물지요.」

「그렇다면 그 뒤엔 어떤 일이 일어날까요?」

트레실리안 노부인이 물었다.

「대개, 그런――음――부부는 그들 나름대로 적응을 합니다. 또 두 번째로 이혼하는 경우도 상당히 많습니다. 그리고 나서 남자는 세

번째 배우자를 찾는답니다――똑같은 생각을 하고 있는 상대방을 찾는 거죠.」

「말도 안 되는 소리예요! 네빌은 몰몬 교도가 아니에요――그것은 당신의 소송 의뢰인들에게나 있을 수 있는 일이지요!」

「원래의 부부가 재결합하는 경우도 종종 있습니다.」

트레실리안 노부인은 고개를 저었다.

「그것은 절대로 불가능한 일이에요!――오드리는 자존심이 무척 강한 여자예요.」

「부인은 그렇게 생각합니까?」

「나는 그것을 확신해요. 트레브스 씨, 그런 식으로 머리를 흔들지 마세요!」

「이것은 나의 경험에 의한 것입니다. 여자들은 사랑과 관련된 일 앞에서는 자존심이란 것을 전혀 갖지 않습니다. 자존심이란 그들의 입에나 떠올리는 것이지, 실제 행동에 나타나는 것이 결코 아닙니다.」

「당신은 오드리를 이해하지 못하고 있어요. 그녀는 네빌을 몹시 사랑했지요. 너무 지나칠 정도로. 네빌이 케이에게 정신이 팔려서 그녀를 떠난 뒤(나는 네빌을 전적으로 비난하지는 않아요――아무튼 그 여자는 그를 어디든지 쫓아다녔으니까요. 그럴 때 남자가 어떻게 된다는 것은 당신도 알 거예요.) 그녀는 그를 다시 만나고 싶어하지 않았어요.」

트레브스 노인은 점잖게 헛기침을 두어 번 했다.

「하지만 그녀는 지금 이곳에 와 있습니다!」

「오, 글쎄요.」 트레실리안 노부인은 화를 내며 말했다. 「나는 현대적인 사고방식이란 것을 도저히 이해할 수가 없어요. 오드리는 그것을 전혀 개의치 않고, 또한 그것이 전혀 문제가 되지 않는다는 것을 보여 주기 위해 이곳에 왔을 겁니다.」

「아주 그럴듯한 말씀이군요.」하고 말하며 트레브스 노인은 턱을 쓰다듬었다.「확실히, 그런 식으로 생각할 수도 있지요.」

「흐음――당신은 그녀가 아직도 네빌과의 만남을 갈망하고 있다고 생각하는 건가요?――그것은――오, 그렇지 않아요! 나는 그런 일은 믿을 수 없어요.」

「그것은 얼마든지 있을 수 있는 일입니다.」하고 트레브스 노인이 말했다.

「아니, 그런 일은 없을 거예요. 적어도 내 집에서는 그런 일은 없을 거라고요.」하고 트레실리안 노부인이 말했다.

「이미 일은 저질러진 것이 아닐까요, 그렇지 않습니까?」

트레브스 노인은 예리하게 질문하고는 덧붙여 말했다.

「긴장감이 흐르고 있어요. 나는 그런 분위기를 분명히 느꼈어요.」

「당신도 역시 그렇게 느끼고 있나요?」하고 트레실리안 노부인이 날카롭게 물었다.

「그렇습니다. 솔직히 말씀드려서, 나도 당황하고 있습니다. 그 사람들의 진실한 의도가 아직 불분명하기는 하지만, 내 의견으로는, 거기에는 어떤 폭탄과 같은 것이 도사리고 있습니다. 그 폭탄은 어느 때인가 반드시 폭발할 겁니다.」

「가이 포크스(1570~1606, 화약 음모 사건의 주모자) 같은 소리는 그만하고, 어떤 일이 일어날 것인지만 말해 주시지요.」하고 트레실리안 노부인이 말했다.

트레브스 노인이 손을 뻗었다.

「사실, 나도 어떻게 말씀드려야 할지 갈피를 못 잡고 있습니다. 거기에는 어떤 초점이 있다는 것을 나는 확실히 느꼈습니다. 그것을 알아낼 수만 있다면――하지만 모호한 부분이 너무 많습니다.」

「나는 오드리에게 떠나라고 말할 생각은 전혀 없어요.」

트레실리안 노부인이 이야기를 이었다.

「내가 보기에, 그녀는 매우 어려운 상황 아래서도 전혀 흠잡을 데 없이 처신하고 있어요. 오드리는 몸가짐이 바르고, 아니 뭐랄까 거의 무관심한 태도를 취하고 있어요. 나는 그런 태도가 정말 훌륭하다고 생각해요.」

「오, 물론입니다. 물론이지요. 그러나, 부인, 그것이 젊은 네빌 스트레인지에게 몹시 강렬한 영향을 줄 거라고 생각해 보지는 않으셨습니까?」

「네빌이 그리 바람직한 행동을 하고 있지 않다는 것도 알고 있어요. 그 애에게 그것을 말해 주어야겠어요. 하지만 나는 네빌을 이 집에서 몰아낼 수가 없답니다. 매튜는 그 애를 실제적인 양아들로 인정했으니까요.」

「알고 있습니다.」

트레실리안 노부인은 한숨을 쉬었다. 그녀가 나지막한 목소리로 말했다.

「당신도 매튜가 이곳에서 빠져 죽은 것을 아시죠?」

「그렇습니다.」

「많은 사람들이 내가 이곳에 남아 있는 것을 이상하게 생각했지요. 어리석은 사람들이에요. 나는 이곳에 있으면 매튜가 언제나 곁에 있는 것처럼 느껴져요. 집 안이 온통 그의 체취로 가득 차 있어요. 내가 이곳을 떠나면 늘 서먹서먹하고 외로울 거예요.」

그녀는 말을 멈추었다가 다시 계속했다.

「나는 하루라도 빨리 그와 만나고 싶은 마음뿐이었어요. 특히, 내 건강이 악화되기 시작하면서 그런 생각이 더욱 절실해졌지요. 하지만 나는 마치 낡아서 삐걱거리는 문짝——이렇게 병들어 항상 골골거리면서도 결코 죽지 않는 그런 문짝이나 다를 게 없어요.」

노부인은 화가 치밀어 베개를 탁 쳤다.

「그것은 정말 참을 수 없는 일이에요! 나는 항상 죽을 날만 기다려 왔어요. 그날은 곧 오겠지요──죽은 사람과 얼굴을 대면하게 되는 날──내 곁을 홀로 어슬렁거리는 그를 느끼는 것이 아니라, 항상 나와 함께 있게 되는 그날이──나는 점차로 고통과 절망 속으로 빠져 들고 있어요. 점점 커지는 절망감──남에 대한 의지는 점점 커지고!」

「이곳 사람들은 무척 헌신적인 것 같더군요. 게다가 부인은 충실한 하녀를 데리고 있지 않습니까?」

「바레트? 그녀를 말씀하시는 건가요? 사실 내 생활은 정말 안락해요! 완고하고 잔소리 많은 노파에게 절대적으로 헌신하고 있지요. 그녀는 오랫동안 나와 함께 지내 왔어요.」

「그리고 곁에 올딘 양이 있다는 것도 무척 다행스러운 일이 아닙니까?」

「그래요, 맞아요. 내가 메리를 데리고 있게 된 것은 정말 행운이지요.」

「그녀는 친척입니까?」

「먼 사촌쯤 되지요. 메리는 일생을 다른 사람을 위해 희생해 온, 사심이 전혀 없는 사람이랍니다. 메리는 자기 아버지의 병간호도 도맡아 했었지요──그는 똑똑한 사람이었지만──끔찍이도 엄격한 사람이었어요. 그가 죽고 나서, 나는 그녀에게 나와 함께 살지 않겠느냐고 제의했지요.

그때 그녀가 와주어서 얼마나 고마웠는지 몰라요. 트레브스 씨, 당신은 말동무로 고용되는 사람들이 얼마나 끔찍한지 상상도 못 할 겁니다. 정말 지긋지긋한 존재들이랍니다. 그들과 이야기를 하면 너무 답답해서 미칠 지경이에요. 그들이 말동무 일을 하는 것은 그보다 더 적합한 자리를 찾지 못하기 때문이죠. 하지만 메리는 정말 놀랄 정도로 해박하고 현명한 여자랍니다. 그녀는 무척 뛰어난 머리를 가지고 있어요――인간의 두뇌로는――그녀는 여러 분야의 책을 골고루 읽어서 모르는 것이 없어요. 게다가 그만큼이나 집안일에도 능숙해요. 그녀는 이 저택을 완벽하게 꾸려나가고, 하인들도 잘 다스려요 그녀가 오고 나서부터 하인들 사이의 말썽과 시기가 없어졌어요. 나는 어떻게 그녀가 그 일을 해냈는지 알 수가 없어요――단지 재치가 있다고밖에는 생각할 수 없답니다.」

「그녀는 부인과 얼마나 함께 지냈습니까?」

「12년――아니, 그보다도 더 오래 됐어요. 13년――14년―― 아마 그쯤 되었을 겁니다. 그녀는 내게 커다란 위안이랍니다.」

트레브스 노인은 고개를 끄덕였다.

트레실리안 노부인은 눈을 반쯤 감은 채 그를 바라보다가 갑자기 말했다.

「무슨 문제가 있나요? 당신은 무언가 걱정하고 있는 것 같군요.」

「아니, 별일 아닙니다. 아주 사소한 일이에요. 부인의 눈은 정말 예리하군요.」

「나는 사람들을 관찰하기를 좋아한답니다. 나는 매튜가 마음속으로 생각하는 것을 정확하게 알아맞히곤 했지요.」

트레실리안 노부인은 이렇게 말하고 나서 한숨을 쉬고는 베개에 머리를 기대었다.

「자, 이제 당신에게 작별 인사를 해야겠군요.」

그것은 마치 물러가라는 여왕의 분부 같았는데――그렇다고 예의에 어긋나는 그런 투는 아니었다.

「몹시 피곤하군요. 하지만 대단히, 대단히 즐거웠습니다. 곧 다시

법도록 하지요.」

「부인은 내가 말장난이나 하고 있다고 생각하시나 보군요. 쓸데없이 너무 오랫동안 지껄인 것은 아닌지 모르겠습니다.」

「오, 그렇지 않아요. 나는 종종 이렇게 갑자기 피곤을 느끼곤 한답니다. 나가기 전에 종을 좀 울려 주세요.」

트레브스 노인은 커다랗고 오래 된 종의 손잡이 끝에 나와 있는 줄을 조심스럽게 잡아당겼다.

「아주 오래 된 것이로군요.」

「종 말인가요? 나는 새로 나온 전기 벨은 마음에 안 들어요. 그것은 반 시간만 계속 누르고 있으면 고장나고 말 겁니다! 이것은 절대로 그런 일이 없지요. 이 종은 위층에 있는 바레트의 방과 연결되어 있어요——그녀의 침대 위에 매달려 있답니다. 그렇기 때문에 내가 종을 잡아당기면 꾸물거리는 일이 절대로 없지요. 만일에 즉시 내려오지 않으면, 그것을 다시 한 번 잡아당긴답니다.」

트레브스 노인이 그 방을 나왔을 때 그는 두 번째로 종을 잡아당기는 소리를 들었고, 위층 어디선가 딸랑거리는 소리가 들렸다. 그는 위를 쳐다보고, 그 소리가 천장을 따라 선으로 전달되고 있다는 것을 알았다. 바레트는 위층에서 허겁지겁 뛰어 내려와서 그를 지나쳐 여주인 방으로 급히 들어갔다.

트레브스 노인은 작은 엘리베이터를 무시하고, 천천히 아래층으로 걸어 내려갔다. 그의 얼굴은 뭔가 알 수 없는 근심으로 잔뜩 찌푸려져 있었다.

그는 사람들이 모두 응접실에 모여 있는 것을 발견했다. 메리 올던이 곧 브리지 게임을 하자고 했지만, 그는 지금 당장 숙소로 돌아가야 한다며 정중하게 거절했다.

「내가 묵고 있는 호텔은 규칙이 굉장히 엄격해요. 그 호텔 사람들은 자기들 손님이 한밤중까지 밖에서 돌아다니는 것을 좋아하지 않거든요.」

「한밤중이 되려면 아직 멀었어요──이제 겨우 10시 반인걸요.」 네빌이 말했다.「하지만, 선생님이 들어가지 않았는데도 문을 잠그거나 하지는 않겠죠?」

「오, 물론 그렇지는 않소. 사실 한밤중이 되어도 문을 잠그지는 않는 모양이오. 문은 9시 정각에 닫히지만, 단지 손잡이를 돌리기만 하면 들어갈 수 있지요. 사람들은 이곳을 형편없는 곳이라고 깎아 내리려고 들지만, 나는 이 지방 사람들의 정직성에 대해서 정당하게 평가해 주어야 한다고 생각하오.」

「그건 그래요. 이곳에서는 대낮에 문을 닫고 사는 사람이 없거든요.」하고 메리가 말했다.「우리도 낮에는 대문을 그냥 열어 놓고 지내요──그러나 밤에는 걸어 잠그지요.」

「발모럴 코트는 어떤 곳입니까?」하고 테드 라티머가 물었다.「그것은 구식 빅토리아 풍으로 잘못 지어진 건물처럼 보이더군요.」

「그곳은 이름(Balmoral Court ; 왕실장)에 어울리는 곳이오.」하고 트레브스 노인이 말했다.「견고한 빅토리아 풍의 안락하고 훌륭한 곳이지요. 훌륭한 침대와, 훌륭한 음식──널찍한 빅토리아 식의 옷장, 마호가니 재(材)로 치장된 멋진 욕실.」

「처음에는 뭔가 맘에 들지 않는다고 말씀하셨잖아요?」하고 메리가 물었다.

「아, 그랬었지요. 나는 편지로 1층에 있는 방을 두개 부탁했었소. 알다시피, 나는 심장이 약해서 층계 오르는 일을 삼가고 있지요. 그런데 막상 도착해서 보니, 1층에 빈방이 준비되어 있지 않는 거요. 나는 몹시 화가 나고 당황했소. 그들은 대신 꼭대기층에 있는 두 개의 방(그런대로 안락하고 깨끗하게 보이는)을 쓰라고 하더군요. 나는 항의를 했소. 그러나 1층 방에 묵고 있는 사람이 이 달에 스코틀랜드로 떠나게 되어 있었는데, 병에 걸려서 움직일 수 없다는 거였소.」

「루컨 부인일 거예요.」하고 메리가 말했다.

「아, 그래요. 그 이름이었던 것 같구려. 그런 상황에서 그래도 나는 제법 훌륭한 방에 묵게 되었소. 다행스럽게도 그곳에는 훌륭한 자동 엘리베이터가 있더군요——덕분에 별 어려움이 없소.」

「테드, 왜 너도 발모럴 코트에 묵지 그랬니? 그러면 드나들기가 좀 쉬웠을 텐데.」케이가 말했다.

「아, 나에게는 어울리지 않는 곳 같아서.」

「맞소, 라티머 씨. 그곳은 젊은이처럼 생활하는 사람들에게는 있을 만한 곳이 못될 거요.」트레브스 노인이 말했다.

무슨 까닭에서인지 테드 라티머는 얼굴을 붉히며 말했다.

「무슨 뜻으로 그런 말씀을 하시는지 모르겠습니다.」

그때 메리 올딘이 어색한 분위기를 알아차리고는 재빨리 신문에 난 어떤 사건으로 화제를 돌렸다.

「경찰이 켄티시 타운에서 일어났던 트렁크 사건의 용의자 한 명을 체포했다고 들었어요——.」

「이번에 체포된 사람은 두 번째 용의자라는군요.」하고 네빌이 말했다.

「이번에는 제발 진짜 범인이었으면 좋겠어요.」

「경찰에서는 비록 그가 범인일지라도 잡아둘 수가 없을 거요.」하고 트레브스 노인이 끼여들었다.

「증거가 충분하지 않기 때문인가요?」로이드가 물었다.

「그렇소.」

「하지만, 저는 그들이 결국에는 증거를 찾아낼 거라고 생각해요.」하고 케이가 말했다.

「항상 그렇지는 않소, 스트레인지 부인. 부인이 범죄를 저지른 사람들 중에 얼마나 많은 사람들이 태연하게 이 땅에서 자유롭게 활개치며 다니는지를 안다면 깜짝 놀랄 거요.」
「그들이 발각되지 않았기 때문인가요, 선생님 말씀은?」
「그 한 가지 때문만은 아니지요.」하고 말하며, 그는 2년 전에 있었던 어떤 유명한 사건에 대해서 언급했다.
「경찰은 어린아이를 살해한 범인이 누구인지 알고 있었는데——그것은 의심할 여지가 없는 사실이었소——그러나 그들은 어떻게 할 수가 없었소. 두 사람이 그 남자의 알리바이를 증명해 주었기 때문이지요. 하지만, 그 알리바이는 뒤집어 엎을 만한 점이 없도록 완벽하게 꾸며진 거짓말이었소. 결국, 그 살인자는 석방되었죠.」
「정말 끔찍한 일이로군요.」
토머스 로이드는 파이프를 톡톡 두드리면서 조용하고 생각에 잠긴 듯한 목소리로 말을 이었다.
「그것은 내가 늘 갖고 있던 생각을 확실하게 해주는 경우군요——때때로 사람들은 법률을 자신에게 유리한 쪽으로 적용시키는 일을 정당화시키곤 합니다.」
「그건 무슨 뜻인가요, 로이드 씨?」
토머스는 파이프에 담배를 채우기 시작했다. 그는 신중하게 손을 내려다보면서 띄엄띄엄 이야기해 나갔다.
「선생님도 아시겠지만——더러운 일은——죄를 저지른 인간에게 법률이 어떤 힘을 미치지 못한다는 겁니다——그런 인간들은 묘하게도 처벌을 받지 않고 빠져나가지요. 그래서 나는 이렇게 생각했습니다——누구든 자신이 판결을 집행하는 것이 가장 타당하다고 말입니다.」
트레브스 노인이 부드럽게 말했다.

「대단히 위험한 견해로군요, 로이드 씨! 그런 행동은 절대로 정당화될 수 없는 거요!」

「그렇지가 않습니다. 내 생각은, 진상을 밝히자는 것뿐입니다──그것은 바로 법이라는 존재가 무력하기 때문입니다!」

「사사로운 행동은 절대로 용납될 수 없어요.」

「나는 그렇게 생각지 않습니다. 만일에 어떤 사람이 자기 목을 졸라야만 했다고 해도, 나는 그 목을 조른 책임을 그에게 돌려야 한다고 생각하지 않습니다!」

토머스는 미소를──아주 부드러운 미소를 지으며 말했다.

「그렇다면 당신 자신이 법의 집행에 대한 책임을 질 수 있다는 말이오!」

「나도 조심을 해야겠지요, 물론……사실 누군가가 법률의 어떤 교묘한 점을 이용할 수도 있지요…….」

토머스가 여전히 미소를 지은 채 말했다.

오드리가 그 특유의 맑은 목소리로 말했다.

「오빠는 알아낼 수 있을 거예요, 토머스.」

「사실은 그렇지 않아.」 하고 토머스가 말했다.

「나는 어떤 사건을 알고 있는데──.」

트레브스 노인은 갑자기 말을 멈추었다. 그는 변명을 하듯이 말을 이었다.

「이해하시겠지만, 범죄학은 내 취미라고 할 수도 있지요.」

「계속 말씀하세요.」 하고 케이가 말했다.

「나는 범죄 사건에 대해서는 아주 다양한 경험을 가지고 있소.」 트레브스 노인이 이야기를 계속했다. 「그 중 몇 가지는 정말 흥미있는 사건이었소. 대부분의 범인들은 앞뒤 가리지 않고 무턱대고 일을 저지르곤 하지요. 그러나 지금 내가 이야기할 사건은 정말 놀랍고 흥미 있는 거죠.」
 「오, 어서 이야기해 주세요. 저는 살인사건에 대해서 아주 흥미가 많아요.」
 케이가 말했다.
 트레브스 노인은 천천히 이야기를 시작했다. 아주 신중하고 조심스럽게 한마디 한마디에 힘을 주어서.
 「그 사건은 어린아이에 관계된 것이었소. 그 아이의 나이나 성별에 대해서는 언급하지 않겠소. 그 진상은 다음과 같소. 두 아이가 활쏘기 놀이를 하다가, 한 아이가 다른 아이의 급소를 향해 활을 쏘아서 결국 그 아이는 죽었지요. 검시가 시작되고, 그 살아 남은 아이는 완전히 정신이 나갔소. 결국, 그 사건은 정상이 참작되어 그 끔찍한 살인을 저지른 아이는 동정을 받게 되었소.」
 그는 말을 멈추었다.
 「그것이 전부입니까?」테드 라티머가 물었다.
 「그것이 전부요. 유감스러운 사건이었죠. 하지만 거기에는 다른 측면의 이야기가 있소. 어떤 농부가, 앞서 말했던 그 시간에 우연히 그 근처의 숲길을 지나가게 되었소. 그 농부는 그때 어느 정도 분명하게 한 아이가 활을 쏘고 있는 광경을 목격하게 되었지요.」
 트레브스 노인은 이야기를 멈추고 잠시 생각에 잠겼다.
 「당신 말씀은——그것은 우연한 사건이 아니라——의도적인 사건이었다는 뜻인가요?」
 메리 올딘이 의심스러운 듯이 물었다.
 「그것은 나도 모르죠.」트레브스 노인이 대답했다.「누구도 결코 알 수 없는 일이지요. 그러나 검시에서 상처가 크고 거친 점으로 보아서 아이들의 활솜씨는 아니라고 진술되었소.」
 「그런데 그것이 그렇지가 않았나요?」

「그것은 확실히 어린애가 쏜 것이라고 할 수가 없었소.」
「그럼 그 농부가 어떤 짓을 했나요?」
오드리가 숨을 죽이며 물었다.
「그는 아무 짓도 하지 않았소. 그러나 그가 솔직하게 진술했는지 아닌지는 나도 장담할 수 없소. 그것은 한 아이의 장래가 걸린 문제였지요. 그는 분명히——확실하지 않은 점은 그 어린애에게 유리하도록 말해 주어야 한다고 생각했을 거요.」
「트레브스 선생님도 실제로 무슨 일이 일어났는지 전혀 의심하지 않았나요?」
오드리가 물었다.
트레브스 노인은 엄숙하게 말했다.
「내 개인적으로는 그것이 아주 치밀하게 계획된 살인이었다고 생각하오——어린아이에 의해 저질러진 것과, 나머지 세부적인 일까지도 모두 완벽하게 계획된 살인이라고 믿소.」
「그렇게 생각할 만한 어떤 근거라도 있습니까?」
테드 라티머가 물었다.
「오, 물론이지요. 거기에는 어떤 동기가 있습니다. 어린아이의 심술이라든가, 난폭한 말들——그것들은 아이들의 증오심을 부채질하기에 충분하지요. 아이들은 쉽게 증오를 느끼지요——.」
「하지만 그 사건은 아주 치밀하게 계획된 것이라고 하셨잖아요?」
메리가 큰소리로 대들듯이 말했다.
트레브스 노인은 고개를 끄덕였다.
「그렇소. 바로 그 치밀함이 더욱 나쁜 거요. 그 아이가 가슴속에 끔찍한 살인 계획을 지니고, 침착하게 몇 번씩이나 연습을 해본 뒤에 결국 어떤 행동——그 끔찍한 활쏘기로 분노와 절망을 비극적인 파국으로 터뜨린 것이지요. 그것은 사실 믿을 수 없는 거였소——아마 너무 믿을 수 없는 일이었기 때문에 법정에서 받아들여지지 않았을 거요.」

「그——그 살아 남은 아이는 어떻게 되었나요?」

케이가 궁금한 듯이 물었다.

「이름을 바꾸었다고 들었소.」하고 트레브스 노인이 말했다.「검시 발표가 있고 나서, 사람들은 모두 그것이 현명한 처사라고 생각했지요. 그 아이는 이제 어른이 되어서——세계 어디에선가 살고 있을 거요. 그런데 문제는 그가 아직도 살인자의 마음을 가지고 있느냐는 것이 아닐까요?」

그는 조심스럽게 덧붙여 말했다.

「그것은 오래 된 일이지만, 나는 그 작은 살인자가 어느 곳에 있든지 한눈에 알아볼 수 있을 것 같소.」

「설마, 그럴 리가 있겠습니까?」

로이드가 의심스러운 듯이 물었다.

「아, 그렇지 않아요. 그에게는 눈에 띄는 뚜렷한 신체적인 특징이 있었소——아무튼 그 문제에 대해서 더 이상 길게 이야기하지 않겠소. 그것은 그리 유쾌한 이야기가 못 되죠. 이제는 정말 호텔로 돌아가야겠소.」

트레브스 노인이 일어섰다.

「마실 것을 한 잔 드릴까요?」하고 메리가 물었다.

술잔은 방 저쪽 끝에 있는 탁자 위에 놓여 있었다. 그곳에서 가장 가까이에 있던 토머스 로이드가 그쪽으로 걸어가 위스키 병의 마개를 뽑았다.

「위스키와 소다수 중 어느 것으로 하시겠습니까, 트레브스 선생님? 라티머 씨, 당신은 어느 것으로?」

「멋진 저녁이로군. 잠시 밖으로 나가지 않겠소?」

네빌이 오드리에게 나지막한 목소리로 말했다.

오드리는 테라스에 비치는 달빛을 바라보면서 창문 옆에 서 있었다. 네빌은 그녀 옆을 지나 바깥으로 나가서 그녀가 나오기를 기다렸다. 그녀는 재빨리 고개를 흔들고는 방 쪽으로 돌아섰다.

「아니에요. 지금은 피곤해요. 저는——저는 그만 자러 가야겠어요.」

오드리는 방을 가로질러서 밖으로 나갔다.

케이가 크게 하품을 하고는 말했다.

「나도 졸립군요. 당신은 어떻게 하시겠어요, 메리?」

「나도 마찬가지예요. 안녕히 주무세요, 트레브스 선생님. 내일 뵙겠어요. 그리고 토머스 씨.」

「잘 자요, 올딘 양. 잘 자요, 스트레인지 부인.」

「내일 점심 먹으러 가게 될 거야, 테드.」하고 케이가 말했다.

「오늘처럼 날씨가 좋다면 수영도 할 수 있겠지요?」

「좋아요. 내가 당신들을 모시지요. 잘 자요, 올딘 양.」

두 여자가 거실을 떠났다.

테드 라티머가 트레브스 노인에게 다정하게 말했다.

「제가 바래다 드리지요, 선생님. 나루터로 내려가서, 저는 호텔로 돌아가면 됩니다.」

「고맙소, 라티머 씨. 이렇게 젊은이의 호위를 받게 되다니 정말 기쁘구려.」

그러나 트레브스 노인은 빨리 떠나야 한다고 말했으면서도 전혀 서두르는 것 같지가 않았다. 그 노인은 술을 조금씩 마시면서, 토머스 로이드에게서 말레이시아 생활에 대한 이야기를 짜내기 위해 애쓰고 있었다.

그러나 로이드는 그저 사람들의 물음에 짧게 대답할 뿐이었다. 그들이 그에게서 이야기를 끌어내야 하는 어려움에 비추어 볼 때, 그의 일상 생활마저도 마치 국가적으로 중요한 비밀이라도 되는 것 같았다. 그는 어떤 깊은 생각에 빠져서 정신을 못 차리는 것 같았다. 그는 사람들의 질문을 피하기 위해서 무척 애쓰고 있었다.

테드 라티머는 그만 짜증이 났다. 그는 싫증을 내고 안달을 하더니, 잠시 뒤에는 거의 화가 날 지경이 되었다.

그는 갑자기 로이드의 이야기 중간에 끼여들어서 소리쳤다.

「참, 깜빡 잊어버릴 뻔했군요. 케이가 듣고 싶어하는 축음기 판을 몇 장 가지고 왔었거든요. 아직 홀에 있을 겁니다. 그것들을 가져가야 겠어요. 내일 케이에게 내가 가져갔다고 말씀해 주시겠어요, 로이드 씨?」

로이드는 고개를 끄덕였다. 테드는 곧 그 방을 떠났다.

「침착하지 못한 젊은이군.」

트레브스 노인이 나직한 목소리로 말했다.

로이드는 대꾸를 하지 않고 그저 우물우물했다.

「내가 알기로는, 스트레인지 부인의 옛친구라고 하던데요?」하고 노법률가가 물었다.

「케이 스트레인지 친구지요.」하고 토머스가 대답했다.

트레브스 노인은 미소를 지으며 말했다.

「물론이지요. 그는 결코──첫번째 스트레인지 부인의 친구는 아닐 거요.」

「그래요, 오드리의 친구가 아닙니다.」

로이드는 단호하게 말했다.

그때 트레브스 노인의 장난기 있는 눈과 마주치자, 그는 조금 얼굴을 붉히면서 말했다.

「그러니까 제 말은 무슨 뜻인가 하면──.」

「아, 나도 당신이 무슨 뜻으로 말했는지 잘 알고 있소, 로이드 씨. 당신은 오드리 스트레인지 부인의 친구지요, 그렇지 않소?」
　토머스 로이드는 담배 주머니에서 담배를 꺼내어 파이프에 가득 채우기 시작했다. 그는 자기가 하고 있는 동작을 내려다보면서, 좀 중얼거리는 듯한 목소리로 말했다.
「음——그렇습니다. 우리는 함께 자랐지요.」
「그녀는 매우 매력적인 소녀였겠군요?」
　그 물음에 토머스 로이드는 단지, 「음——흠.」하는 소리만 낼 뿐이었다.
「이 저택에 두 스트레인지 부인이 함께 있다는 것이 좀 어색하다고 느껴지지 않소?」
「그, 그렇습니다——그래요, 좀 그런 점이 있지요.」
「내 생각엔 스트레인지 전 부인이 곤경에 처해 있는 것 같은데?」
　토머스 로이드의 얼굴이 상기되었다.
「사실, 어려운 입장에 처해 있어요.」
　트레브스 노인이 몸을 앞으로 기울였다. 그의 질문이 날카롭게 터져 나왔다.
「그녀는 왜 이곳에 왔을까요, 로이드 씨?」
「글쎄요——내 생각에는——.」
　그는 자신이 없는 목소리로 더듬거리며 말을 이었다.
「거절하기가 싫었던 것이 아닐까요?」
「누구에게 거절한다는 말이오?」
　로이드는 거북하다는 듯한 몸짓을 했다.
「글쎄요, 나는 그녀가 해마다 이맘때쯤이면——9월이 되면——늘 이곳을 방문하는 걸로 알고 있습니다.」
「그리고 트레실리안 노부인은 같은 때에 네빌 스트레인지와 그의 새 부인을 초대했다 이거요?」

그 노신사의 목소리는 정곡을 찌르고 있었다.

「그렇지 않습니다. 그것은 네빌 자신이 원했던 것으로 알고 있습니다.」

「그가 진심으로 이러한 만남을 원했을까요?」

로이드는 그 물음에 몹시 당황하는 표정을 지었다. 그는 트레브스 노인의 시선을 피하며 대답했다.

「그랬다고 생각합니다.」

「이상하군요.」 트레브스 노인이 말했다.

「어리석은 짓입니다.」

토머스 로이드가 트레브스 노인이 길게 말하려는 것을 막듯이 단호하게 말했다.

「그들이 당황하고 있다는 것을 모두 눈치챘을 거요.」 하고 트레브스 노인이 말했다.

「오, 글쎄요——사람들이 그런 일에 관심을 가지고 눈여겨보는 것은 당연한 일이 아닐까요?」 토머스 로이드가 모호하게 말했다. 「내가 의심하는 것은, 혹시 그것이 누군가 다른 사람의 생각이 아니었을까 하는 것이오.」

로이드가 그를 빤히 쳐다보았다.

「그런 일이 다른 사람의 생각으로 될 수 있는 걸까요?」

트레브스 노인은 한숨을 쉬었다.

「세상에는 별의별 사람들이 다 있지요——다른 사람의 생활까지 자기 방식대로 조절하고 싶어 못 견디고——무리한 요구를 제의하고 싶어하는 등——.」

그는 네빌 스트레인지가 프랑스 식 창문 뒤에서 천천히 걸어오는 것을 보고는 말을 멈추었다. 동시에 테드 라티머가 홀에서 방으로 들어왔다.

「어이, 테드, 그곳에서 무엇을 하고 있었소?」네빌이 물었다.

「케이에게 준 축음기 판을 정리했습니다. 그녀가 몇 장 갖다 달라고 했거든요.」

「아, 그랬었나? 나에게는 아무 말 하지 않던데.」

둘 사이에 잠시 어색한 침묵이 흘렀다. 네빌은 술잔이 놓여 있는 곳으로 천천히 걸어가서 위스키와 소다수를 따라 마셨다.

그는 상기된 표정으로 깊은 한숨을 몰아 쉬었다.

트레브스 노인은 누군가가,「네빌 스트레인지는 정말 행운아야. 그는 자기가 원하는 것은 다 가지고 있거든.」하고 말하는 것을 들었다. 그러나 지금 이 순간 그는 전혀 행복한 남자로 보이지 않았다.

네빌이 다시 들어오자, 토머스 로이드는 마치 주인으로서의 의무를 다했다고 생각하는 것 같았다. 인사도 잊은 채 방을 나서는 그의 발걸음은 평상시보다 좀 서두르는 것처럼 보였다. 그것은 거의 도망치는 듯한 모습이었다.

「멋진 저녁이었소. 대단히 ── 아 ── 유익한 밤이었소.」

트레브스 노인은 잔을 내려놓으며 말했다.

「유익했다고요?」

네빌이 눈썹을 치켜 올리며 물었다.

「말이 없는 로이드 씨에게서 말레이시아 이야기를 듣는 것은 정말 쉬운 일이 아니지요.」

테드가 온화하게 미소를 지으며 말했다.

「유별난 사람이지요, 로이드 씨는.」네빌이 말했다.「나는 그가 늘 그렇다고 생각해요. 그 낡은 파이프를 입에 물고는 '음' 또는 '아'라고 말하며 고개를 끄덕이곤 하지요. 마치 박식한 올빼미처럼 말입니다.」

「아마 그 이상일 거요. 이제 정말 일어나야겠소.」 하고 트레브스 노인이 말했다.

「트레실리안 부인을 한 번 더 찾아뵈세요.」

네빌이 두 사람을 홀까지 전송하며 말했다. 그리고는 얼른 덧붙여 말했다.

「선생님은 아주머니에게 커다란 위안을 줄 겁니다. 아주머니는 바깥 세상과는 거의 접촉이 없거든요. 참으로 놀라운 분이세요, 그렇지 않습니까?」

「정말 그렇소. 대화를 이끌어 나가는 기술이 뛰어나더군요.」

트레브스 노인은 조심스럽게 머플러와 외투를 걸치고는 다시 한 번 인사를 하고, 테드 라티머와 함께 밖으로 나갔다.

발모럴 코트는 사실 모퉁이를 돌아서, 200야드(약 185m)밖에는 떨어져 있지 않았다. 그것은 한산한 시골길의 가장 끝 쪽에 자리한 채, 함부로 접근할 수 없는 고고함을 풍기고 있었다.

테드 라티머가 가야 하는 나루터는, 그 발모럴 코트에서 200~300야드(약 185~275m)를 더 내려가 강 폭이 가장 좁은 곳에 위치하고 있었다.

트레브스 노인은 발모럴 코트의 문 앞에 서서 손을 내밀었다.

「잘 가시오, 라티머 씨. 이곳에서 오래 머무를 작정이오?」

테드는 흰 이를 드러내며 미소를 지었다.

「글쎄요, 두고 봐야겠습니다. 아직은——싫증을 못 느끼겠는걸요.」

「오——저런, 내가 걱정하는 것이 바로 그거요. 요즈음 젊은 사람들은 대부분 당신처럼 지루함을 가장 커다란 문제로 삼고 있는 것 같소, 라티머 씨. 하지만 내 경험으로 비추어 보면, 그것은 옳지 않은 생각이오.」

「어째서 그렇습니까?」

테드 라티머의 목소리는 부드럽고 쾌활했지만, 그렇게 말하는 목소리에는 무언가 알 수 없는——뭐라고 표현할 수 없는 무엇인가가 감추어져 있었다.

「오, 그것은 당신 상상에 맡기겠소, 라티머 씨. 당신도 알다시피, 나는 당신에게 충고하고 싶은 마음이 별로 없어요. 나 같은 늙은이의 충고는 늘 푸대접을 받게 마련이지. 그것은 아마 당신도 인정할 거요. 그러나 우리 같은 노인네들의 경험이란 것도 무조건 무시할 수만은 없는 거요. 그것은 많은 것을 가르쳐 준다고 생각하오. 우리 같은 사람들은 많은 것을 보아 왔지. 당신도 잘 알겠지만, 그 오랜 세월을 지나오면서.」

갑자기 구름이 달을 가렸다. 주위가 몹시 어두워졌다. 어둠 저편에서, 어떤 사람이 언덕을 넘어 그들 쪽으로 걸어오는 모습이 어슴푸레하게 보였다.

그것은 토머스 로이드였다.

「나루터로 가려면 이 길로 조금만 내려가면 됩니다.」

그는 이빨로 파이프를 꽉 물고 우물우물 말했다.

「여기가 선생님이 묵는 호텔인가요? 문이 잠겼나 보군요.」

그가 트레브스 노인에게 물었다.

「오, 그렇지 않을 거요.」

트레브스 노인이 말했다. 그리고 그는 커다란 놋쇠 손잡이를 돌려서 문을 뒤로 밀었다.

「방까지 모셔다 드리겠습니다.」하고 로이드가 말했다.

그들 세 사람은 홀로 들어갔다. 홀에는 단지 전구 하나만이 희미하게 켜져 있을 뿐이었다. 사람은 보이지 않았으며, 오래 전에 식사를 한 듯한 냄새와, 먼지가 앉은 벨벳 카펫, 그리고 훌륭한 가구 향기가 물씬 풍겨 왔다.
 갑자기 트레브스 노인이 화를 내며 소리쳤다.
 그들 앞에 있는 엘리베이터에는 다음과 같은 팻말이 덩그러니 걸려 있었다.

'엘리베이터 고장'

「이런, 이것 참 낭패로군. 그 꼭대기까지 걸어올라가야 하다니.」
하고 트레브스 노인이 말했다.
「안됐습니다. 다른 엘리베이터는 없습니까——짐을 운반한다든지 하는 것 말입니다.」하고 로이드가 말했다.
「없는 것 같소. 이것으로 다 사용해요. 아무튼 천천히 올라가는 수밖에 별 도리가 없군요. 안녕히들 돌아가시오.」
 그는 널찍한 계단을 천천히 올라가기 시작했다.
 로이드와 라티머는 트레브스 노인에게 인사한 뒤에, 어둠이 깔린 밖으로 나왔다.
 잠시 침묵이 흐른 뒤에 로이드가 불쑥 말했다.
「자, 안녕히 가십시오.」
「안녕히 주무세요. 내일 뵙겠습니다.」
「그러지요.」
 테드 라티머는 나루터를 향해 언덕을 성큼성큼 내려갔다. 토머스 로이드는 잠시 그를 지켜본 뒤에, 돌아서서 걸즈 곶 쪽으로 천천히 걸어갔다.
 달이 다시 구름 뒤에서 나와 솔트크리크를 찬란한 은빛으로 비추고 있었다.

# 7

「마치 여름 날씨 같아요.」

메리 올딘이 중얼거리듯이 말했다.

그녀와 오드리는 특이하게 지어진 이스터헤드 베이 호텔 건물 바로 아래에 있는 강변에 앉아 있었다. 하얀 수영복을 입은 오드리는 마치 섬세한 상아 조각 같았다. 메리는 물에 들어가지 않았다. 케이는 그들에게서 조금 떨어진 곳에서 태양을 등지고 구릿빛 피부를 드러낸 채 고개를 치켜 들고 누워 있었다.

「어머! 물이 너무 차가워요.」

그녀는 몸을 일으키고서 말했다.

「오, 글쎄요. 9월이란 것은 속일 수 없나 보지요.」하고 메리가 말했다.

「우리가 남프랑스에 있다면 얼마나 좋을까. 그곳은 정말 따뜻하거든요.」

테드 라티머가 그녀 뒤에서 중얼거렸다.

「이곳의 햇빛은 진짜가 아니야.」

「당신은 전혀 물에 들어가지 않을 거예요, 라티머 씨?」하고 메리가 물었다.

「테드는 물에 들어가지 않아요. 마치 도마뱀처럼 햇빛을 좋아하는 걸요.」

케이가 웃으며 말했다.

그녀는 발을 뻗어서 발가락으로 그를 찔렀다. 그는 벌떡 일어나서 말했다.

새하얀 눈과 붉은 장미 127

「좀 걷지 않겠어, 케이? 어째 좀 으스스한데.」

그들은 강변을 따라 함께 걸어갔다.

「도마뱀 같다니? 좀 이상한 비유로군.」

메리 올딘은 그들을 바라보며 중얼거렸다.

「당신은 그렇게 생각하지 않아요?」

「전혀 그렇지 않아요. 도마뱀이란 아주 순한 동물이에요. 나는 그가 순하다고 생각하지 않아요.」

「틀렸어요. 나는 그 둘 다 틀렸다고 생각해요.」

오드리가 신중하게 말했다.

「참 잘 어울리는군요..」

메리가 멀어져 가는 테드와 케이를 바라보며 중얼거리듯이 말을 이었다.

「아무튼 잘 어울리는 사람들이에요, 그렇지 않아요?」

「나도 그렇다고 생각해요..」

「그들은 취향도 같지요.」 메리는 계속했다. 「그리고 같은 생각을 가지고 있고, 그리고——그리고 말투도 비슷해요. 그것은 정말 유감이 아닐 수——.」

그녀는 갑자기 말을 끊었다.

오드리가 날카롭게 물었다.

「그것이라니 무엇을 말하는 거지요?」

메리가 천천히 대답했다.

「나는 네빌과 그녀가 만난 것이 유감이라고 생각해요.」

오드리는 자세를 꼿꼿하게 바로잡았다. 메리가 종종 말하던 '오드리의 얼어붙은 표정'이 그녀의 얼굴을 뒤덮었다.

메리가 재빨리 말했다.

「미안해요, 오드리. 이런 이야기를 하는 게 아니었는데.」

「그래요——그런 이야기는 하지 않는 편이 훨씬 나아요.」

「물론, 물론이지요. 내가 너무 어리석었어요. 나는——나는 당신이 그 일을 극복했을 거라고 생각했어요.」

오드리는 천천히 고개를 돌렸다. 침착하고 무표정한 얼굴로 그녀가 말했다.

「그 일에는 극복하고 말고 할 것이 전혀 없어요. 나는——그 문제에 대해서는 아무런 감정도 없어요. 내가 바라는 것은——다만 내가 바라는 것은, 케이와 네빌이 행복하게 지내는 것뿐이에요.」

「그렇게 생각하다니, 당신은 정말 훌륭하군요, 오드리.」

「훌륭한 게 아니에요. 그것은——그것은 단지 진실일 뿐이에요. 그러나——글쎄요——지나간 일을 잊지 못하고 돌아보는 것은 쓸데없는 일이죠. 그것은 이리 되었든——저리 되었든 아무튼 유감스러운 일이에요! 어차피 이제 모두 끝난 일이 아니에요? 그것을 왜 들추어내야 하지요? 우리는 지금 각자 자기의 생활을 이어 나가고 있어요.」

「나는 케이와 테드 같은 사람들을 보면 어떤 충격 같은 것을 받아요. 왜냐하면——글쎄요, 그들은 내가 지내 보았던 사람들과 너무 다르기 때문일 거예요.」

메리는 솔직하게 말했다.

「맞아요, 나도 그렇게 생각해요.」

「그러나 당신은 내가 겪어 보지 못한 많은 것을 경험했어요. 나는 당신이 불행하게 지내 왔다는 것을 알아요——매우 불행하게——하지만, 나도 더 이상 나은 것도 없다는 생각이 들어요——아무것도 없다고. 아무런 의미가 없어요!」

메리는 마지막 말에 아주 힘을 주어서 말했다.

오드리의 커다란 눈이 약간 놀란 것처럼 보였다.

「나는 당신이 그렇게 느끼고 있으리라고는 꿈에도 생각지 못했어요.」
「그래요?」 메리 올딘은 미안하다는 듯이 살짝 웃었다. 「오, 그저 잠깐 화가 나서 한 소리예요. 나는 정말 그럴 뜻은 없었어요.」
「당신에게는 그리 유쾌한 일은 못될 거예요.」
오드리가 천천히 말을 이었다.
「카밀라와 함께 지내는 게 얼마나 불편한지 잘 알아요──비록 그분이 잘해 준다고는 하지만. 그분 방식대로 하인들을 다스린다면 모두 도망치고 말 거예요.」
「나는 지금 생활에 아주 만족하고 있어요. 그러나 많은 여자들이 그렇지가 못하지요. 사실이지만, 오드리, 나는 아주 만족스럽답니다. 나는──.」
잠시 메리는 입술 위에 장난기 있는 미소를 띄우며 말했다.
「나 혼자 몰래 어떤 오락을 즐기고 있답니다.」
「비밀스런 음모 같은 거예요?」
오드리도 역시 미소를 지으며 물었다.
「오, 나는 늘 뭔가를 꾸미고 있답니다.」
메리가 조금 주저하다가 말을 이었다.
「마음속으로 말이에요. 그리고 때때로 실험을 해보곤 하지요── 사람들에게요. 나는 사람들에게 어떤 반응을 일으키게 하려면, 어떤 생각을 어떻게 말해야 하는지를 정확하게 알고 있답니다.」
「사디스트 같군요, 메리. 정말 나는 당신을 모르겠어요!」
「아, 그것은 전혀 해롭지 않은 거예요. 마치 유치한 아이들의 장난 같은 거지요.」
오드리는 의심스러운 듯이 물었다.
「혹시 내게도 실험해 보지 않았어요?」

「그렇지 않아요. 당신은 내가 도무지 예측할 수가 없다고 느끼는 유일한 사람이에요. 당신도 알다시피 나는 당신이 무슨 생각을 하고 있는지 도무지 모르겠어요.」
「아마도 그 말이 꼭 맞을 거예요.」
오드리는 엄숙하게 말했다.
그녀가 몸을 떨자 메리가 소리쳤다.
「추운가 보군요.」
「예, 가서 옷을 입어야겠어요. 확실히 9월은 9월이군요.」
메리 올딘은 물에 비친 그림자를 바라보면서 홀로 남아 있었다. 조수가 빠져나가기 시작했다. 그녀는 눈을 감고 모래에 누워서 몸을 똑바로 폈다.
그들은 호텔에서 훌륭한 점심을 먹었다. 점심때가 지났는데도 그곳은 사람들로 여전히 꽉 차 있었다. 별의별 사람들이 다 모여 있었다. 아——어쨌든 하루가 지나갔다. 그것은 어떤 긴장 상태——걸즈 곶에서 팽팽하게 당겨진 분위기에서 벗어날 수 있었으며, 또 기분 전환이 될 수도 있었다. 그러한 분위기는 오드리의 책임이 아니라, 네빌이——.
그녀의 생각은 테드 라티머가 그녀 옆에 털썩 주저앉는 바람에 갑자기 끊어졌다.
「케이하고 어떻게 잘 지내셨어요?」하고 메리가 먼저 말을 걸었다.
테드는 간단하게 대답했다.
「그녀는 그녀의 법적 소유자에게 끌려갔어요.」
그의 어조 속에 들어 있는 무엇인가가 메리 올딘을 일어나도록 만들었다. 메리는 네빌과 케이가 물가를 따라——금빛으로 반짝이는 모래밭을 걷고 있는 모습을 한참 동안 바라보았다. 그러다가 그녀 옆에 있는 남자에게로 재빨리 눈길을 돌렸다.
 메리는 그를 저속하고 이상하고 위험스럽고 등등, 그런 쪽으로만 생각했었다. 메리는 지금 처음으로 젊은이의 아픈 상처를 보았다. 그녀는 이렇게 생각했다.
 '그는 케이를 사랑했어――정말로 사랑했지――그런데 네빌이 와서 그녀를 데려가 버렸다…….'
 「이곳에서 즐겁게 지내길 바라요.」
 그녀가 부드럽게 말했다.
 그 말에는 정말 친근감이 깃들어 있었다. 메리 올딘은 말이 별로 없었지만――대화를 나눌 때는――그것은 바로 그녀의 재능이었다. 그녀의 어조에는――처음으로――친근감이 담겨 있었다. 테드 라티머도 그것을 받아들였다.
 「할 수만 있다면, 나는 어느 곳에서든지 즐길 수가 있지요!」
 「미안해요.」 메리가 말했다.
 「그러나 그런 문제는 당신들이 상관할 바가 아닙니다! 나는 당신들과는 상관없는 사람이죠――별볼일 없는 사람이 무엇을 느끼고, 어떤 생각을 하는지 그것이 무슨 상관이 있습니까?」
 그녀는 고개를 돌려 씁쓰레한 표정을 짓고 있는 잘생긴 청년을 바라보았다.
 그도 도전적인 시선으로 그녀를 마주보았다.
 메리는 마치 무엇을 처음으로 발견한 사람처럼 천천히 말했다.
 「나도 알아요. 당신은 우리를 싫어하고 있죠.」
 그는 짧게 웃었다.
 「왜 내가 당신들을 싫어한다고 생각하는 겁니까?」
 그녀는 신중하게 말했다.
 「글쎄――뭐――그냥 그런 생각이 들었던 것뿐이에요. 하지만 누구나 그런 생각은 할 수 있는 거 아니에요? 그럼으로 인해서 더욱 겸손하고 조심스럽게 대하게 되는 것이고. 그래요, 당신이 우리를 싫어한다는 것은 나 혼자만의 생각이 아니에요. 우리는 당신을 잘 대해 주려고 노력했어요——케이의 친구로서 말이에요..」

「그렇지요——케이의 친구로서 말이지요!」

그 말에는 독기가 어려 있었다.

메리는 진심으로 호의를 가지고 말했다.

「말해 보세요——진심으로 하는 얘기예요. 당신이 우리를 싫어하는 이유가 뭐죠? 우리가 어떻게 했나요? 우리가 무엇을 잘못하기라도 했어요?」

테드 라티머는 화를 벌컥 내며 큰소리쳤다.

「위선!」

「위선이라고요?」

메리는 흥분하지 않고 냉정하게 그가 한 말을 되풀이했다.

「맞아요, 그렇게 볼 수도 있겠죠.」

「당신들은 위선자 같습니다. 당신들은 자신들이 점잖고 품위 있는 생활을 하고 있다고 여기지요. 당신들은 그저 평범하게 살아가는 우리들에게서 담장을 쳐놓고, 그 조그만 울타리에 갇혀서 행복과 만족을 느끼고 있어요. 그리고, 나 같은 사람을 마치 밖으로 떠돌아다니는 짐승처럼 쳐다보고 있어요!」

「미안해요.」 하고 메리가 말했다.

「그게 사실이죠, 그렇지 않습니까?」

「아니에요, 전혀 그렇지 않아요. 아마 우리가 어리석고 상상력이 부족했나 보군요——하지만 악의가 있었던 것은 아니랍니다. 당신이 위선자라고 했듯이, 나는 말도 많고 천박한 여자예요. 하지만 나에게도 인간적인 면이 있답니다. 지금 내가 미안하다고 한 것은, 당신이 어려움에 처해 있는데도 내가 당신을 위해 무언가 할 수 없기 때문이에요.」

「글쎄요――만일 그것이 사실이라면――당신은 정말 훌륭한 분입니다.」

잠시 침묵이 흐른 뒤에 메리가 부드럽게 말했다.

「당신은 케이를 사랑했지요?」

「몹시 사랑했어요.」

「그리고 그녀도?」

「그렇다고 생각했어요――스트레인지 씨가 나타나기 전까지는.」

「지금도 그녀를 사랑하나요?」

메리가 부드럽게 물었다.

「변치 않았다고 생각합니다.」

잠시 뒤에 메리가 부드럽게 말했다.

「당신은 이곳을 떠나는 것이 좋을 것 같군요.」

「내가 왜요?」

「당신이 이곳에 있으면 더욱 불행의 늪으로 빠져들어가는 결과밖에는 없기 때문이에요.」

그는 그녀를 바라보고는 웃으며 말했다.

「당신은 훌륭한 분입니다. 하지만 당신들의 작은 울타리 밖에서 어슬렁거리며 돌아다니는 짐승들에 대해서 너무 모르고 있어요. 조만간 많은 일들이 일어날 겁니다.」

「많은 일들이라뇨?」

메리가 날카롭게 물었다.

그는 여전히 웃으며 대답했다.

「두고 보면 알 겁니다.」

8

오드리는 옷을 갈아입고 강변을 따라 걸었다. 그녀는 바위가 삐쭉 튀어나온 곳에서 파이프를 입에 물고, 강 맞은편에 하얗고 평화로운 모습으로 우뚝 서 있는 걸즈 곶을 바라보며 앉아 있는 토머스 로이드를 발견했다.

토머스는 고개를 돌려 오드리가 다가오는 것을 보았지만, 그냥 가만히 앉아 있었다. 그녀는 아무 말도 하지 않고 그의 곁에 앉았다. 그들은 서로 모든 것을 잘 알고 있다는 듯이 평화로운 침묵을 음미하고 있었다.

「정말 가깝게 보이지요?」

오드리가 이윽고 침묵을 깨뜨리며 말했다.

토머스는 걸즈 곶 쪽을 바라보았다.

「그렇구나. 헤엄쳐서도 건너갈 수 있겠는걸.」

「이런 조수 때에는 안 돼요. 옛날에 카밀라가 데리고 있던 어떤 하녀가 거의 광적으로 수영을 좋아했죠. 그녀는 조수가 제대로 흐를 때면 언제든지 이 강을 헤엄쳐서 왔다갔다 했답니다. 하지만 조수가 빠져나갈 때에는 강 입구까지 그대로 휩쓸려 간다고요. 한 번은 그녀가 그 꼴을 당했어요——그녀가 이스터 곶의 해변에 도착할 수 있었던 것은 정말 행운이었죠. 물론 완전히 기진맥진한 상태이긴 했지만.」

「이곳이 그렇게 위험한 줄은 몰랐는데.」

「이쪽이 아니라, 저쪽이에요. 저쪽 벼랑 아래는 상당히 깊어요. 작년에는 거기에서 자살을 기도했던 사람이 있었어요——스타크 헤드에서 몸을 던졌는데——그만 벼랑 중간에 있는 나무에 걸려서, 마침

순찰중이던 해안 경비원들에게 구출되었지요.」

「불쌍한 친구로군.」 토머스가 말했다. 「그는 분명히 경비원들에게 고맙다고 하지 않았을 거야. 그는 걷잡을 수 없는 실의에 빠져 모든 것을 끝내 버리겠다고 결심하고 몸을 던졌을 텐데, 그만 구출되고 말았으니. 그 친구는 자신이 바보가 된 느낌을 받았을 거야.」

「하지만 지금쯤은 고맙다고 느낄걸요.」

오드리가 꿈을 꾸듯이 말했다.

「그럴지도 모르지.」

토머스는 파이프를 한 모금 빨았다. 그리고 고개를 살짝 돌려서 오드리를 바라보았다. 그는 그녀가 엄숙하고 침통한 표정으로 강물을 내려다보고 있다는 것을 알았다. 그녀의 깨끗한 뺨에는 길다란 갈색 머리카락이 바람에 하늘거리고 있었으며, 조개 껍질 같은 조그만 귀와——.

그때 문득 그는 어떤 생각이 떠올랐다.

「오, 참! 내가 네 귀고리를 가지고 있단다——지난밤에 잃어버린 것 말이다.」

그는 손가락을 주머니에 집어넣었다. 오드리가 손을 내밀었다.

「어머나, 그것을 어디에서 찾았어요? 테라스에서요?」

「아니, 계단 근처에 있었단다. 저녁식사를 하러 내려오면서 떨어뜨렸을 게다. 저녁식사 때 보니 귀고리를 하지 않았더구나.」

「아주 잃어버린 줄 알았는데, 다시 찾게 되어 정말 기뻐요.」

오드리가 귀고리를 받았다. 토머스는 그것이 그녀의 조그만 귀에는 어울리지 않게 너무 크고 볼품이 없다고 생각했다. 지금 그녀가 하고 있는 귀고리도 역시 너무 큰 것이었다.

「물에 들어갈 때도 귀고리를 하니? 잃어버릴까 걱정되지도 않니?」

「오, 이것은 아주 싸구려예요. 그리고 이것 때문에 언제나 귀고리를 하고 다녀야 해요.」

그녀는 왼쪽 귀를 만졌다. 토머스도 기억이 났다.

「오, 그래, 늙은 바운서한테 물린 적이 있었지?」

오드리는 고개를 끄덕였다. 그들은 어린 시절의 기억을 되살리며 조용히 앉아 있었다. 몸이 몹시 호리호리했던 오드리 스탠디시(당시 그녀의 이름이었다.)가 발에 상처를 입은 바운서를 쓰다듬어 주고 있을 때, 그놈이 갑자기 달려들어 그녀의 귀를 물었던 것이다. 그녀는 그것 때문에 한 바늘을 꿰매야 했다. 그러나 이제는 거의 보이지 않는──아주 희미한 상처에 불과했다.

「오드리, 이제는 거의 보이지 않는데, 왜 그렇게 그 상처에 신경을 쓰니?」

오드리는 명백하고 진지한 대답을 하기 위해 잠시 뭔가 생각하는 듯했다.

「그것은──나는 조금이라도 흠이 있는 것은 참을 수가 없어요.」

토머스는 고개를 끄덕였다. 그 대답은 그가 알고 있는 오드리의 성격과 꼭 맞아 떨어지는 거였다──그녀의 그런 결벽증은 거의 본능 같은 것이었다. 그녀는 무슨 일을 하든지간에 거의 완벽하게 끝맺음을 해야 직성이 풀리는 성격이었다. 그가 갑자기 말했다.

「너는 케이보다 훨씬 아름다워.」

그녀는 재빨리 돌아보았다.

「오, 그렇지 않아요. 케이는──케이는 정말로 아름다운 여자예요.」

「그것은 한 면만 본 것에 지나지 않아. 내면은 그렇지 않아.」

「오빠는 내 마음이 아름답다는 거예요?」하고 오드리가 다소 기쁨에 들뜬 목소리로 물었다.

토머스는 파이프의 담뱃재를 톡톡 털면서 말했다.

「아니── 나는 네 몸매가 그렇다는 거다.」
오드리는 수줍게 웃었다. 토머스는 담배 쌈지를 새것으로 하나 풀었다. 그들은 5분 이상을 가만히 앉아 있었다. 그러나 그 동안에 토머스는 오드리가 깨닫지 못하도록 조심하면서 그녀를 쳐다보고 있었다. 이윽고 그가 조용하게 물었다.
「무엇이 잘 안 되어가니, 오드리?」
「잘 안 되어가다니요? 무슨 말씀이세요?」
「네 일 말이다. 아무래도 무슨 일이 있는 것 같구나.」
「아니에요. 아무 일도 없어요. 전혀 아무 일도 없어요.」
「아니야. 틀림없이 무슨 일이 있어.」
오드리가 고개를 저었다.
「나에게 말해 주지 않으련?」
「말할 것이 없는걸요.」
「나도 내가 예리하다고는 생각하지 않아──그러나 이것만은 말해야겠다.」
토머스는 잠시 숨을 돌렸다.
「오드리──그 일을 잊을 수가 없니? 그것을 그대로 내버려둘 수가 없어?」
그녀는 거의 발작적으로 조그만 손을 바위 틈으로 찔러 넣었다.
「오빠는 이해하지 못해요──절대로 이해할 수 없을 거예요.」
「하지만, 오드리, 나는 알아. 네가 그 일 때문에 괴로워하고 있다는 걸 분명히 알고 있어.」
그녀는 의심하는 듯한 표정을 띤 작은 얼굴을 그에게로 돌렸다.
「나는 네가 어떻게 지내 왔는지 아주 눈에 선하단다. 그리고── 그리고 네 마음속에 품고 있는 것이 무엇인지도 말이야.」
이제 그녀의 얼굴은 창백해졌으며, 입술에는 핏기가 하나도 없어

보였다.
「나는――누군가가 알고 있으리라고는――차마 생각하지 못했어요.」

「글쎄다, 나는 알고 있지. 내――그 일에 대해서는 더 이상 말하지 않으마. 하지만 한마디만 하겠다. 그것은 모두 지난 일이라는 것이야――그것은 돌이킬 수 없는 지난 일이야.」

그녀는 나지막한 목소리로 말했다.

「어떤 일들은 아직 지나가지 않았어요.」

「오드리, 과거에 너무 집착하는 것은 좋은 일이 아니야. 너는 충분히 고통을 겪어 왔어. 그것만으로도 충분해. 네 마음속에 있는 것을 자꾸만 들추어내어 거기에 빠져드는 것은 전혀 무익한 일이야. 앞을 내다보거라――뒤를 보지 말고. 너는 아직 젊어. 너는 네 인생을 꾸며 나갈 의무가 있고, 그리고 그 인생의 대부분은 네 앞에 놓여 있지. 내일만을 생각해, 어제는 필요없어.」

그녀는 아무런 표정 없이 냉정하고 커다란 눈으로 토머스를 쳐다보았다.

「그렇지만 도저히 그렇게 못 할 것 같아요.」

「그러나 너는 해야 해.」

「오빠는 이해하지 못할 거예요. 나는――나는――어떤 점들에 있어서는 정상이 아니에요. 내가 생각하기에도 말이에요.」

오드리가 부드럽게 말했다.

그가 거칠게 그녀의 말을 가로막았다.

「쓸데없는 소리. 너는――.」

그는 말을 멈추었다.

「내가――어떻단 말이에요?」

「나는 네가 처녀 때와 달라진 게 없다고 생각하고 있다――네빌과 결혼하기 전과 말이야. 너는 왜 네빌과 결혼했니?」

오드리는 미소를 지었다.

「그를 사랑했기 때문이지요.」

「그래, 그래, 그것은 나도 알아. 하지만 왜 네가 그에게 빠졌는지 모르겠다. 네빌의 어떤 점이 그렇게 좋았니?」

그녀는 마치 이제는 돌아올 수 없는 처녀 시절의 모습을 보고 싶은 듯이 눈을 찡그렸다.

「내 생각에는, 그의 명쾌한 성격 때문이었던 것 같아요. 그는 나와는 너무나 반대였어요. 나는 그때까지 내가 실물이라기보다는——마치 그림자처럼 느껴졌어요. 그러나 네빌은 매우 실제적이었어요. 그리고 행복하고 자신만만하고 또한——나에게 없는 것을 모두 가지고 있었어요.」

그녀는 미소를 지으며 덧붙여 말했다.

「그리고 아주 잘생겼지요.」

토머스 로이드가 침통하게 말했다.

「그래, 가장 이상적인 영국 남성이지——만능 스포츠맨에다, 기품 있고, 잘생기고, 항상 점잖고——게다가 원하는 것은 무엇이든지 손에 넣었지.」

오드리는 아주 꼿꼿하게 앉아서 그를 쳐다보았다. 그리고는 천천히 말했다.

「오빠는 그를 싫어하는군요. 오빠는 네빌을 몹시 싫어하지요, 그렇지 않나요?」

토머스는 그녀의 시선을 피하기 위해 고개를 돌려 파이프에 불을 붙였다.

「그렇다고 하면 깜짝 놀라겠니? 그렇지는 않지?」

그는 모호하게 말하고는 덧붙였다.

「그는 내가 갖지 못한 것을 다 가지고 있어. 게임도 잘 하고, 그리고 수영과 춤도 잘 추고, 말도 잘하지. 그런데 나는 한쪽 팔을 제대로 쓰지 못하는데다가 말도 잘 못 하는 멍청이지. 그는 늘 성공하는 재능을 가지고 있는 반면에, 나는 항상 느려 터진 게와 같았어. 게다가 그는 내가 귀여워하던 소녀와 결혼을 했단다.」

오드리는 가느다란 소리를 내었다. 그는 화가 나서 말했다.

「너도 그것을 알고 있었어, 그렇잖니? 네가 열다섯 살 때부터 줄곧 사랑했다는 것을 너도 알고 있었어. 그리고 아직도 사랑한다는 것을 너는 알지——.」

그녀가 토머스의 말을 막았다.

「아니에요. 지금은 그렇지 않아요.」

「그게 무슨 말이지——지금은 그렇지 않다니?」

오드리는 벌떡 일어섰다. 그녀는 생각에 잠긴 듯한 조용한 목소리로 말했다.

「왜냐하면——지금은——달라졌기 때문이에요..」

「어떻게 달라졌다는 거니?」

그도 역시 일어나서 그녀를 마주보고 섰다. 오드리는 재빨리 숨가쁜 목소리로 말했다.

「오빠가 모른다면, 나는 말할 수 없어요……나는 내 자신에 대해서도 확신하지 못해요. 내가 아는 것이라고는 단지——.」

그녀는 갑자기 말을 중단하고는 돌아서서, 재빨리 바위 뒤로 돌아서 호텔 쪽으로 걸어갔다.

벼랑의 모퉁이를 돌았을 때, 그녀는 네빌과 마주쳤다. 그는 길게 누워서 물이 괴어 있는 바위 속을 들여다보고 있었다. 그는 오드리를 보고 싱긋이 웃었다.

「안녕, 오드리.」

「안녕, 네빌.」
「게를 보고 있는 중이야. 참 희한하게 움직이지. 봐요, 여기 있어.」
그녀는 무릎을 꿇고 앉아서 그가 가리키는 곳을 들여다보았다.
「보여?」
「예.」
「담배 한 대 피우겠소?」
그녀가 한 개비 받아 들자 그가 불을 붙여 주었다. 잠시 뒤, 그녀가 그를 보고 있지 않는 틈을 타서, 그가 조심스럽게 말을 꺼냈다.
「이야기 좀 해도 되겠소, 오드리?」
「하세요.」
「어떻소? 괜찮지, 그렇지 않소? 내 말은——우리들 사이 말이오.」
「그럼요. 물론이지요.」
「내 말은——우리는 여전히 친구라는 것이오.」
「오, 그래요——그렇죠, 물론.」
「나는——나는 우리가 계속 친구로 지냈으면 좋겠소.」
그는 그녀를 근심스럽게 쳐다보았다. 그녀는 조심스러운 미소를 보냈다.
네빌은 화제를 바꾸었다.
「즐거운 하루였어, 그렇지 않소? 날씨도 좋았고.」
「오, 그래요——그래요.」
「9월 치고는 정말 따뜻한 날씨야.」
「아주 따뜻해요.」
잠시 침묵이 흘렀다.
「오드리——.」
그녀가 일어났다.

「당신 부인이 당신을 찾아요. 당신에게 손을 흔들고 있어요.」
「누구?――오, 케이.」
「나는 당신 부인이라고 말했어요.」
네빌은 발을 구르며 일어나서는 그녀를 쳐다보았다. 그리고 아주 그윽한 목소리로 말했다.
「내 아내는 당신이야, 오드리…….」
그녀는 돌아섰다. 네빌은 강변으로 뛰어내려 모래밭을 가로질러 케이 쪽으로 걸어갔다.

## 9

그들이 걸즈 곶으로 돌아왔을 때, 허스톨이 홀로 들어와서 메리에게 이야기했다.
「지금 곧 올라가서 마님을 뵙지 않겠습니까, 아씨? 마님이 몹시 충격을 받으신 모양입니다. 아씨가 들어오면 곧 올라오시라고 하셨습니다.」
메리는 서둘러 위층으로 올라갔다. 트레실리안 노부인은 어떤 충격을 받았는지 얼굴이 창백하게 질려 있었다.
「메리, 와주어서 정말 고맙다. 나는 지금 어떻게 해야 될지 도무지 알 수가 없구나. 가엾은 트레브스 씨가 돌아가셨다는구나.」
「돌아가셨다니요?」
「그래, 너무 놀라운 일이지? 그렇게 갑자기 말이다. 숙소에 도착하자마자 곧 돌아가신 모양이야.」
「오, 정말 믿을 수 없어요.」
「물론 그분의 안색이 몹시 좋지 않다는 것은 알고 있었지. 심장도 약했고, 혹시 이곳에서 그분이 충격받을 만한 일은 없었니? 식사 때 소화가 안 될 만한 음식은 없었겠지?」
「그런 일은 없었던 것 같아요――아니, 저는 없었다고 확신할 수 있어요. 그분은 아주 좋아 보였고, 또 기분도 괜찮아 보였어요.」
「정말 너무나 슬픈 일이야. 메리, 네가 발모럴 코트에 가서 로저스 부인에게 몇 가지를 좀 알아 왔으면 좋겠다. 그녀에게 우리가 도울 수 있는 일이 뭐 없는지 물어 보렴. 그리고 장례식에 대해서도. 매튜를 위해서라도 우리가 할 수 있는 일이라면 뭔가를 해주는 것이 좋을 것 같구나. 호텔 사람들도 무척 당황하고 있을 게다.」
「카밀라 아주머니, 너무 걱정하지 마세요. 얼굴색이 몹시 안 좋아 보여요.」
메리가 엄숙하게 말했다.
「너무 뜻밖의 일이라서 놀라지 않을 수가 있겠니?」
「제가 곧 발모럴 코트에 다녀와서 모두 말씀드릴게요.」
「고맙구나, 메리. 너는 항상 이해심이 많고 실천성이 있지.」
메리 올딘은 방을 나와서 아래층으로 내려갔다. 응접실로 들어가자마자, 그녀는 큰소리로 말했다.
「트레브스 노인이 돌아가셨어요. 어젯밤 호텔로 돌아가시자마자 별세하셨대요.」
「가엾은 노인! 어떻게 돌아가셨답니까?」하고 네빌이 소리쳤다.
「심장병인 것 같아요. 숙소에 들어가자마자 곧 쓰러지신 모양이에요.」
토머스 로이드가 신중하게 말했다.
「혹시 계단이 무리를 준 것은 아닌지 모르겠는데요.」
「계단?」하고 메리는 이상하다는 듯이 그를 쳐다보았다.
「그래요. 라티머와 내가 그곳을 나올 때 그분은 막 계단을 올라가고 있었지요. 우리는 그분에게 천천히 올라가라고 말씀드렸죠.」

「엘리베이터가 있는데, 왜 계단으로 올라가셨을까요?」

메리가 소리쳤다.

「그것이 고장이었소.」

「아, 그랬군요. 정말 안됐어요. 가엾은 노인.」 그녀는 덧붙여 말했다. 「나는 지금 그곳에 갈 거예요. 트레실리안 부인은 우리가 좀 도와주었으면 하세요.」

「나와 함께 갑시다.」 토머스가 말했다.

두 사람은 함께 거리로 내려가서 모퉁이를 돌아 발모럴 코트로 향했다. 메리가 먼저 이야기를 꺼냈다.

「그분에게 소식을 알려 줄 만한 친척이 있는지 모르겠어요.」

「그런 이야기는 전혀 하지 않았습니다.」

「나도 듣지 못했어요. 사람들은 그런 말을 종종 하잖아요? '내 조카딸'이라든가 '내 사촌' 하고 말이에요.」

「결혼은 하셨습니까?」

「안 하셨어요.」

그들은 발모럴 코트 입구로 들어섰다. 여주인인 로저스 부인은 키가 큰 중년 남자와 이야기를 나누고 있었다. 그는 가볍게 손을 들어 메리에게 인사했다.

「안녕하십니까, 올딘 양?」

「안녕하세요, 래젠비 선생님. 이쪽은 로이드 씨예요. 트레실리안 노부인이 우리가 도와줄 일은 없는지 알아보라고 해서 왔어요.」

「이렇게 와줘서 정말 고마워요, 올딘 양. 내 방으로 가지 않겠어요?」 하고 호텔 여주인이 말했다.

그들이 조그맣고 안락한 거실로 들어가자 래젠비 의사가 말했다.

「트레브스 씨는 지난밤에 그곳에서 저녁식사를 하셨다고 하던데요?」

새하얀 눈과 붉은 장미 145

「맞아요.」
「어땠습니까? 고통스러워하거나 그런 기색은 없었습니까?」
「아니오, 아주 건강하고 즐거워 보였는데요..」
의사는 고개를 끄덕였다.
「그렇습니까? 이것은 심장 질환 가운데에서도 가장 최악의 경우입니다. 언제 죽음이 닥쳐올지 모르는 것이지요. 나는 그의 방에 있는 처방을 보았습니다. 그의 건강은 매우 위태로운 상태에까지 악화되어 있더군요. 물론 런던에 있는 그의 주치의에게 연락을 해봐야 확실한 것을 알겠지만서도.」
「그분은 자신의 건강에 대해서 매우 조심했어요.」 로저스 부인이 말했다. 「그리고 우리도 그분이 이곳에서 머무는 데 불편이 없도록 최선을 다했어요. 정말 많은 신경을 써 드렸답니다.」
「알고 있습니다, 로저스 부인.」 하고 의사는 의미 있게 말했다. 「그는 분명히 과로를 했을 겁니다.」
「계단을 올라간다든지 그런 것 말이지요?」 하고 메리가 넌지시 말했다.
「그렇습니다, 바로 그런 것일 수 있지요. 사실은 그것이 거의 확실한 것 같아요―― 만일에 그가 3층까지 줄곧 계단으로 걸어올라갔다면―― 그러나 그렇게 했을 리가 없잖습니까?」
「오, 물론이죠. 그분은 항상 엘리베이터를 이용했어요. 아무튼 그분은 아주 유별났거든요.」 로저스 부인이 말했다.
메리가 재빨리 말했다.
「어젯밤에는 엘리베이터가 고장이 났었어요..」
로저스 부인은 깜짝 놀라서 그녀를 쏘아보았다.
「아니에요, 어제 고장이 난 적이 없었어요, 올딘 양.」
토머스 로이드가 헛기침을 하고 말했다.

「실은 내가 어젯밤에 트레브스 씨와 함께 이곳에 왔었습니다. 그 때, 엘리베이터 고장이라는 팻말이 붙어 있었습니다.」

로저스 부인이 눈을 커다랗게 떴다.

「글쎄요, 그것 참 이상한 일이군요. 엘리베이터는 전혀 이상이 없었는데……정말이에요. 만일 그런 일이 있었다면 내가 모를 리가 없잖아요? 그 엘리베이터는(그녀는 나무를 만졌다.) 지난 18개월 동안 운행했지만, 한 번도 고장난 적이 없었답니다. 그것은 아주 믿을 만한 거예요.」

「혹시 ── 짐꾼이나 종업원이 자리를 비우면서 그 팻말을 붙였던 것이 아닐까요?」하고 의사가 넌지시 말했다.

「그것은 자동 엘리베이터예요, 의사 선생님. 사람이 작동을 해야 할 필요가 없다고요.」

「아, 그렇지요. 그만 내가 잊고 있었습니다.」

「조에게 한번 물어 보아야겠어요.」로저스 부인이 말했다.

그녀는 방을 나가며 소리쳤다.

「조──조!」

래젠비 의사가 영문을 모르겠다는 얼굴로 토머스를 쳐다보았다.

「죄송합니다만, 성함이 음…….」

「로이드 씨예요.」하고 메리가 일러주었다.

「그렇습니다.」하고 토머스가 말했다.

로저스 부인이 짐꾼을 데리고 돌아왔다. 조는 어젯밤에 엘리베이터에는 아무 이상이 없었다고 대답했다. 토머스가 말했던 그런 팻말이 있기는 하지만 ── 그것은 책상 밑에 있었던 것으로, 1년 이상을 쓰지 않았다고 했다.

그들은 모두 서로를 쳐다보며 정말 이상한 일이라고 한마디씩 했다. 의사는 호텔 손님 중의 누군가가 장난을 한 것 같다고 했다. 그들

새하얀 눈과 붉은 장미　147

은 어쩔 수 없이 그 정도로 만족해야 했다.

메리가 몇 가지 물어 보자, 래젠비 의사는 트레브스 노인의 운전사가 그의 법률사무소 주소를 알려 주어서 그들에게 연락을 했으며, 나중에 트레실리안 노부인을 찾아가 뵙고 장례식 문제에 대해서 의논드리겠다고 하는 등 일장 설명을 늘어놓았다.

그 부지런하고 유쾌한 래젠비 의사가 서둘러 떠난 다음에, 메리와 토머스도 천천히 걸즈 곳으로 돌아왔다.

「정말 그 팻말을 봤어요, 토머스 씨?」 메리가 물었다.

「라티머와 함께 분명히 보았어요.」

「그럼, 정말 예삿일이 아닌데요!」 하고 메리가 말했다.

## 10

9월 12일이었다.

「이제 이틀밖에 남지 않았어요.」

메리 올딘은 이렇게 말하면서 입술을 깨물고는 얼굴을 붉혔다.

토머스 로이드가 조심스럽게 그녀를 바라보며 물었다.

「어떤 생각으로 하는 말입니까?」

「저도 잘 모르겠어요.」 하고 메리가 대답했다. 「지금까지 지내 오면서 이렇게 찾아온 손님들이 돌아갈 날을 손꼽아 기다려 본 적은 없어요. 우리는 언제나 네빌의 방문을 아주 반겼답니다. 그리고 오드리도 역시.」

토머스가 고개를 끄덕였다.

「그런데 지금은——누구나 마찬가지겠지만——마치 다이너마이트 위에 앉아 있는 듯한 기분이에요. 어느 순간에 갑자기 모든 일이

터지고 말 것 같아요. 그것이 바로 제가 오늘 아침에 '이제 이틀밖에 남지 않았어요.'라고 말한 이유지요. 오드리는 수요일까지, 네빌과 케이는 화요일까지 머무를 거예요.」

「그리고 나는 금요일까지 있을 겁니다.」하고 토머스가 말했다.

「오, 저는 당신은 계산에 넣지 않아요. 당신은 오히려 힘이 되어 주셨는걸요. 저는 당신이 없으면 아무 일도 못 할 것 같아요.」

「인간 완충기로서 말이죠?」

「그 이상이에요. 당신은 아주 침착하고──아주 친절해요. 제 말이 좀 우스꽝스럽게 들릴지 모르지만, 사실 제 생각을 그대로 표현한 거예요.」

토머스는 약간 당황한 것 같았지만 흡족한 표정이었다.

「저는 도대체 왜 우리가 그렇게 안절부절못했는지 이유를 모르겠어요.」하고 메리가 반사적으로 말했다. 「어찌 되었든 만일 뭔가 일이 터진다면──불편하고 당황하기야 하겠지만, 더 이상 아무 일도 없겠죠?」

「그러나 그런 것보다는 사람들의 기분이 문제입니다.」

「오, 그래요. 우리는 모두 어떤 말로 표현할 수 없는 불안을 느끼고 있어요. 하인들도 마찬가지예요. 오늘 아침에 부엌에서 일하는 하녀가 갑자기 눈물을 흘려서 주의를 줬어요. 전혀 아무런 이유도 없이 말이에요. 요리사는 신경과민이고──허스톨은 몹시 초조해 하고 있어요──늘 침착한 그 허스톨이 말이에요──마치 전함 같았는데──게다가 바레트마저도 신경이 곤두서 있는 것 같아요. 이 모두가 네빌의 어리석은 착상──전처와 새 아내를 친구로 맺어 주겠다는 것과, 그럼으로써 자신의 욕심도 채우고자 하는 그 계획 때문이에요.」

「솔직히 말해서 그는 엄청난 실수를 저지른 겁니다.」

토머스가 한마디 했다.
「그래요, 케이는――자신을 주체하지 못하고 있어요. 그렇지만, 로이드 씨, 저는 그녀를 동정해 주고 싶은 마음이 조금도 없답니다.」
메리는 잠시 말을 멈추었다가 다시 이었다.
「네빌이 어젯밤 오드리가 계단을 올라갈 때, 그녀를 지켜보는 모습을 보셨어요? 그는 아직도 그녀를 사랑하고 있어요, 로이드 씨. 그것이 가장 비극적인 문제이지요.」
토머스는 파이프를 채우기 시작했다.
「그는 전부터 그런 생각을 하고 있었을 겁니다.」
그는 딱딱한 어조로 말했다.
「오, 저는 알아요. 그것은 누구나 알고 있는 일이지요. 하지만 그것이 비극적인 상황을 바꿔 놓을 수는 없어요. 저는 네빌이 몹시 안됐다는 생각이 들어요.」
「네빌 같은 사람은――.」하고 토머스는 말을 하다가 끊었다.
「뭐라고요?」
「네빌 같은 사람은 자기의 방식대로 모든 일을 해낼 수 있다고 생각하지요――그리고 자기가 원하는 것은 모두 손에 넣을 수 있다고 생각합니다. 사실 네빌은 이번 오드리 문제 말고는 한 번도 어떤 좌절을 겪어 보지 않았을 거예요. 지금 그녀는 그가 도달할 수 없는 곳에 있어요. 그래서 그는 더욱 고통을 받고 있는 겁니다. 네빌은 절대로 오드리를 잡을 수 없을 겁니다. 그것은 그가 아무리 애써도 소용없는 일이에요. 하지만 측은하게도 네빌은 그것을 전혀 모르고 있는 것 같더군요.」
「저도 당신이 옳다고 생각해요. 그러나 당신은 좀 지나친 것 같군요. 오드리는 그와 결혼했을 당시에는 네빌을 몹시 사랑했어요――그리고 그들은 아주 사이좋게 지냈었고요.」

「아무튼 오드리는 지금 네빌을 사랑하지 않습니다.」
「오, 정말 그럴까요?」
메리는 숨을 죽이며 중얼거렸다.
토머스는 말을 이어 나갔다.
「그리고 또 당신에게 말씀드릴 것이 있어요. 네빌은 케이를 조심해야 할 겁니다. 그녀는 위험한 여자예요──정말로 몹시 위험한 여자지요. 만일, 그녀가 기분이 틀어졌다 하면 무슨 짓이든 가리지 않을 겁니다.」
「오, 맙소사!」
메리는 한숨을 쉬며, 처음에는 중얼거리던 말을 이번에는 조금 희망적으로 되풀이했다.
「이제 이틀밖에 남지 않았어요!」
사실 지난 4~5일 동안은 견디기가 몹시 어려웠다. 트레브스 노인의 죽음은 트레실리안 노부인의 건강을 해칠 정도로 커다란 충격을 주었다. 그의 장례식이 런던에서 치러진 것은 메리에게는 다행한 일이었다. 그 덕분에 트레실리안 노부인도 생각보다 빨리 그 슬픈 사건에서 벗어날 수 있을지도 모른다. 집안일은 모두 뒤틀리고 어려워져만 갔다. 메리는 사실 오늘 아침에는 피곤한 나머지 거의 절망감마저 느꼈던 것이다.
「날씨 탓도 있어요.」하고 메리가 큰소리로 말했다.「정말 이상한 날씨예요.」
사실 9월 치고는 유난히 덥고 청명한 날씨가 한동안 계속되었다. 며칠 동안 온도는 그늘에서도 20℃를 오르내렸다.
그녀가 이야기하고 있을 때 네빌이 집에서 나와 그들 쪽으로 천천히 걸어왔다. 그는 하늘을 쳐다보면서 물었다.
「날씨 탓이라고요?」

「날씨가 좀 이상하기는 해요. 오늘은 유난히 덥군요. 게다가 바람 한 점 없고. 아무튼 공연히 짜증나게 하는 날씨입니다. 곧 비가 올 것 같지 않습니까? 오늘은 지난 여름 한창때보다도 더 덥군요.」

토머스 로이드는 아무 말도 하지 않고 슬그머니 자리를 떠서, 이제는 저택 모퉁이로 돌아가 보이지 않게 되었다.

「우울한 토머스의 떠남이라.」 네빌이 말했다. 「나는 몇 차례나 그와 자리를 함께 했지만, 그는 한 번도 반가운 얼굴을 한 적이 없습니다.」

「본디 좀 점잔을 빼는 사람이잖아요?」 하고 메리가 말했다.

「나는 그렇게 생각하지 않습니다. 그는 속이 좁고 편협된 사람이지요.」

「그는 오드리와 결혼하고 싶어했어요. 그런데, 당신이 나타나서 그의 희망을 좌절시킨 거예요.」

「그가 그녀에게 결혼을 청할 마음만 있었다면 지난 7년 동안에 몇 번은 하고도 남았을 겁니다. 그는 자신이 마음을 결정할 때까지 그 가엾은 여자가 기다려 주기를 기대했다는 말인가요?」

「아마도──그것은 이제 곧 이루어질 거예요.」

메리는 의도적으로 말했다.

네빌이 그녀를 쳐다보면서 눈썹을 치켜 올렸다.

「진실한 사랑에 대한 보답으로 말입니까? 오드리가 그 축축한 물고기와 결혼을 한다고요? 그녀는 그에게 너무 과분해요. 아니, 나는 오드리가 그 우울한 토머스와 결혼한다면 그냥 두고 보지 않을 겁니다.」

「그녀는 그를 정말 사랑하고 있어요, 네빌.」

「정말 중매쟁이 같은 소리만 하는군요! 오드리를 잠시라도 그녀 마음대로 하도록 내버려둘 수 없습니까?」

「그녀가 그것을 원한다면 물론 그렇게 해야지요.」
「당신은 그녀가 행복하지 않다고 생각합니까?」
네빌이 재빨리 물었다.
「그런 건 잘 몰라요.」
「나는 더더욱 모릅니다.」 네빌이 천천히 말했다. 「누구도 오드리가 어떤 감정을 가지고 있는지 모를 겁니다.」
그는 잠시 멈추었다가 덧붙였다.
「그러나 확실한 것은 오드리는 교양 있는 여자라는 사실이에요. 정말 순수한 사람이죠.」
그리고 나서, 그는 메리에게라기보다는 스스로에게 말했다.
「맙소사, 어쩌자고 내가 그런 바보 짓을 저질렀는지!」
메리는 근심에 잠긴 표정으로 집으로 들어갔다. 세 번째로 그녀는 자신을 위로하는 말을 했다.
「이제 이틀밖에 남지 않았어.」
네빌은 정원과 테라스 사이를 오락가락했다.
그는 정원 끝에 서서 강물이 흘러가는 것을 내려다보다가 낮은 담 위에 앉아 있는 오드리를 발견했다. 조수가 들어와서 강물이 넘실거리고 있었다.
오드리는 곧 일어나서 네빌에게로 다가왔다.
「막 안으로 들어가려던 참이었어요. 차 마실 시간이 되었을 거예요.」
그녀는 네빌을 쳐다보지 않은 채, 조금 신경질적인 말투로 재빨리 이야기했다.
그는 아무 말 없이 그녀와 나란히 걸었다. 그들이 테라스에 도착하자마자 네빌이 이야기를 꺼냈다.
「당신하고 이야기 좀 하고 싶은데 괜찮겠소, 오드리?」

그녀는 손가락으로 난간 모서리를 톡톡 치며 대답했다.
「말하지 않는 편이 좋겠어요.」
「내가 어떤 말을 하려는지 알고 있다는 것처럼 들리는군.」
그녀는 대답하지 않았다.
「어떻게 생각하오, 오드리? 우리 다시 옛날처럼 돌아갈 수는 없을까? 그때 일들을 모두 잊은 것은 아니지?」
「케이를 포함해서요?」
「케이라──잘 이해할 거요.」
네빌이 천천히 말했다.
「잘 이해할 거라니, 무슨 뜻이죠?」
「간단한 문제야, 이것은. 나는 그녀에게 사실대로 말하겠소. 그녀의 아량에 맡길 도리밖에 없지. 그녀에게 말하겠소──진심을──당신이 내가 사랑하고 있는 유일한 여자라고 말이오.」
「당신은 케이와 결혼할 당시는 그녀를 사랑했어요.」
「내가 케이와 결혼한 것은 정말 돌이킬 수 없는 실수였소, 오드리. 나는──.」
그는 말을 멈추었다. 케이가 응접실 문을 통해 밖으로 나와서 그들 쪽으로 걸어왔다. 네빌은 그녀의 노기등등한 눈초리를 보기도 전에 위축이 되는 것이었다!
「이처럼 감격적인 장면을 방해해서 미안하군요. 하지만 그곳에 있어야 할 사람은 바로 나라고 생각하는데요.」케이가 말했다.
오드리는 일어나서 자리를 옮겼다.
「내가 자리를 떠나야겠군요.」
오드리의 얼굴 표정과 목소리는 담담했다.
「물론이지요.」케이가 말했다.「당신, 하고 싶은 대로 다 하지 않았나요? 그 문제는 나중에 얘기해요. 지금은 먼저 네빌에게 좀 물어 보아야겠어요.」

「이봐, 케이, 오드리는 이 일과 전혀 무관해. 이것은 그녀의 잘못이 아니야. 따질 게 있다면 나에게 따져——.」

「나도 그러고 싶어요.」

케이의 눈은 네빌을 태워 버릴 듯이 이글거렸다.

「당신은 도대체 자신이 어떤 사람이라고 생각해요?」

「매우 가엾은 남자지.」하고 네빌이 침통하게 말했다.

「당신은 아내를 버리고, 다짜고짜 나를 찾아와서는 아내와 이혼하겠다고 했어요. 언제는 나밖에 없다며 그렇게 매달리더니, 이제 와서 나에게 싫증을 내다니! 이제 당신은 그 여자에게 다시 돌아가고 싶은 거지요? 내 말이 틀렸나요? 그 순진한 체하는 표정으로 양양해 하다니 음흉한 사람 같으니라고——.」

「그만둬, 케이!」

「도대체 당신이 원하는 게 뭐죠?」

네빌은 안색이 몹시 창백해져서 말했다.

「당신 좋을 대로——나를 벌레 같은 인간이라고 말해도 좋아. 그러나 그래 봐야 소용없어, 케이. 나는 도저히 당신과 더 이상 함께 지낼 수가 없어. 사실——내가 진정으로 사랑하는 여자는 오드리야. 당신에 대한 나의 사랑은——어떤 일시적인 광기 같은 것이었어. 하지만 그것도 소용없어, 여보——당신과 나는 서로 어울리지 않아. 나는 당신을 오랫동안 행복하게 해줄 자신이 없어. 내 말을 믿어요, 케이. 우리는 서로 더 많은 것을 잃어버리기 전에 그만 끝내는 것이 바람직해. 서로 노력해서 좋게 헤어집시다. 마음을 너그럽게 갖고 말이오, 케이.」

케이는 믿기지 않을 정도로 조용한 목소리로 말했다.

「구체적으로 말씀하세요. 도대체 당신이 원하는 것이 무엇이죠, 네빌?」
 네빌은 그녀에게서 고개를 돌렸다. 그는 입을 꾹 다물고 엄숙한 표정을 지었다.
 「우리는 이혼할 수 있어. 당신은 처자 불법 유기죄를 구실로 나와 이혼할 수 있어.」
 「그렇게 하려면 시간이 필요해요. 당신은 오랫동안 기다려야 할 거예요.」
 「기다릴 거야.」하고 네빌이 말했다.
 「그러고 나서 3~4년이 지난 뒤에, 당신은 사랑스럽고 달콤한 오드리에게 한 번 더 청혼을 할 생각인가요?」
 「만일 그녀가 나를 용서해 준다면.」
 「그녀는 물론 당신을 받아들이겠지요! 그럼, 나는 어떻게 되는 거지요?」
 케이가 싸늘한 목소리로 말했다.
 「당신은 나보다 훌륭한 남자를 만날 수 있을 거야. 그리고 당연히 나는 당신이 잘 지내도록 돌보아야겠지.」
 「다 그만둬요!」
 그녀의 목소리는 자제력을 잃고 갑자기 높아졌다.
 「내 말을 들어 봐요, 네빌. 어떻게 나한테 이럴 수 있죠! 나는 당신과 이혼하지 않을 거예요. 나는 당신을 사랑했기 때문에 당신과 결혼했어요. 나는 당신이 돌아선 이유를 알아요. 당신은 내가 에스토릴로 당신을 따라갔다는 것을 말한 다음부터 태도가 바뀌었어요. 그전까지 당신은 그 일이 모두 운명이라고 생각하고 있었지요. 나는 당신의 그 허영심을 꺾고 싶었어요. 하지만 나는 그것을 후회하지 않아요. 당신은 나에게 반해서 결혼했어요. 그리고 나는 당신을 자기의 발톱 속으로 잡아넣으려고 하는 그 교활한 고양이에게 다시 돌아가도록 놓아

두지는 않을 거예요. 그녀는 이런 일을 일으키려고 치밀하게 계획을 세웠겠지만——하지만 그녀는 결코 성공하지 못할 거예요! 나는 먼저 당신을 죽이겠어요. 당신 듣고 있어요? 나는 당신을 죽일 거예요. 그녀도 역시 죽일 거예요. 나는 당신들 둘이 모두 죽는 것을 보아야겠어요. 나는——.」

네빌은 앞으로 성큼 나와서 그녀의 팔을 잡았다.

「입 다물어, 케이. 제발, 이곳에서 이런 추태를 부려서는 안 돼.」

「안 된다고요? 당신은 보게 될 거예요. 나는——.」

허스톨이 테라스로 걸어 나왔다. 그의 얼굴은 아주 무표정했다.

「응접실에 차가 준비되어 있습니다.」

케이와 네빌은 응접실 창문 쪽으로 천천히 걸어갔다.

허스톨은 그들이 지나가도록 한쪽으로 비켜섰다.

하늘에는 구름이 몰려들고 있었다.

## 11

6시 45분경부터 비가 내리기 시작했다. 네빌은 그의 침실 창가에 서서 비가 내리는 것을 보고 있었다. 그는 케이와 그 이상 한 마디도 나누지 않았다. 그들은 차를 마신 뒤에 서로를 피했다.

저녁식사는 모두들 억지로 먹는 느낌이었다. 네빌은 무슨 생각엔가 몰두해 있었고, 케이는 유별나게 짙게 화장을 했다. 오드리는 마치 얼어붙은 유령처럼 앉아 있었다. 메리 올딘은 아무 이야기라도 이어 나가려고 무척 애를 썼다. 그러나 토머스 로이드도 그녀를 전혀 도와주려고 하지 않고 침묵만 지킬 뿐이었다.

허스톨은 신경이 곤두서서 마치 야채 접시라도 들고 있는 듯이 손을 떨고 있었다.

 식사가 거의 끝나 갈 무렵, 네빌은 억지로 아무렇지도 않은 듯한 표정을 지으면서 입을 열었다.

「식사 뒤에 이스터헤드에 건너가서 라티머를 만나 볼까 합니다. 당구라도 한 게임 칠까 해요.」

「빗장 열쇠를 가지고 가세요. 늦게 돌아올지도 모르잖아요.」 메리가 말했다.

「고맙습니다. 그렇게 하지요.」

 그들은 저녁식사를 마치고 나서, 커피가 준비되어 있는 응접실로 들어갔다.

 라디오를 켜자, 뉴스가 흘러나왔다.

 저녁식사 이후 줄곧 입을 벌리고 하품만 하던 케이는 자러 가야겠다고 말했다. 그녀는 머리가 아프다고 했다.

「아스피린을 먹었어요?」 하고 메리가 물었다.

「예, 먹었어요.」

 그녀는 방을 나갔다.

 네빌이 음악이 나오는 쪽으로 라디오 다이얼을 돌렸다. 그는 한동안 소파에 가만히 앉아 있었다. 오드리에게서 고개를 돌린 채 움츠리고 앉아 있는 그의 모습은, 마치 엄청난 불행을 겪은 작은 소년처럼 보였다. 메리는 그가 몹시 안됐다는 생각이 들었다.

 이윽고 네빌이 발랄하고 활기찬 목소리로 말했다.

「어떻게 가는 게 좋을까요?」

「자동차로 갈 건가요, 아니면 나루터에서 배를 탈 건가요?」

「오, 나루터가 있었지. 그러면 15마일(약 24km)이나 돌아갈 필요가 없겠군요. 조금 걷는 편이 낫겠습니다.」

「비가 오고 있어요.」

「알고 있습니다. 레인코트를 입으면 돼요.」

그는 문 쪽으로 걸어갔다.

「안녕히들 주무십시오.」

홀에서 허스톨이 그에게 다가왔다.

「죄송합니다만, 스트레인지 씨, 트레실리안 마님께 올라가 보시지 않겠습니까? 마님이 당신을 몹시 뵙고 싶어하십니다.」

네빌은 얼른 시계를 흘끔 들여다보았다. 벌써 거의 10시가 되어가고 있었다.

그는 어깨를 으쓱하고는 2층으로 올라가서, 복도를 따라가 트레실리안 노부인의 방문을 두드렸다. 네빌은 노부인의 들어오라는 말을 기다리는 동안 아래층의 홀에 있는 사람들이 이야기하는 소리를 들었다. 모두가 오늘밤엔 일찍 잠자리에 들어가야겠다고 하는, 그런 이야기 같았다.

「들어와요.」

트레실리안 노부인의 맑은 목소리가 들렸다.

네빌은 들어가서 문을 닫았다.

트레실리안 노부인은 벌써 잘 준비를 하고 있었다. 그녀의 침대 머리맡에 있는 독서용 램프를 제외하고는 불이 모두 꺼져 있었다. 그녀는 읽고 있던 책을 내려놓고 누워 있었다. 그녀는 안경 너머로 네빌을 쳐다보았다. 그것은 어쩐지 무시무시한 시선이었다.

「얘기할 게 있다, 네빌.」

「말씀하세요, 아주머니.」

네빌은 자신도 모르게 희미한 미소를 떠올리며 말했다.

트레실리안 노부인은 미소를 짓지 않았다.

「네빌, 나는 내 집에서 어떤 일이 일어나도록 그냥 내버려둘 수는 없다. 내가 일부러 엿들으려고 한 것은 아니지만, 너와 네 처가 바로 내 침실 창문 아래에서 큰소리로 다투고 있는 것을 들었다. 내가 듣기로는, 네가 케이와 이혼한 다음에 어떤 절차를 밟아서 오드리와 다시 결혼하겠다고 하는 것 같더구나. 그것은, 네빌, 너 혼자서 간단하게 처리할 수 있는 일이 아니야. 나는 그 이야기에 대해서는 더 이상 듣고 싶지 않다.」

네빌은 자기 감정을 누르기 위해 애쓰고 있는 것 같았다.

「그런 소동으로 신경을 쓰게 해서 죄송합니다.」하고 그는 짧게 말했다.「아주머니가 말씀하신 것 이외에는 모두 저 혼자서 처리할 수 있는 문제입니다!」

「아니야, 그렇지 않아. 너는 오드리와 만나기 위해서 내 집을 이용했어――그게 아니라면, 오드리가 그렇게 했을까.」

「맹세하지만, 그녀는 절대로 그런 일을 할 사람이 아니에요. 그녀는――.」

트레실리안 노부인은 손을 들어 그의 말을 가로막았다.

「아무튼 너는 그렇게는 할 수 없어, 네빌. 케이는 네 아내야. 그녀가 가지고 있는 어떤 권리를 너 혼자만의 생각으로 박탈할 수는 없는 거 아니니. 이 문제에 있어서, 나는 완전히 케이 편이다. 너는 네가 만든 침대에 누워야 할 의무가 있어. 너의 의무는 바로 케이와 함께 있는 거다, 네빌. 내가 너에게 이렇게 명백하게 말하고 있는 것도 모두――.」

네빌은 앞으로 한 발자국 내디뎠다. 그는 목소리를 높여서 외치듯이 말했다.

「여기엔 아주머니가 관여할 여지가 전혀 없어요――.」

「아니, 오히려 더 많지.」트레실리안 노부인은 그의 항변을 한마디로 막아 버렸다.「오드리는 내일 이 집을 떠날 것이고――.」

「아주머니는 정말 그렇게 할 수 없어요! 저는 그냥 물러서지 않을 겁니다——.」
「나에게 큰소리치지 말거라, 네빌.」
「저는 아주머니의 의견을 받아들일 수 없습니다.」
복도 어디에서인가 문이 닫히는 소리가…….

## 12

구즈베리 같은 눈을 가진 하녀 앨리스 벤덤이 몹시 당황해 하면서 요리사 스파이서 부인을 찾아왔다.
「오, 스파이서 부인, 어떻게 해야 하지요?」
「무슨 일이지, 앨리스?」
「바레트 양 말이에요. 내가 한 시간쯤 전에 그녀에게 차를 가져다 주었어요. 그런데 그녀는 깊이 잠들었는지 일어나지 않는 거예요. 나는 별로 대수롭지 않게 여기고 그냥 나왔어요. 그리고 나서, 5분 전에 마님께 드릴 차를 그녀가 가져가기를 기다렸지만 내려오지 않는 거예요. 그래서 다시 바레트 양의 방에 가 보았지요. 그랬더니 그녀는 여전히 잠자고 있는 거예요——도저히 그녀를 깨울 수가 없었어요.」
「그녀를 흔들어 보았어?」
「그래요, 스파이서 부인. 몹시 흔들었지만——여전히 깨어나지도 않고, 얼굴이 하얗게 질려 있었어요.」
「맙소사, 혹시 죽은 게 아니야?」
「오, 그렇지 않아요, 스파이서 부인. 숨소리가 들렸거든요. 그런데 숨소리가 좀 이상했어요. 나는 어디가 아픈 모양이라고 생각하고 그냥 나왔어요.」
「글쎄, 내가 올라가서 살펴봐야겠다. 네가 마님에게 차를 갖다 드려라. 새 잔을 가져가는 것이 좋겠다. 그녀에게 무슨 일이 일어났는지 알아봐야겠어.」

앨리스는 스파이서 부인이 3층으로 올라가고 나서 그녀가 시킨 대로 했다.

앨리스는 쟁반을 들고 복도를 죽 따라가서 트레실리안 노부인의 방문을 두드렸다. 두 번째 노크를 한 뒤에도 아무런 응답이 없자, 그녀는 문을 열고 안으로 들어갔다. 잠시 뒤 그릇이 깨지는 소리와 비명 소리가 나더니, 앨리스가 그 방에서 뛰쳐나와 아래층으로 내려가서 홀을 가로질러 식당으로 들어가고 있던 허스톨에게로 뛰어갔다.

「오, 허스톨 씨——강도가 들어서 마님이 돌아가셨어요——살해당하셨단 말이에요——마님의 이마에 커다란 구멍이 뚫렸고 온통 피투성이가 되어서……」

# 섬세한 이탈리아 인의 손

 배틀 총경은 휴가를 즐기고 있었다. 아직 사흘밖에 지나지 않았지만, 날씨가 변덕스럽고 비가 내려서 조금 기분이 좋지 않았다. 하지만 누구나 다 알듯이, 영국에서는 늘 맑고 화창한 날씨를 기대할 수는 없다. 그는 지금까지는 그런대로 운이 좋은 편이었다.
 그가 조카인 제임스 리치 경감과 아침을 먹고 있을 때 전화가 걸려왔다.
「즉시 가겠습니다, 서장님.」
 짐(제임스의 애칭)은 수화기를 내려놓았다.
「심각한 일이니?」하고 배틀 총경이 물었다. 그는 조카의 표정을 살펴보았다.
「살인사건입니다. 트레실리안 부인이라고 병들고 나이가 많은 여자인데, 이곳에서는 잘 알려진 사람이지요. 그녀의 저택이 솔트크리크에 —— 바로 벼랑 위에 있어요.」
 배틀이 고개를 끄덕였다.

「저는 노인네(리치는 서장을 무시하는 듯이 이렇게 불렀다.)한테
가 봐야겠습니다. 그는 노부인의 친구거든요. 함께 가 보시지 않겠습
니까?」

문 쪽으로 가며 그가 애원하듯이 말했다.

「좀 도와주세요, 아저씨. 저는 이런 사건은 처음입니다.」

「내가 여기 있는 동안은 도와주마. 강도사건이라든지 뭐 그런 것이
아닐까?」

「아직은 모르겠습니다.」

2

30분 뒤, 경찰 서장인 로버트 미첼 소령은 배틀과 짐에게 엄숙한
표정으로 이야기하고 있었다.

「아직 뭐라고 말하기엔 이르지만, 한 가지 사실은 분명한 것 같습
니다. 외부인의 소행이 아니라는 것이지요. 도난당한 물건이 전혀 없
고, 또한 도둑이 침입한 흔적도 전혀 없습니다. 오늘 아침에 조사했을
때 창과 문틀은 모두 닫혀 있었습니다.」

그는 배틀을 똑바로 쳐다보았다.

「내가 런던 경시청에 도움을 청하면, 그들은 이 사건을 총경에게
맡길 겁니다. 당신이 이곳에 있지 않습니까? 그리고 리치와의 관계도
있고요. 물론 당신이 허락을 해야겠지만, 그렇게 된다면 휴가를 포기
해야 할 겁니다.」

「그것은 괜찮습니다만, 그보다 먼저 에드거 경에게 그것을 보고해
야 할 겁니다.(에드거 코튼 경은 부경시총감이었다.) 그가 서장의 친
구라는 이야기를 들었는데요?」

미첼은 고개를 끄덕였다.
「그렇습니다. 에드거는 문제가 안 됩니다. 그렇다면 다된 것이로군요! 내가 곧 전화를 걸지요.」
그는 수화기를 들고 말했다.
「런던 경시청을 대주시오.」
............
「이번 사건이 복잡하고 까다로운 범죄일 거라고 생각합니까, 서장?」하고 배틀이 물었다.
미첼이 엄숙하게 대답했다.
「우리는 만의 하나라도 실수가 없도록 사건을 처리하려고 합니다. 우리는 그자――아니 여자일 수도 있지요, 물론――아무튼 그 범인에 대해서 확실한 증거를 제시할 수 있어야 합니다.」
배틀은 고개를 끄덕였다. 그는 그 말 뒤에는 무언가가 숨겨져 있다는 것을 느낄 수 있었다.
총경은 속으로 생각했다.
'누가 한 짓인지 알고 있는 것처럼 말하는군. 막연히 추측하고 있는 것이 아니야. 누군가 아주 잘 알려진 인물 같은데, 내 생각이 틀림없어!'

3

배틀과 리치는 멋지게 장식된 훌륭한 침실문 앞에 서 있었다. 그들 앞에서 경관이 방바닥에 놓여 있는 골프채――무거운 골프채의 손잡이에서 조심스럽게 지문을 채취하고 있었다. 골프채 윗부분에는 핏자국이 있었으며, 한두 가닥의 흰 머리카락이 붙어 있었다.

지방 검시관인 래젠비 의사는 침대 옆에서 트레실리안 노부인의 시체 위로 허리를 굽히고 있었다.

그는 한숨을 쉬며 몸을 일으켰다.

「더 이상 볼 것도 없습니다. 정면으로 끔찍하게 얻어맞고 쓰러진 겁니다. 첫번째 내리쳤을 때, 부인은 이미 숨이 끊어졌습니다. 살인자는 확실히 하기 위해서 한 번 더 내리친 겁니다. 말할 것도 없이── 명백합니다.」

「죽은 지 얼마나 되었습니까?」

리치가 물었다.

「밤 10시에서 자정 사이에 사망한 것으로 보입니다.」

「좀더 정확하게 알 수는 없을까요?」

「그 이상은 알 수 없습니다. 모든 상황을 고려한 시간이지요. 요즈음에는 단지 사후 경직만으로 사망 시간을 판단하지 않습니다. 10시 이전도 아니고, 또한 자정 이후도 아닙니다.」

「그럼, 이 무거운 골프채로 얻어맞은 겁니까?」

의사는 그것을 흘끔 쳐다보았다.

「그런 것 같습니다. 다행스럽게도 살인자가 그것을 남겨 두었지만요. 상처만 보고서 골프채로 맞은 것이라고 단정 짓기는 어렵습니다. 골프채의 날카로운 날을 머리에 대본 결과──골프채의 뒤쪽 모서리로 부인의 머리를 내리친 것 같습니다.」

「뒤쪽으로 내리친다는 것은 좀 어려운 일이 아닙니까?」

리치가 물었다.

「고의로 한다면야 그럴 수도 있지요.」 하고 의사가 말했다. 「단지 내가 추측할 수 있는 것은, 그런 식으로 범행이 저질러졌다는 것은 우발적인 범행이라고 보기는 힘들다는 겁니다.」

─ 리치는 팔을 들어 타격 자세를 재현해 보면서 말했다.

「어색한데.」

「그렇습니다.」 래젠비 의사가 신중하게 말했다. 「모든 상황이 좀 어색하기는 합니다. 당신도 보셨듯이, 부인은 오른쪽 관자놀이를 얻어맞았습니다——그러나 범인은 침대 오른쪽에 서서——침대 머리와 마주보고——내리쳤을 겁니다——침대 왼쪽에는 전혀 공간이 없어요. 침대가 거의 벽에 붙어 있어서 사람이 들어갈 만한 공간이 없습니다.」

리치는 고개를 갸웃거렸다.

「왼손을 쓴 것이 아닐까요?」

「그 문제에 대해서는 나에게 떠맡기지 마십시오.」 하고 래젠비 의사가 말했다. 「여러 각도로 추측을 해볼 수 있지요. 굳이 말씀드리자면, 가장 손쉬운 설명은 살인자는 왼손잡이였다는 겁니다——그러나 다른 방향으로도 생각해 보아야 하죠. 예를 들자면, 노부인이 흉기로 얻어맞는 순간 고개를 약간 왼쪽으로 돌렸다고 생각할 수도 있지 않겠습니까? 아니면 범인이 먼저 침대를 끌어내고 왼쪽으로 돌아가서 노부인을 내리친 다음에 침대를 다시 밀어 놓았다고 생각할 수도 있지요.」

「마지막 가정은——거의 불가능한 것 같군요.」

「글쎄, 그렇기는 하지만 충분히 있을 수도 있는 일입니다. 나는 이런 일들을 몇 번 경험해 보았습니다. 내가 이야기하고 싶은 것은, 범행이 왼손잡이에 의해 저질러진 짓이라고 단정하는 것은 완전히 함정에 **빠**지는 거라는 사실입니다.」

방바닥에 구부리고 있던 존스 경사가 한마디했다.

「이 골프채는 평범한 오른손잡이용인데요.」

리치는 고개를 끄덕였다.

「아직 그것을 내리친 것이 남자인지 여자인지는 단정 지을 수가 없군요. 글쎄, 내 생각으로는 남자인 것 같은데, 래젠비 선생님 생각은 어떻습니까?」

「나는 그렇게 생각하지 않습니다. 만일 흉기가 무거운 골프채였다면, 여자라도 충분히 범행을 저지를 수 있지요.」

배틀 총경이 조용한 목소리로 말했다.

「그러나 의사 선생은 그 골프채가 흉기라고 단정할 수는 없다고 했잖습니까?」

래젠비는 그에게 의미 있는 시선을 던졌다.

「글쎄요. 그것이 흉기였다고 단정 지을 수는 없지만, 만일 그렇다 해도 별로 어색한 점은 없습니다. 거기에 묻어 있는 피를 분석해 보면 확실히 알 수 있을 겁니다──그 머리카락도 역시.」

「그렇지요.」하고 배틀은 만족했다는 듯이 말했다.「그것은 언제나 철저하게 지켜야 하는 절차지요..」

래젠비가 이상하다는 듯이 물었다.

「이 골프채에 뭔가 의심 가는 점이라도 있습니까, 총경님?」

배틀은 고개를 흔들었다.

「오, 아닙니다, 없어요. 나는 단순한 사람입니다. 나는 그저 눈에 보이는 것만 믿죠. 트레실리안 부인은 무언가 무거운 것으로 얻어맞았습니다──그렇지요? 그것은 무거운 것이었지요. 거기에 묻어 있는 피와 머리카락은 아마 틀림없이 그녀의 것일 겁니다. 그렇다면 흉기는 골프채였다는 것이 틀림없지요.」

「노부인이 살해당할 때 그녀는 깨어 있었을까요, 아니면 잠들어 있었을까요?」하고 리치가 물었다.

「내 생각으로는 깨어 있었다고 봅니다. 그녀의 얼굴에는 놀란 표정이 나타나 있어요. 내 말은──이것은 단순히 내 개인적인 의견입니다만──그녀는 이런 일이 닥치리라고는 전혀 예상치 못했던 것 같습니다. 반항을 한 흔적이 전혀 없고――공포나 두려워하는 표정도 없어요. 노부인은 막 잠에서 깨어나 흐리멍덩한 상태에서 그 일을 당했거나――아니면 범인이 자신을 해치리라고는 꿈에도 생각할 수 없는 그런 사람이었을 겁니다.」

「머리맡의 램프만 켜져 있고 나머지는 모두 꺼져 있었습니다.」하고 리치가 조심스럽게 말했다.

「그렇지요, 그것도 같은 방법으로 설명이 됩니다. 갑자기 누군가가 방으로 들어오는 바람에 깨어난 노부인이 램프를 켠 것이 아닐까요? 아니면 그전부터 켜져 있었거나.」

존스 경사가 바닥에서 일어났다. 그는 중요한 것을 찾아냈다는 듯한 만족한 미소를 짓고 있었다.

「다행스럽게도 골프채에 지문이 찍혀 있습니다. 아주 선명하게 말입니다!」

리치는 깊은 한숨을 내쉬면서 말했다.

「생각보다 쉽게 풀릴지도 모르겠습니다.」

「친절한 친구로군.」하고 래젠비 의사가 말했다.「흉기를 남겨 두고――게다가 지문까지 남겨 두다니――혹시 명함을 두고 가지는 않았는지 모르겠구먼!」

「그것은 범행 당시 그가 당황해서 정신이 없었다는 증거가 아닐까요? 그런 일은 흔히 있거든요.」하고 배틀 총경이 말했다.

의사는 고개를 끄덕였다.

「충분히 그럴 수 있지요. 글쎄요, 나는 다른 환자를 돌보러 가야겠습니다.」

「어떤 환자입니까?」

배틀은 갑자기 관심 있게 물었다.

「나는 이 범행이 발견되기 전에 집사의 부탁을 받고 이곳으로 왔습니다. 트레실리안 노부인의 하녀가 오늘 아침에 혼수 상태로 발견되었답니다.」

「무슨 일이 일어났습니까?」

「바르비투르산염의 일종을 과다 복용했더군요. 지금 상태가 몹시 안 좋기는 하지만 곧 회복될 겁니다.」

「하녀가?」하고 배틀이 놀라며 물었다. 그의 커다란 눈이 죽은 부인 손 가까이에 있는 베개 위로 술이 늘어져 있는 커다란 종의 손잡이로 무겁게 옮겨 갔다.

래젠비가 고개를 끄덕였다.

「바로 맞았습니다. 트레실리안 노부인이 위기를 느꼈다면, 먼저 그 종을 울렸을 겁니다. 그녀는 온 힘을 다해서 그것을 당겼을 테지요. 하녀는 듣지 못했을 테지만.」

「그것은 치밀하게 계획되었던 거로군요, 그렇잖습니까?」하고 배틀이 물었다. 「그렇게 확신할 수 있습니까? 혹시 그녀에게 잠잘 때 약을 복용하는 습관이 있었던 것은 아닐까요?」

「그렇진 않습니다. 그리고 그녀의 방에서도 약이나 병이 발견되지 않았습니다. 나는 어떻게 그녀가 그 약을 먹게 되었는지 알아냈습니다. 세나 차입니다. 그녀는 매일 밤 세나 차를 한 잔씩 마시곤 했답니다. 그 약은 거기에 들어 있었던 것이지요.」

배틀 총경은 턱을 쓰다듬으며 말했다.

「흠——누군지 이 집에 대해서 자세히 알고 있는 사람의 소행이로군. 당신도 그렇게 느끼시겠지만, 의사 선생, 이것은 아주 기묘한 살인사건입니다.」

「글쎄요—— 그것은 당신들이 할 일이지요.」

래젠비가 말했다.

「좋은 사람입니다, 의사 선생 말이에요.」

래젠비가 그 방을 나간 뒤에 리치가 말했다.
이제는 두 사람만이 남아 있었다. 사진이 찍혔고, 모든 수치들이 기록되었다. 경관 둘이 범행이 일어난 방을 쥐 잡듯이 샅샅이 조사하고 살펴보았다.
배틀은 그의 조카가 물어 볼 때마다 대답 대신 고개를 끄덕였다. 그는 뭔가에 당황하고 있는 것 같았다.
「누군가 장갑을 낀 채, 곧――그 지문이 찍힌 다음에――골프채를 잡은 건 아닐까?」
리치는 고개를 저었다.
「저는 그렇게 생각하지 않습니다. 지문을 망가뜨리지 않고서는 그 골프채를 잡지 못할 거예요――노부인을 내리칠 수 없을 겁니다. 그 지문들은 전혀 손상되지 않았어요. 아주 깨끗하게 찍혀 있어요. 아저씨도 보셨잖아요?」
배틀은 고개를 끄덕이며 말했다.
「이제 이 집 사람들에게 지문을 채취해야겠다고 정중하게 부탁하거라――억지로 강요하지는 말고, 물론. 아마 모두들 응해 줄 게다. 그 뒤에는 사실이 밝혀지겠지. 이 지문과 일치하는 사람이 없거나, 아니면――.」
「아니면 범인을 찾아낼 거라는 말씀인가요?」
「그렇지. 여자일 수도 있겠지만.」
리치는 고개를 저었다.
「아닙니다. 여자는 아니에요, 아저씨. 골프채에 찍혀 있는 지문은 남자의 겁니다. 여자 것이라고 보기에는 너무 커요. 그 이유뿐만이 아니라, 무엇을 보더라도 이번 사건은 여자가 저지른 범죄가 아닙니다.」
「네 말이 맞아.」하고 배틀이 동의했다.「이것은 분명히 남자가 저

섬세한 이탈리아 인의 손 171

지른 범죄야. 난폭하고, 거칠고, 상당히 힘이 있고, 좀 어리석은 자의 짓이지. 이 집에 그런 사람이 있나?」

「아직 이 집에 있는 사람들에 대해서는 잘 모릅니다. 지금 모두 식당에 모여 있어요.」

배틀은 문 쪽으로 걸어갔다.

「그들을 만나 보러 가자.」

그는 어깨너머로 침대 쪽을 흘끔 쳐다보았다. 그리고는 고개를 저으며 한마디했다.

「아무래도 저 종 손잡이가 마음에 걸려.」

「그것이 어떻다는 겁니까?」

「좀처럼 어울리지 않거든.」

배틀은 문을 열면서 다음과 같이 덧붙여 말했다.

「그녀가 죽기를 바라는 사람이 누구일까? 대부분의 심술궂은 노부인들은 꼼짝도 하지 않으며 시중받기를 원하지. 하지만 트레실리안 부인은 그런 사람 같지는 않아. 아마 집안 사람들은 모두 그녀를 좋아했을 거야.」

그는 잠시 멈추었다가 물었다.

「그녀는 재산이 많다고 했지? 누가 그 재산을 물려받을까?」

리치는 그 말에 담겨 있는 뜻을 생각하고 대답했다.

「맞았어요. 바로 그거예요. 거기에 해답이 들어 있을 겁니다. 그것이 사건을 밝혀내는 가장 중요한 실마리입니다.」

그들이 아래층으로 내려왔을 때 배틀은 그의 손에 있는 명단을 훑어보면서 읽어 내려갔다.

「올딘 양, 로이드 씨, 스트레인지 씨, 스트레인지 부인, 오드리 스트레인지 부인. 흠, 스트레인지 가족이 많은 것 같군.」

「그들은 그의 두 아내입니다.」

배틀은 눈썹을 치켜 올리며 중얼거렸다.

「그럼, 그가 블루비어드(푸른 수염, 영국의 전설에 나오는 아내를 여섯이나 죽인 변태적인 남자)란 말이냐?」

그 사람들은 둥그런 식탁에 모여 앉아서 아무 일도 없었던 것처럼 식사를 하는 체하고 있었다.

배틀 총경은 자기를 쳐다보는 사람들의 얼굴들을 날카롭게 훑어보았다. 그는 자신의 방식대로 그들을 평가하고 있었다. 그가 어떤 식으로 그들을 보고 있다는 것을 알았다면, 그들은 소스라치게 놀랐을 것이다.

그것은 완고하고 편견을 가진 관점이었다. 법은 그 죄가 입증되기 전까지는 사람들을 모두 무죄로 보아야 한다고 하지만, 배틀 총경은 그렇지 않았다. 그는 살인사건과 관련된 사람들은 누구나 잠재적인 살인자라고 보았다.

그의 시선은 창백한 얼굴로 식탁 맨 윗쪽에 꼿꼿하게 앉아 있는 메리 올딘으로부터 시작해서, 그녀의 옆에서 파이프에 담배를 채우고 있는 토머스 로이드, 의자를 뒤로 뺀 채 오른손에는 커피잔을, 왼손에는 담배를 들고 있는 오드리로, 넋을 잃고 어쩔 줄 몰라 하며 떨리는 손으로 담뱃불을 붙이려고 애쓰는 네빌, 그리고 짙은 화장으로 더욱 창백해 보이는 얼굴을 하고 식탁에 팔꿈치를 괴고 앉아 있는 케이에게로 옮겨 갔다.

배틀 총경은 생각하기 시작했다.

저쪽이 메리 올딘 양이로군. 냉정하고——예리한 여자처럼 보이는군. 빈틈이 없겠어. 그녀 옆에 앉아 있는 남자는 누구인지 모르겠는걸——한쪽 팔을 못 쓰고——조금 냉정한 얼굴에——어울리지 않게 열등감을 가지고 있군. 저쪽이 아내들인 모양이군——내 생각으로는——그녀는 이 사건에 대해서 두려워하고 있어——그래, 그녀는 확실히 두려워하고 있어. 커피잔을 들고 있는 모습이 기묘하군. 저 사람이 스트레인지일 텐데, 전에 어디선가 본 적이 있는 얼굴이야. 아주 신경 과민 상태에 빠져 있군——머리가 붉은 여자는 좀 위험한 인물이지——성깔이 있어 보이는군. 성질 못지않게 머리도 좋겠지만 말이야.

총경이 이렇게 그들을 평가하고 있는 동안에, 리치 경감은 다소 딱딱한 어조로 이야기하고 있었다. 메리 올딘이 사람들의 이름을 알려 주었다.

그녀가 말을 맺으며 이렇게 말했다.

「너무 잔인하고 끔찍한 사건이에요. 우리가 할 수 있는 것이라면 무엇이든지 도와드리겠어요.」

「음——수사를 시작하기에 앞서——.」

리치가 골프채를 보이며 말을 이었다.

「이 골프채가 누구의 것인지 아십니까?」

가냘픈 비명과 함께 케이가 이야기했다.

「어머, 끔찍해. 그것은——.」

그녀는 갑자기 말을 멈추었다.

네빌 스트레인지가 일어나서 식탁을 빙 돌아 나왔다.

「내 것 같아 보입니다. 내가 좀 볼 수 있을까요?」

「이제는 괜찮습니다. 그냥 손으로 잡아도 됩니다.」

리치 경감이 말했다.

어떤 의미가 담겨 있는 '이제'라는 말에 사람들은 아무런 반응을 나타내지 않는 것 같았다.

네빌이 그 골프채를 살펴보고 나서 말했다.

「내 가방 속에 있던 골프채 중의 하나 같습니다. 조금 뒤면 확실하게 대답할 수 있습니다. 나와 함께 가보지 않겠습니까!」

그들은 네빌을 따라서 층계 밑에 있는 커다란 벽장 쪽으로 갔다. 그가 벽장 문을 열어 젖히는 순간, 배틀의 당혹한 눈에는 그것이 말 그대로 테니스 라켓의 무더기처럼 보였다. 동시에 그는 어디서 네빌 스트레인지를 보았었는지 기억해 냈다.

배틀이 재빨리 말했다.

「당신이 윔블던에서 경기하는 모습을 본 적이 있습니다.」

네빌은 고개를 반쯤 돌렸다.

「아, 그러십니까?」

그는 라켓 몇 개를 한쪽으로 치웠다. 벽장 속에는 골프 가방 두 개가 낚시 도구에 기대어 세워져 있었다.

「아내하고 나만 골프를 치지요.」하고 네빌이 설명했다.「그리고 그것은 남자용 골프채입니다. 그렇군요, 맞습니다――그것은 내 것입니다.」

그는 적어도 골프채가 14개쯤 들어 있는 가방을 꺼냈다.

리치 경감은 속으로 생각했다.

'운동 선수들은 자기 운동기구를 대개 자신들이 직접 관리하고 보관하지. 캐디에게 맡기는 것을 좋아하지 않아.'

「이것은 세인트 에스버트에서 구입한 월터 허드슨 골프채입니다.」

「고맙습니다, 스트레인지 씨. 그것으로 한 가지 문제가 해결되었습니다.」

「정말 이상하군요. 없어진 물건이 하나도 없습니다. 그리고 집에 도둑이 든 것 같지는 않다면서요?」

그의 목소리는 흥분되어 있는 것 같았지만――동시에 두려움도 스며들어 있었다.

배틀은 속으로 생각했다.

'그것을 생각하고 있군. 사람들 모두가……'

섬세한 이탈리아 인의 손

「하인들에게는 전혀 잘못이 없습니다.」하고 네빌이 말했다.

「올딘 양에게 하인들에 대해서 물어 보아야겠습니다.」하고 리치 경감이 부드럽게 말했다.「그건 그렇고, 트레실리안 노부인의 변호사가 누군지 아십니까?」

「애스퀴드와 트렐로니입니다. 세인트 루에 있지요.」

네빌이 바로 대답해 주었다.

「감사합니다, 스트레인지 씨. 트레실리안 노부인의 재산에 대해서 알아보려고요.」

「누가 노부인의 재산을 물려받을 것인지를 알아보겠다는 겁니까?」

「그렇습니다, 선생. 노부인의 유언장과 그 밖의 모든 것을.」

「아주머니의 유언장에 대해서는 모릅니다. 내가 알기로는, 아주머니는 결코 유언장 따위를 남겨 둘 분이 아닙니다. 그러나 재산이 어느 정도 되는지는 말씀드릴 수 있습니다.」

「그렇습니까, 스트레인지 씨?」

「그것은 돌아가신 매튜 트레실리안 유언에 따라서, 나와 내 아내에게 돌아오게 되어 있습니다. 트레실리안 노부인은 그것을 관리했을 뿐입니다.」

「정말로 그런가요?」

리치 경감은 그의 애장품에 어쩌면 중요한 의미를 부여할지도 모르는 오점을 남기는 자가 과연 누구일까에 관심을 기울이며 네빌을 쳐다보았다. 그의 눈길이 가자 네빌은 몹시 당황했다.

리치 경감은 믿어지지 않을 만큼 온화한 목소리로 계속 이야기를 이었다.

「그 액수에 대해서 구체적으로 말씀해 줄 수 있겠습니까, 스트레인지 씨?」

「정확하게 말씀드릴 수가 없군요. 한 10만 파운드쯤 되지 않을까 생각합니다.」

「그래요? 그것이 모두 당신에게 돌아가는 몫입니까?」

「아니죠, 우리 부부에게 분배되는 몫이죠.」

「알겠습니다. 대단히 많은 액수로군요.」

네빌이 미소를 지었다. 그는 조용하게 말했다.

「당신도 아시겠지만, 나는 그 유산을 받지 않아도 내 재산만으로 충분히 살아갈 수 있습니다.」

리치 경감은 네빌의 이 말로 그에 대해서 가지고 있던 생각이 조금 흔들리는 것 같았다.

그들이 다시 식당으로 돌아오자 리치는 이렇게 말했다. 지문에 대한 문제인데 형식적인 것으로서——살해당한 부인의 침실에서 가족들의 지문을 가려내기 위한 일이라고 말이다.

모두들 기꺼이——거의 열성적으로——자신들의 지문을 조사해 보라고 말했다.

그들은 존스 경사가 작은 롤러를 가지고 기다리고 있는 서재로 들어갔다.

배틀과 리치는 하인들에 대한 심문을 시작했다.

그들에게서는 더 이상 알아낼 것이 없었다. 허스톨은 늘 하던 대로 문단속을 했다고 말하며, 아침에도 그대로 있었다고 했다. 밖에서 누군가가 들어왔던 흔적은 전혀 없었다고 했다. 또, 현관문의 빗장이 걸려져 있었다고 했다. 그는 밖에서 열쇠로 문을 열 수 있도록 빗장을 걸어 놓지 않았다. 왜냐하면 이스터헤드 베이에 간 네빌이 늦게 돌아올지도 몰랐기 때문이라고 했다.

「그가 언제 돌아왔는지 알고 있습니까?」

「예, 선생님. 한 2시 반쯤 되었을 겁니다. 스트레인지 씨는 누군가와 함께 돌아온 것 같았습니다. 이야기 소리가 들렸거든요. 그 뒤에 자동차가 떠나갔고, 문이 닫히고 나서 네빌 씨가 위층으로 올라가는 소리를 들었습니다.」

「스트레인지 씨가 어젯밤에 이스터헤드 베이로 떠난 것은 몇 시였습니까?」

「10시 20분경에 집을 나갔습니다. 그때 문이 닫히는 소리를 들었습니다.」

리치가 고개를 끄덕였다. 지금으로서는 허스톨에게서 더 이상 알아낼 만한 사실이 없는 것 같았다. 그는 다른 사람들과 이야기했다. 그들은 모두 불안에 떨고 있었다. 그러나 그런 것은 이런 상황에서는 당연한 일이었다.

리치는 맨 마지막으로 심문을 받은 약간 신경질적인 하녀가 문을 닫고 나가자, 뭔가 질문하는 눈초리로 배틀을 바라보았다.

배틀 총경이 조카에게 말했다.

「그 하녀를 다시 들어오라고 해라——눈이 휘둥그런 여자 말고——키가 크고 바싹 마른 여자 말이야. 그 여자가 무엇인가를 알고 있어.」

에마 웨일즈는 분명히 불안해 하고 있었다. 몸집이 우람하고 나이가 많은 배틀이 심문을 하려고 하자 그녀는 더욱 불안해 했다.

「한 가지 충고를 하겠소, 웨일즈 양.」 그가 부드럽게 말했다. 「잘 알겠지만, 경찰에게 무언가를 감추어서는 안 됩니다. 그것은 결국 당신에게 불리한 시선을 보내도록 만드는 것이오. 내 말이 무슨 뜻인지 알겠소?」

에마 웨일즈는 불안해 하면서도 강력하게 부인했다.

「다시 말씀드리지만, 저는 절대로——.」

「자, 이봐요.」 배틀이 커다랗고 모난 손을 들어올렸다. 「당신은 무엇을 보았거나, 아니면 무슨 소리인가를 들었어요——그게 무엇이었지요?」

「저는 정확하게 듣지 못했어요——제 말은 그것을 제대로 들을 수가 없었다는 거예요——허스톨 씨도 들었어요. 하지만 저는 그것이 살인과 관계된 일이라고는 전혀 생각지 않아요.」

「물론, 그렇지 않을지도 모르지요. 하지만 그게 무엇이었는지 말해야 합니다.」

「저는 잠을 자러 가야겠다고 생각했어요. 10시가 막 지났을 때였어요——그래서, 올딘 양의 방 앞을 지나가다가 그녀가 더운 물병을 놓는 소리를 들었어요. 여름이나 겨울이나 그녀는 항상 그 일을 해요. 그리고 저는 마님의 방문 앞을 지나쳤어요.」

「계속해요.」하고 배틀이 말했다.

「그런데 그 방에서 마님과 스트레인지 씨가 말다툼하고 있는 소리가 들렸어요. 목소리가 높아졌지요. 주로 스트레인지 씨가 큰소리로 떠들었어요. 하지만, 오——그것은 단순히 말다툼에 지나지 않았어요!」

「무슨 말이었는지 정확하게 기억합니까?」

「글쎄요, 저는 사실 선생님이 생각하는 것만큼 자세하게 듣지는 못했어요.」

「그래도 몇 마디 정도는 들었을 게 아닙니까?」

「마님은 이 집에서는 그런 일을 할 수 없을 거라고 말씀하셨어요. 그러자 스트레인지 씨는 '아주머니는 그녀에 대해서 이러쿵저러쿵 말할 수 없어요.' 하고 말했던 것 같아요. 그분은 몹시 흥분하고 있었지요.」

배틀 총경은 무표정한 얼굴로 한 번 더 다그쳤지만, 그녀에게서는 더 이상 알아낼 것이 없었다. 결국 총경은 그 하녀를 내보낼 수밖에 없었다.

그와 짐은 서로를 쳐다보았다. 잠시 뒤에 리치가 말했다.

「존스 경사가 곧 그 지문에 대해서 뭔가 알려 줄 겁니다.」

배틀이 물었다.

「누가 방을 조사하고 있지?」

「윌리엄스라는 유능한 사람입니다. 실수는 안 할 겁니다.」

「사람들이 방에 들어가지 못하도록 해야 할 텐데.」

「예, 윌리엄스가 조사를 끝낼 때까지는 아무도 들어가지 못하게 조치했습니다.」

그때 문이 열리고 윌리엄스가 들어왔다.

「보여 드릴 것이 있습니다. 스트레인지 씨 방에서요.」

그들은 일어나서 그를 따라 서쪽 채에 있는 네빌 스트레인지의 작은 방으로 갔다.

윌리엄스는 바닥에 놓여 있는 무더기를 가리켰다. 짙은 푸른색 윗도리와 바지, 양복 조끼가 있었다.

리치가 날카롭게 물었다.

「어디에서 발견했나?」

「옷장 바닥에 팽개쳐져 있었습니다. 이것을 보십시오, 경감님.」

그는 윗도리를 집어 올려서 소매 끝을 보여 주었다.

「검은 자국이 보입니까, 경감님? 이것은 핏자국입니다. 아니라면 제 목을 자르겠습니다. 그리고 이쪽을 보십시오. 소매에도 온통 피가 튀었습니다.」

「흠.」 배틀은 윌리엄스의 진지한 시선을 피했다. 「모두 네빌에게 불리한 것이군. 그 밖의 다른 것들은 없는가?」

「짙은 회색 세로 줄무늬 윗도리가 의자에 걸려 있었습니다, 총경님. 그리고 세면기에서 물을 받아다가 여기 바닥에다 쏟아 부은 것 같습니다.」

「네빌 스트레인지가 바닥에 묻은 피를 씻어냈다는 말인가? 글쎄, 정말 그랬을까? 창문이 열린 채로 있었고, 지난밤에는 비가 많이 왔었는데……?」

「바닥에 저렇게 괼 정도로 많이 오지는 않았습니다, 총경님. 물기가 아직도 마르지 않았습니다.」

배틀은 아무 말도 하지 않았다. 그의 눈 앞에 어떤 사람의 모습이 떠올랐다. 손과 옷에 피를 묻힌 한 남자가 옷을 벗어서는 옷장 속에 집어 던지고, 허겁지겁 손과 팔을 씻고 있는 모습이 ──.

그는 다른 쪽 벽에 있는 문으로 눈길을 옮겼다.

윌리엄스가 그의 눈길을 따라가며 대답했다.

「거기는 스트레인지 부인의 방입니다, 총경님. 하지만, 그 문은 잠겨 있습니다.」

「잠겨 있다고? 이쪽에서 말인가?」

「아닙니다. 저쪽에서 잠겨 있습니다.」

「그녀의 방 쪽에서 말이지?」

배틀은 잠시 깊은 생각에 잠겼다가 다시 말했다.

「그 노집사를 다시 만나 보기로 하지.」

허스톨은 안절부절못하고 있었다.

리치가 딱딱하게 질문했다.

「왜 아까 우리에게 말해 주지 않았습니까, 허스톨 씨? 당신은 어젯밤에 스트레인지 씨와 트레실리안 노부인이 다투는 소리를 들었다면서요?」

허스톨은 깜짝 놀랐다.

「저, 그것에 대해서는 미처 생각하지 못했습니다, 선생님. 하지만 저는 그것이 다투는 것이었다고는 생각하지 않았습니다. 그냥 두 분이 의견 차이로 서로 토론하고 있었던 것이라고 생각했지요.」
 리치는 '의견 차이에 대해서 서로 토론하고 있었다고?' 하고 되묻고 싶은 것을 억지로 참으면서 질문을 계속했다.
「어젯밤에 스트레인지 씨는 어떤 옷을 입고 있었습니까?」
 허스톨이 우물쭈물하자 배틀이 조용히 말했다.
「짙은 푸른색 윗도리였나요, 아니면 회색 세로 줄무늬 윗도리였습니까? 기억나지 않는다면 굳이 애쓸 필요 없습니다. 다른 사람에게 물어 보겠소.」
 허스톨이 갑자기 말문을 열었다.
「이제 기억이 납니다, 선생님. 짙은 푸른색이었습니다. 저, 식구들은——.」
 그는 위엄을 잃지 않으려고 애쓰며 걱정스럽게 덧붙여 말했다.
「여름철에는 저녁 옷으로 갈아입지 않습니다. 그분들은 저녁식사를 한 뒤에 자주 산책을 나가는데——정원을 거닌다거나——나루터에 내려가곤 하시지요.」
 배틀은 고개를 끄덕였다.
 허스톨이 그 방을 나갔다. 그는 문 앞에서 존스 경사와 마주쳤다. 존스는 흥분해 있었다.
「확증을 잡았습니다, 총경님. 사람들의 지문을 모두 채취했습니다. 동일한 지문이 하나 있더군요. 물론 아직은 대강 대조해 본 것에 지나지 않지만 틀림없을 겁니다.」
「오, 그런가?」하고 배틀이 말했다.
「그 골프채에 남아 있던 지문은 네빌 스트레인지 씨의 겁니다, 총경님.」
 배틀은 의자 뒤로 몸을 기대며 말했다.
「그렇다면 사건은 해결된 거나 마찬가지로군. 그렇지 않은가?」

3


 그들은 서장 방에 있었다――세 사람은 모두 엄숙하고 근심스러운 표정을 짓고 있었다.
 미첼 소령이 한숨을 쉬며 말했다.
「글쎄, 그를 체포할 수밖에 다른 도리가 없다고 생각합니다만?」
「그래야 할 것 같습니다, 서장님.」
 리치가 조용하게 말했다.
 미첼은 배틀 총경 쪽을 쳐다보면서 부드럽게 말했다.
「기운내요, 배틀 총경. 당신의 가장 친한 친구가 죽은 것도 아니잖습니까?」
 배틀 총경은 한숨을 쉬고 말했다.
「나는 왠지 썩 내키질 않는군요.」
「우리 누구도 그것을 좋아하지 않소. 하지만 우리는 영장을 신청할 수 있을 만큼 충분한 증거를 확보했다고 생각합니다.」
「충분한 정도가 아니지요.」 배틀이 말했다.
「사실 우리가 영장을 신청하지 않는다면, 다른 사람들이 왜 신청하지 않느냐며 따질 게 틀림없습니다.」
 배틀은 우울한 얼굴로 고개를 끄덕였다.
「그렇게 하도록 합시다.」 하고 서장이 말했다. 「우리들은 동기를 잡았어요――스트레인지와 그의 아내는 그 노부인이 죽고 나면 막대한 유산을 받게 되어 있습니다. 스트레인지는 노부인의 살아 있는 모습을 마지막으로 본 사람으로 알려져 있고――게다가 누군가 그와 노부인이 말다툼하는 소리를 들었지요. 그날 밤, 그가 입었던 옷에는 핏자국이 묻어 있었고――그 피는 살해당한 트레실리안 노부인의 것과 똑같았습니다. (물론 이것은 단지 소극적인 증거물에 불과합니다만) 게다가 가장 중요한 것은, 그의 지문이 범행에 사용된 흉기에서 발견되었다는 겁니다――다른 누구의 것도 아닌 바로 그의 지문이 말이오.」

「그런데, 서장, 당신은 그것으로 만족합니까?」배틀이 물었다.

「아니오, 그렇지 않습니다.」

「부족하다고 느끼는 이유는 정확히 어떤 겁니까, 서장?」

미첼 소령은 코를 문지르면서 조심스럽게 대답했다.

「그 사람이 바보같이 여기저기에 너무 많은 증거들을 남겨 놓은 것이 어쩐지…….」

「하지만, 서장, 범인들은 이따금 어처구니없을 정도로 어리석은 짓을 하지 않습니까?」

「오, 그건 나도 알아요――알고말고요. 만일 그런 짓을 하지 않는다면, 우리는 언제나 깨끗하게 당할 수밖에 없을 겁니다.」

「네가 이상하게 여기는 것은 어떤 점이냐, 짐?」

배틀이 리치에게 물었다.

리치는 마음이 산란한 듯이 서성거리고 있었다.

「저는 스트레인지를 좋아했습니다. 요 몇 년 동안 그는 가끔 이곳에 내려왔었는데, 사실 그 사람은 훌륭한 신사이고――스포츠맨이었습니다.」

「하지만 그것과는 다른 문제다.」하고 배틀이 천천히 말했다. 「훌륭한 테니스 선수라고 해서 잔인한 살인자가 되어서는 안 될 까닭은 없잖니? 그렇지 않을 이유는 전혀 없어.」

총경은 잠시 멈추었다.

「나는 그 골프채가 마음에 들지 않아.」

「골프채가요?」

미첼은 다소 어리둥절해 하며 물었다.

「그렇습니다, 서장. 그리고 또 한 가지는 그 종입니다. 종이든 골프채든──여하튼 마음에 들지 않습니다.」

총경은 신중한 목소리로 천천히 계속했다.

「지금까지 우리가 수사한 것을 가지고 범행 당시의 상황을 생각해 봅시다. 스트레인지가 노부인의 방에 들어가서 그녀와 언쟁을 하다가 흥분한 나머지 정신을 잃고 골프채로 그녀의 머리를 내리쳤단 말이지요? 만일 정말 그렇다면──그리고 또 그것이 우발적인 범행이었다고 한다면──어떻게 그가 골프채를 범행에 사용할 수 있었을까요? 내 말은 그것은 밤중에 가지고 다니는 그런 물건이 아니라는 뜻입니다.」

「그가 스윙 연습을 하고 있었을 수도 있지 않겠습니까?」

「그럴 수도 있겠지요──그러나 아무도 그런 말을 하지 않았습니다. 결국, 그날 밤에 아무도 그가 스윙 연습을 하고 있던 것을 보지 못했다는 뜻이지요. 스트레인지가 골프채를 들고 있는 것을 마지막으로 본 것은, 한 일주일 전쯤 그가 해변에 내려가서 골프 연습을 하던 때였습니다. 내가 이것을 말씀드리는 것은 서장이 다음의 두 상황을 모르기 때문입니다. 먼저, 노부인과 말다툼을 하다가 스트레인지가 이성을 잃었다는 것은──아실지 모르겠지만, 나는 그가 경기하는 것을 몇 번 보았는데 테니스 경기를 할 때 대부분의 선수들은 곧장 흥분하고, 신경을 곤두세웁니다. 그 중에 조금 신경이 날카로운 선수들은 종종 코트에서 거친 태도를 드러내 보이기도 하죠. 하지만 나는 스트레인지가 자세를 흐트러뜨리는 것을 단 한 번도 본 적이 없습니다. 이것은 그가 자신의 감정을 억제하는 능력을 가지고 있다는 뜻입니다──그 누구보다도 훨씬 뛰어나게 말입니다──그런 그가 단지 의

섬세한 이탈리아 인의 손

견이 맞지 않는다는 이유로 트레실리안 노부인의 머리를 내리쳤다고 생각할 수 있을까요?」

「다른 각도로 볼 수도 있소, 배틀 총경.」서장이 말했다.

「나도 압니다, 서장. 물론 계획된 범행으로 볼 수도 있지요. 그가 노부인의 재산을 노렸다면, 그것은 그 중——그 하녀가 혼수 상태에 빠지게 되었던 일과는 딱 들어맞습니다——하지만 그것은 골프채와 말다툼 사건과는 전혀 들어맞지가 않습니다! 만일 스트레인지가 노부인을 살해하기로 마음먹었다면, 아주 조심스럽게 행동했지 말다툼 따위는 결코 하지 않았을 겁니다. 그는 하녀에게 약을 먹이고——밤중에 몰래 그녀의 방에 들어가서——노부인의 머리를 내리치고 좀도둑이 들었던 것처럼 꾸며 놓은 다음에 골프채를 잘 닦아서 조심스럽게 원래 있던 자리에 갖다 놓았을 겁니다. 하지만, 실제 상황은 그렇지가 않습니다. 서장, 이 사건은 냉정하게 계획된 범행과, 난폭하고 우발적인 범행이 뒤섞여 있어요——그러나 그 둘은 결코 섞일 수가 없는 겁니다!」

「당신 말에도 일리가 있군요, 총경. 하지만——그게 아니라면 어떻게 된 겁니까?」

「내가 생각하고 있는 것은——그 골프채입니다, 서장.」

「누구도 지문을 망가뜨리지 않은 채, 골프채로 노부인의 머리를 내리칠 수는 없습니다——이것은 아주 분명한 사실입니다.」

「내 생각입니다만—— 노부인은 뭔가 다른 것으로 얻어맞은 것 같습니다.」배틀 총경이 말했다.

미첼 소령은 숨을 깊이 들이마셨다.

「그것은 좀 지나친 가정이 아닐까요, 그렇지 않습니까?」

「아닙니다. 그것은 얼마든지 가능한 일입니다, 서장. 스트레인지가 그 골프채로 그녀를 내리쳤거나, 아니면 아무도 그것으로 내리치지 않았거나 둘 중의 하나입니다. 나는 뒤의 가정에 절대적으로 찬성합니다. 범인은 일부러 골프채를 그곳에 놓아 두고, 또 거기에다 피와 머리카락을 묻혀 놓은 것이지요. 래젠비 의사도 골프채를 몹시 못마땅하게 여기고 있습니다——그가 그것을 받아들였던 것은 그것이 너무 명백했으며, 게다가 그것이 흉기로 사용되지 않았다고 분명하게 말할 자신이 없었기 때문입니다.」

미첼 소령은 의자 뒤로 몸을 기대며 말했다.

「계속하십시오, 배틀 총경. 나는 당신에게 모든 것을 맡기겠습니다. 그 다음은 무엇입니까?」

「골프채 문제를 제외시키면——.」

배틀 총경이 설명을 계속했다.

「무엇이 남습니까? 첫째로 동기입니다. 네빌 스트레인지에게 트레실리안 노부인을 살해할 만한 동기가 있었을까 하는 겁니다. 노부인이 죽고 나면 그가 많은 재산을 물려받는다는 것은 사실입니다——하지만 과연 그가 노부인을 살해해야 할 만큼 그 재산이 필요했을까요——이것은 조금 생각해 보아야 할 문제입니다. 네빌은 그렇지 않다고 했습니다. 만일 그가 경제적으로 곤경에 처해 있다면——돈이 필요할 테고——그때는 그가 범인이라는 사실은 확고부동한 것입니다. 그러나 만일 그가 말한 대로 그의 경제적인 상태가 안정되어 있다면, 물론 그때는——.」

「그때는, 그때는 어떻다는 겁니까?」

「물론 그때는 그 집에 있는 다른 사람들의 동기를 찾아내야 하겠지요.」

「그렇다면 당신은 네빌 스트레인지가 함정에 빠진 거라고 생각하는 겁니까?」

배틀 총경은 눈을 가느다랗게 떴다.

섬세한 이탈리아 인의 손  187

「어디에선가 내 생각과 꼭 들어맞는 문장을 읽은 적이 있어요. 어떤 이탈리아 인의 섬세한 손에 대한 것이죠. 나는 이번 사건을 수사하면서 바로 그 생각이 떠올랐습니다. 겉으로 보기에 그것은 무지하고 포악한 자에 의한 단순한 범죄이지만, 나는 그 뒤에서 무엇인가를 보았습니다. 사건 뒤에 숨어서 작용한 이탈리아 인의 섬세한 손을 말이죠……」

서장은 한동안 침묵을 지키면서 배틀을 바라보다가 입을 열었다.

「당신이 옳을 겁니다. 계속 밀고 나가시오, 배틀 총경. 이 사건에는 뭔가 이상한 점이 있어요. 이제 총경의 작전 계획이 뭔지 한번 들어봅시다.」

배틀은 네모난 턱을 쓰다듬으며 설명을 시작했다.

「글쎄요──나는 사건을 해결하는 데 있어서 분명한 방식을 좋아합니다. 모든 상황이 네빌 스트레인지에게 혐의를 두도록 짜여져 있습니다. 실제로 그를 체포할 것까지는 없지만 계속 그에게 혐의를 두는 겁니다. 그리고 다른 사람들에게는 그를 심문할 거라고 슬그머니 소문을 퍼뜨리는 겁니다──그리고는 사람들의 반응을 관찰하는 거지요. 네빌 스트레인지의 진술을 확인하기 위해서는 그날 밤 그의 행적을 자세히 조사해야 합니다. 그러면 사실이 분명하게 드러날 겁니다.」

「아주 교묘한 작전이로군요.」 미첼 소령이 눈을 반짝이며 말했다. 「훌륭한 배우 배틀이 서투른 경찰관 흉내를 내는 것 같습니다.」

총경은 미소를 지었다.

「나는 일단은 내 생각대로 조사를 해보아야 직성이 풀린답니다. 서장, 이번에 나는 좀 느긋한 자세로 사건에 임할 생각입니다──내 시간을 가지면서 말입니다. 우선 뭔가 냄새를 맡아 보아야겠습니다. 네빌 스트레인지에게 혐의가 있다는 것은 냄새를 맡기에는 아주 좋은 구실입니다. 당신도 아시겠지만, 이 집에서는 뭔가 기묘한 일이 벌어지고 있었습니다.」

「삼각 관계 말입니까?」

「그것을 그런 식으로 표현합니까, 서장?」

「나는 상관하지 않겠습니다, 배틀 총경. 당신과 리치 경감이 알아서 처리하십시오.」

「고맙소. 변호사들에게서는 무엇 좀 알아냈습니까?」

배틀은 일어나면서 물었다.

「예, 그들에게 전화를 걸어 보았지요. 트렐로니는 전부터 잘 알고 있는 사람입니다. 그가 매튜 경과 트레실리안 노부인의 유언장 사본을 보내 주었습니다. 그녀는 자신의 몫으로 매년 약 500파운드를 받아 왔는데——그것을 증권에 투자하고 있었더군요. 그녀는 바레트와 허스톨에게 약간의 유산을 남기고, 나머지는 모두 메리 올딘에게 남겼습니다.」

「그 세 사람을 주의해서 살펴보아야겠군요.」 하고 배틀이 말했다.

미첼이 유쾌한 목소리로 물었다.

「그들에게 혐의가 있다는 뜻입니까?」

「5만 파운드에 현혹당하지 않을 사람은 없습니다.」 하고 배틀은 무뚝뚝하게 말했다. 「50파운드도 안 되는 돈 때문에 저질러지는 살인사건도 얼마나 많습니까. 문제는 그들이 얼마를 원하느냐에 달려 있습니다. 바레트는 유산을 받게 되어 있어요——그러나 그녀는 혼수 상태에 빠져 있으니까 일단 용의자에서 제외해도 될 겁니다.」

「그녀는 심한 혼수 상태에 빠져 있습니다. 래젠비 의사가 그녀를 심문하도록 허락하지 않을 겁니다.」

「너무 과장해서 생각하는 것 같군요. 허스톨은 우리 모두 알다시피 현금이 별로 필요가 없는 사람입니다. 그리고 올딘 양은, 만일 재산이 없다면, 더 늙기 전에 유산을 받아서 인생을 즐기고 싶다고 생각하고 있을지도 모르죠.」

「글쎄, 그것은 당신 두 사람의 일이오. 잘해 보시오.」

서장은 미심쩍은 듯이 말했다.

4

걸즈 곳으로 돌아온 배틀과 리치는 윌리엄스의 보고를 들었다.

그 침실에서는 더 이상 사건 해결에 도움을 줄 만한 점이라고는 발견되지 않았다. 하인들은 집안일을 계속할 수 있도록 허락해 달라고 요구하고 있었다.

「그들에게 집안일을 하도록 해도 괜찮을까요?」

「글쎄, 괜찮을지 모르겠군.」 배틀이 말했다. 「나는 위층의 방을 조사해 보아야겠어. 사건과 관계없는 방들이 종종 그 방의 주인들에 대해서 뭔가 중요한 것들을 말해 주곤 하지.」

존스가 작은 마분지 상자를 탁자 위에 내려놓으며 말했다.

「네빌 스트레인지의 짙은 푸른색 윗도리에서 나온 겁니다. 붉은 머리카락은 소매 끝에 붙어 있었고, 금색 머리카락은 옷깃 안쪽과 오른쪽 어깨에 붙어 있었습니다.」

배틀은 길고 붉은 머리카락 두 가닥과, 금색 머리카락 대여섯 가닥을 집어들고 자세히 들여다보았다. 그는 희미하게 눈을 반짝이며 말했다.

「꼭 들어맞는군. 이 집에는 금색 머리카락을 가진 사람과, 붉은 머리카락에 가무잡잡한 피부를 가진 여자가 한 명씩 있지. 소매에는 붉은 머리카락, 옷깃에는 금색 머리카락이라? 네빌 스트레인지는 블루비어드적인 취미를 즐기고 있는 것 같군. 팔로는 한 아내를 안고, 다른 아내는 그의 어깨에 머리를 기대고 있었다?」

「소매에 묻었던 피는 분석해 달라고 보냈습니다, 총경님. 결과가 나오는 대로 곧 알려 주겠다고 했습니다.」

리치가 고개를 끄덕였다.

「하인들은 어떤가?」

「경감님 지시대로 했습니다. 그들 중에서 이곳을 떠날 기미를 보이거나, 노부인에게 원한을 품고 있는 사람은 아무도 없는 것 같습니다. 평소에 트레실리안 노부인이 엄하게 다스리기는 했지만, 하인들은 그녀를 존경했던 모양입니다. 그리고 하인들 관리는 언제나 올딘 양이 했다는군요.」

「나도 올딘 양이 똑똑한 여자라고 생각했네. 만일 올딘 양이 범행을 저질렀다면, 그녀는 쉽게 걸려들지 않을 거야.」

존스는 깜짝 놀랐다.

「하지만 총경님, 그 골프채의 지문은——.」

「알아——알고 있네. 스트레인지의 지문이 묻어 있다는 것은 어쩔 수 없는 사실이지. 운동 선수들은 머리를 별로 쓰지 않는다는 것이 일반적인 관념이야. (전혀 사실 무근이기는 하지만) 그러나 나는 네빌 스트레인지가 그렇다고는 생각지 않네. 그 하녀의 세나 차에 대해서는 뭐 좀 알아보았는가?」

「그것은 항상 3층에 있는 하인들의 목욕탕 선반 위에 올려놓았다고 합니다. 그녀는 낮 동안 그것을 푹 담가 두는데 잠자리에 들 때까지 그곳에 놓아 두곤 했답니다.」

「그렇다면 아무나 그것에 손을 댈 수 있었다는 말이 아닌가? 이 집안에 있는 사람이면 누구나 말이야.」

「내부인의 짓이 틀림없습니다!」

섬세한 이탈리아 인의 손　191

리치가 자신 있는 목소리로 말했다.

「그래, 나도 그렇게 생각해. 그러나 이것은 밀실 사건은 아니야. 누구나 열쇠를 가지고 있다면, 현관문을 열고 들어올 수 있는 상황이야. 네빌 스트레인지는 어젯밤에 현관 열쇠를 가지고 나갔어──하지만 열쇠가 없더라도 현관문 정도는 쉽게 열 수 있을 거야. 노련한 사람이라면 철사 토막으로도 열 수가 있을 걸세. 그러나 나는 외부인이 그 종이나, 바레트가 밤에 세나 차를 마신다는 사실을 알고 있었다고는 보지 않아! 그런 것은 집안 사람들만 알고 있는 극히 사소한 일이거든! 이리 와 보거라, 짐. 위층에 올라가서 그 목욕탕과 그 밖의 방들을 조사해 보자꾸나.」

그들은 꼭대기층부터 조사를 시작했다. 처음에 들어간 곳은 낡고 부서진 가구들과 온갖 잡동사니들이 가득 찬 창고였다.

「이곳은 조사해 보지 못했습니다, 총경님. 사실 저는 잘 몰랐습니다──.」

존스가 우물거리며 말했다.

「자네가 무엇을 조사할 수 있었겠나? 괜찮아. 단지 시간만 낭비했을 걸세. 바닥에 쌓인 먼지로 보아, 적어도 여섯 달 동안은 아무도 들어오지 않았겠군.」

하인들의 방은 모두 이곳에 있었으며, 또한 욕실이 딸린 사용하지 않는 침실이 2개 있었다. 배틀은 방들을 모두 둘러보았다. 눈이 휘둥그런 하녀인 앨리스는 창문을 닫고 잤으며, 몸이 가냘픈 하녀인 에마는 장롱 위에 많은 사진이 있는 것으로 보아 친척이 많으며, 허스톨은 비록 금이 가기는 했지만 훌륭한 드레스덴 도자기와 왕실의 자기를 한두 점 가지고 있다는 사실 등을 알아냈다.

요리사의 방은 아주 깔끔했으며, 식모의 방은 정신없이 어질러져 있었다. 배틀은 계단 가까이 붙어 있는 목욕탕으로 들어갔다. 윌리엄스가 칫솔통, 여러 종류의 연고, 소금병, 헤어 로션 등이 있는 세면대 위의 긴 선반을 가리켰다. 세나 차 한 통이 맨 끝에 뚜껑이 열려진 채 놓여 있었다.

「그 통이나 유리잔에는 지문이 전혀 없나?」

「그 하녀의 지문밖에는 없습니다. 저는 그녀의 방에서 그녀의 지문을 채취했지요.」

「범인은 유리잔에 손을 댈 필요가 없었을 겁니다. 단지 그 약을 잔 안에 넣기만 했을 테니까요.」

리치가 말했다.

배틀은 리치를 따라 계단을 내려갔다. 이 꼭대기층의 계단 중간에는 좀 어울리지 않는 창문이 나 있었으며, 끝에 갈고리가 달린 막대기가 한쪽 구석에 놓여 있었다.

「이것으로 위쪽 창을 끌어내릴 수 있을 겁니다. 하지만 이곳으로 도둑이 들어올 수는 없습니다. 이 창문은 단지 조금밖에 열 수가 없거든요. 너무 좁아서 아무도 들어올 수가 없습니다.」

리치가 설명했다.

「누가 이곳으로 들어왔다고는 생각지 않아.」하고 배틀이 말했다.

그의 눈은 신중했다.

배틀 총경은 다음 층의 첫번째에 있는 오드리 스트레인지의 방으로 들어갔다.

깔끔하고 정결한 방이었으며, 화장대 위에는 상아로 만든 브러시가 놓여 있었다――옷은 한 벌도 나와 있지 않았다. 배틀은 옷장 안을 들여다보았다. 평범한 모양의 코트 두 벌과 치마, 그리고 이브닝드레스 한 벌과 한두 벌의 여름 원피스가 있었다. 싼 옷도 있었고, 양장점에서 잘 재단한 비싼 옷도 있었지만 새것은 없었다.

배틀은 고개를 끄덕였다. 그는 잠시 책상 옆에 서서 압지 왼쪽에 있는 펜꽂이를 만지작거렸다.
윌리엄스가 말했다.
「압지나 휴지통에는 관심을 끌 만한 것이 전혀 없었습니다.」
「그렇군. 이곳에는 더 이상 볼 게 없어.」
배틀이 말했다.
그들은 다른 방으로 들어갔다.
토머스 로이드의 방에는 옷가지들이 여기저기 지저분하게 널려 있었다. 탁자 위에는 파이프와 담뱃재가 떨어져 있었으며, 키플링의 『킴』이라는 소설이 침대 옆에 반쯤 펼쳐진 채 놓여 있었다.
「하인들이 쓰던 방을 로이드 씨를 위해서 치운 모양이군. 고전 작품을 좋아하고, 좀 보수적인 사람이야.」
배틀이 말했다.
메리 올딘의 방은 작지만 아늑했다. 배틀은 책꽂이에 꽂혀 있는 여행 서적과, 구식으로 솔이 나 있는 은 브러시를 조사해 보았다. 그 방의 가구와 색감은 이 저택에서 가장 현대적이었다.
「올딘 양은 생각처럼 그렇게 보수적인 사람은 아니로군. 사진이 하나도 없어. 예전에 친하게 지냈던 사람이 하나도 없나 보군.」
그 층에는 빈방이 서너 개 더 있었는데, 손님들을 위해서 모두 잘 정돈되어 있었으며, 욕실이 딸려 있었다. 다음에 그들은 트레실리안 노부인의 방으로 갔다. 그리고 나서 작은 층계를 3단 내려가서 스트레인지 부부가 쓰는 침실로 갔다.
배틀은 네빌의 방은 자세히 살펴보지 않았다. 배틀은 깎아지른 듯한 바위가 바다로 향하고 있는 아래쪽으로 난 여닫이 창문 밖을 내다보았다. 그곳의 서쪽으로 바다를 향해 거칠고 험상궂게 튀어나온 스타크 헤드가 보였다.
「오후의 햇살이 들어오는군. 하지만 웬지 아침처럼 스산한데. 썰물

때의 역겨운 해초 냄새도 그렇고. 저 곳은 몹시 험상궂은 모습을 하고 있군. 저 광경이 자살자들을 끌어들인다고는 도저히 생각할 수가 없는걸!」

배틀은 중얼거렸다.

그는 자물쇠가 채워져 있지 않은 문을 통해서, 그곳보다 더 큰 방으로 들어갔다.

그 방은 몹시 어질러져 있었다. 여기저기 옷들이 팽개쳐져 있었는데──얇은 속옷, 스타킹, 점퍼들이 여기저기 뒹굴고 있었고──여름 원피스가 의자 등받이에 걸려 있었다. 배틀은 옷장 안을 들여다 보았다. 그곳은 모피 옷과 이브닝드레스, 짧은 바지, 테니스 복, 운동복 등으로 가득 차 있었다.

배틀은 옷장 문을 살며시 닫으며 말했다.

「사치스런 취미를 가지고 있군. 남편에게 많은 돈을 쓰게 하겠는걸.」

리치가 침통한 목소리로 말했다.

「아마도 그것이 이유가──.」

그는 말을 끝맺지 않았다.

「그는 무엇 때문에 10만──아니 5만 파운드의 돈이 필요했을까? 그가 그것에 대해서 말해 준다면 훨씬 수월하게 해결할 수 있을 텐데.」

그들은 서재로 내려갔다. 배틀은 윌리엄스를 보내어 하인들에게 집안일을 계속하라고 알려 주었다. 사람들도 그들이 원한다면, 자기들 방으로 돌아갈 수 있도록 했다. 그들은 그 이야기와 함께 리치 경감이 먼저 네빌 스트레인지를 심문한 뒤에, 그들과 개별적으로 만나 볼 것이라는 말도 듣게 되었다.

윌리엄스가 그 방에서 나간 뒤에, 배틀과 리치는 거대한 빅토리아 풍의 탁자 뒤에 자리를 잡았다. 젊은 경관이 공책과 연필을 준비하고 방 한쪽 구석에 있는 의자에 앉았다.

「네가 먼저 시작하거라, 짐. 그것을 명심하고.」

리치가 고개를 끄덕이자, 배틀 총경은 턱을 쓰다듬으면서 눈살을 찌푸렸다.

「에르큘 포와로가 내 머릿속에 주입시킨 것을 잊어버리지 않았으면 좋겠는데.」

「그 벨기에의 노인 영감——우스꽝스럽게 생긴 작은 사람 말입니까?」

「우스꽝스런 사람이라니. 그가 일단 일을 시작하면——검은 맘바나 표범만큼이나 위험스러운 인물이야. 그것이 그의 참모습이지! 그가 이곳에 있다면 좋았을 텐데——이런 종류의 사건은 그의 방식대로 한다면 쉽게 해결될 거야.」

「어떤 방법으로요?」

「심리학이지. 진짜 심리학이야. 심리학에 대해서 제대로 알지도 못하는 사람이, 역시 아무것도 모르는 사람에게 써먹는 그런 따위가 아니야.」

배틀 총경이 진지하게 말했다.

그는 앰프레이 교장 선생과 실비아 사이에 있었던 일에 생각이 미치자 은근히 화가 치밀어 올랐다.

「아니——정말 순수한 목적은——바로 무엇이 수레바퀴가 돌아가도록 만들었나를 알아내는 것이지. 살인자에게 이야기를 시키는 것——그것이 바로 에르큘 포와로의 방침이야. 그러면 마침내는 누구든지 진실을 털어놓고 말지. 왜냐하면 결국 그것이 계속 거짓말을 하는 것보다 훨씬 쉬운 일이기 때문이야. 또한, 대수롭지 않게 생각했던 어떤 작은 실수를 범하게 되고——바로 그때 너는 그들을 잡아야 하는 거야.」

「그렇다면 아저씨는 네빌 스트레인지를 계속 다그칠 생각이세요?」

배틀은 무심코 고개를 끄덕였다. 그리고 나서, 그는 좀 짜증을 내며 당황한 목소리로 덧붙여 말했다.

「그러나 정말로 내가 걱정하는 것은――에르큘 포와로가 내 머릿속에 무엇을 주입시켰는가야. 내 머릿속에는――그것이 자리잡고 있어. 과연 그 조그만 친구가 내게 무엇을 남겨 주었을까?」

그 이야기는 네빌 스트레인지가 들어옴으로 해서 중단되었다.

그는 창백하고 근심스러워 보였지만, 아침식사 때보다는 훨씬 안정되어 있었다. 배틀은 그를 날카롭게 쳐다보았다. 그는 바로――조금이라도 사건의 진척 상황에 대해서 생각한다면 꼭 알아야 할――자신의 지문이 흉기에 남아 있었고――또한, 경찰이 그의 지문을 채취해 갔다는 사실에 대해서 알고 있는 사람이라고는 믿을 수 없을 정도로――긴장된 모습도 아니었으며, 그렇다고 억지로 태연한 체하는 것 같지도 않았다.

네빌 스트레인지는 극히 자연스러워 보였는데――충격을 받고, 걱정하고, 비탄에 잠긴 표정으로――게다가 당연할 정도의 가벼운 신경질도 보였다.

짐 리치가 서부 지방의 독특한 목소리로 이야기했다.

「지금부터 우리가 하는 질문에 대해서 대답해 주기 바랍니다, 스트레인지 씨. 어젯밤 당신의 행적에 대해서 말씀해 주십시오. 사소한 일까지 포함해서 말입니다. 그러나, 싫다면 억지로 대답할 필요는 없습니다. 원하신다면 변호사를 부를 수도 있습니다.」

그는 이 말의 효과를 관찰하기 위해 몸을 뒤로 기대었다.

네빌 스트레인지는 아주 솔직하게 당황하는 표정을 얼굴에 그대로 나타냈다.

 '저 친구는 우리가 증거를 잡고 있다는 사실을 전혀 모르거나, 아니면 정말 뛰어난 연기자야.' 하고 리치는 속으로 생각했다.

 네빌이 대답을 하지 않자 그가 큰소리로 물었다.

「어떻게 하시겠습니까, 스트레인지 씨?」

「좋으실 대로 하시죠. 알고 싶은 것은 무엇이든 물어 보십시오.」

 네빌이 대답했다.

「스트레인지 씨, 지금 당신이 말씀하시는 것이 모두 기록되었다가 나중에 법정에서 증거로 채택될 수도 있다는 사실을 알아두시오.」

 배틀이 유쾌하게 말했다.

 스트레인지의 얼굴에 분노의 표정이 뚜렷하게 떠올랐다. 그는 날카롭게 말했다.

「나를 협박하는 겁니까?」

「천만에요. 그게 아닙니다, 스트레인지 씨. 경고하는 겁니다.」

 네빌은 어깨를 으쓱했다.

「이것이 모두 당신들이 마땅히 해야 할 절차의 하나라고 생각합니다. 어서 계속하십시오.」

「지금 시작해도 되겠습니까?」

「좋으실 대로.」

「그렇다면 먼저 당신이 어젯밤에 무엇을 했는지 정확하게 말씀해 주십시오. 저녁식사를 마친 다음부터 이야기하기로 할까요?」

「좋습니다. 저녁식사 뒤에 우리는 응접실로 들어가서 커피를 마셨습니다. 라디오를 들었는데 ──뉴스나 뭐 그런 것들이었습니다. 그리고 나서, 나는 이스터헤드 베이 호텔로 건너 가서 거기에 묵고 있는 사람──친구라고 할 수도 있지요──아무튼 그 사람을 만나 보아야겠다고 생각했습니다.」

「그 친구의 이름은?」

「라티머. 에드워드 라티머입니다.」

「친한 친구입니까?」

「아, 뭐 그저 그런 사이입니다. 그가 이곳에 내려오고 나서부터 꽤 자주 만났지요. 그가 이리로 건너와서 저녁이나 점심을 들거나, 아니면 우리가 그쪽으로 건너가곤 했거든요.」

「좀 늦은 시간이 아니었을까요, 이스터헤드 베이에 가기에는?」 하고 배틀이 말했다.

「오, 그곳은 유흥장입니다──24시간 영업을 하지요.」

「하지만 이 집 사람들은 좀 일찍 자리에 드는 편이 아닌가요?」

「예, 대체로 그런 편입니다. 그래서 나는 현관문 열쇠를 가지고 갔습니다. 아무도 깨울 필요가 없었지요.」

「부인과 함께 갈 생각은 하지 않았습니까?」

네빌은 말투를 조금 딱딱하게 바꾸어 대답했다.

「아니오, 그녀는 머리가 아프다면서 일찌감치 잠자리에 들었습니다.」

「계속하십시오, 스트레인지 씨.」

「나는 곧 옷을 갈아입으러 위층으로 올라갔습니다.」

리치가 도중에 말을 가로챘다.

「죄송합니다만, 스트레인지 씨──어떤 옷으로 갈아입었습니까? 야회복으로 갈아입었나요, 아니면 야회복을 평상복으로 갈아입었나요?」

「두 가지 다 아닙니다. 나는 짙은 푸른색 윗도리를 입고 있었습니다──고급 옷이었죠. 그런데 마침 비가 내리더군요. 나는 나룻배를 타고 건너갈 생각이었지요──당신도 아시다시피, 나루터는 이곳에서 반 마일 가량 떨어져 있습니다──그래서 좀 낡은 옷으로 갈아입었습니다──구체적으로 알고 싶다면, 회색 세로 줄무늬 윗도리였습니다.」

「우리는 모든 사실을 정확하고 확실하게 파악해야 합니다. 계속하십시오.」

리치가 겸손하게 말했다.

「내가 2층으로 올라가려고 할 때, 허스톨이 와서 트레실리안 아주머니가 나를 보고 싶어한다고 말했습니다. 그래서 나는 곧장 아주머니 방으로 가서 설교를 좀 들었지요.」

배틀이 점잖게 말했다.

「우리는 당신이 살아 있는 노부인을 마지막으로 본 사람이라고 알고 있소.」

네빌은 얼굴을 붉혔다.

「예──맞습니다──아마 내가 마지막이었을 겁니다. 하지만 그때 아주머니는 아주 건강해 보였습니다.」

「그녀 방에서 얼마나 함께 있었습니까?」

「20~30분 가량 있었습니다. 그 뒤에 내 방으로 가서 옷을 갈아입고는 서둘러 나갔습니다. 현관문 열쇠를 가지고요.」

「그때가 몇 시였습니까?」

「10시 30분쯤이었을 겁니다. 나는 서둘러 언덕을 내려가서는, 막 떠나려고 하는 나룻배에 올라탔습니다. 호텔에 가서 라티머를 만나 한두 잔 하고는, 당구를 한 게임 쳤습니다. 그런데 시간이 생각보다 너무 빨리 지나가서, 나는 그만 마지막 나룻배를 놓쳐 버리고 말았지요. 그 배는 30분마다 운행합니다. 라티머는 친절하게도 자기 차를 꺼내어 나를 집까지 태워다 주었습니다. 자동차를 타면, 당신도 알겠지만 솔딩턴으로 해서 돌아와야 하는데──6마일이나 달려야 합니다. 우리는 2시 정각에 호텔을 출발해서 대강 30분 만에 이곳에 도착했습니다. 나는 라티머에게 고맙다는 뜻으로 한잔 하고 가겠냐고 말해 봤지만, 그는 곧장 돌아가는 것이 좋겠다고 하더군요. 그래서 혼자서 집 안으로 들어와서는 바로 잠자리에 들었습니다. 뭔가 이상한 소리 같은 것은 듣지 못했습니다. 집 안은 모두 잠들어서 아주 조용했습니다. 그리고 나서, 오늘 아침에 그 하녀의 비명 소리를 듣고서는——.」

리치가 그의 말을 중단시켰다.

「됐습니다. 이제 조금 뒤로——트레실리안 노부인과 대화를 나누었던 대목으로 돌아가 보겠습니다. 그때 노부인의 태도는 어땠습니까, 스트레인지?」

「보통 때와 똑같았습니다.」

「무엇에 관해서 이야기했습니까?」

「아, 뭐 한두 가지 문제에 대해서 이야기했지요.」

「화기 애애하게 말입니까?」

네빌은 얼굴을 붉혔다.

「오, 물론이지요.」

「예를 들자면——.」

리치는 부드럽게 말을 이었다.

「격렬한 말다툼 같은 것은 하지 않았습니까?」

네빌은 즉시 대답하지 않았다.

리치가 말했다.

「당신도 아시겠지만, 사실대로 말씀하시는 것이 좋을 겁니다. 솔직하게 말하자면, 나는 누군가가 당신들의 대화를 약간 엿들었다는 것을 알고 있습니다.」

네빌은 무뚝뚝하게 말했다.

「사실은 트레실리안 아주머니와 사소한 의견 충돌이 있었습니다. 그것이 전부입니다.」

「무엇에 관해서 의견이 맞지 않은 겁니까?」

네빌은 애써서 감정을 감추었다. 그는 미소를 지으며 말했다.

「사실은 아주머니가 나를 꾸짖었습니다. 종종 있는 일이었지요. 아주머니는 누군가에게 불만이 있으면 곧바로 본인을 불러 놓고 나무라곤 했습니다. 그분은 너무 완고해서 현대의 습관이라든지 현대적인 사고 방식——이혼이나——뭐 그 밖의——것들이라면 아예 질색이었습니다. 우리가 조금 목소리를 높여서 이야기했는지는 모르지만, 아무튼 우리는 좋은 말로——서로의 의견을 존중하고는——헤어졌습니다.」

그는 조금 열이 올라서 이야기를 계속했다.

「분명히 말씀드리지만, 나는 그 언쟁 때문에 흥분해서 아주머니의 머리를 내리치거나 하지는 않았습니다——혹시나 당신들이 그렇게 생각하고 있지나 않을까 해서 말씀드리는 겁니다!」

리치는 배틀을 흘끔 쳐다보았다. 배틀은 천천히 탁자 위로 몸을 기울이고 말했다.

「오늘 아침에 당신은 그 골프채가 당신 것이라고 인정했습니다. 그리고 거기서 당신 지문이 발견되었다는 데 대해서는 어떻게 설명하겠소?」

네빌이 배틀을 쏘아보며 날카롭게 말했다.

「나는——물론 지문이 있을 테지만——그것은 내 골프채가 확실하고——또 나는 그것을 종종 사용했습니다.」

「내 말은 당신의 지문이 있었다는 것은 바로 당신이 그것을 사용한 마지막 사람이라는 것을 보여 준다는 사실에 대해서 어떻게 설명하겠냐는 겁니다.」

네빌은 조용하게 앉아 있었다. 그의 안색이 창백해졌다. 이윽고 그가 입을 열었다.

「그것은 사실이 아닙니다. 그런 일은 있을 수가 없어요. 누군가가 내가 사용한 뒤에 사용했을 수도 있습니다——장갑을 끼고서 말입니다.」

「그렇지 않습니다, 스트레인지 씨——누구도 그렇게는 골프채를 사용할 수 없습니다——당신이 남겨 놓은 지문을 조금도 흐트러뜨리지 않고서는 말입니다.」

침묵이 흘렀다——아주 긴 침묵이.

「오, 맙소사!」

네빌은 발작적으로 소리치면서 온몸을 떨었다. 그는 손을 눈 위로 가져갔다. 두 경찰관은 그를 주시하고 있었다.

이윽고 그는 손을 떼고는 똑바로 앉아서 조용하게 말했다.

「그것은 사실이 아닙니다. 그것은 전혀 사실이 아니란 말입니다. 당신들은 내가 아주머니를 살해했다고 생각하는 모양인데, 나는 그러지 않았습니다. 내가 하지 않았다고 맹세할 수 있습니다. 뭔가 끔찍한 착오를 한 겁니다.」

「그 지문에 대해서 달리 설명할 것이 없습니까?」

「내가 어떻게요? 나는 정말 아무것도 모르겠습니다.」

「스트레인지 씨, 당신의 짙은 푸른색 윗도리 소매에 피가 묻어 있다는 사실을 알고 있습니까?」

「피?」

그것은 공포에 휩싸인 듯한 속삭임이었다.

「그것은 있을 수 없는 일이오!」

「언젠가 칼에 베었다든지——뭐 그런 일이 없었습니까?」

「없습니다. 나는 그런 적이 없어요!」

그들은 잠시 동안 기다렸다.

네빌 스트레인지는 이마에 주름을 잡은 채 생각에 잠겨 있었다. 이윽고 그는 공포에 젖은 눈으로 그들을 올려다보았다.
「정말 믿을 수 없는 일이군요! 정말 믿을 수 없습니다. 그것은 있을 수 없는 일이오.」
「충분히 믿을 만한 사실들입니다.」하고 배틀이 말했다.
「하지만 무엇 때문에 내가 그런 짓을 했겠습니까? 그것은 생각할 수도——정말 생각할 수도 없는 일입니다! 나는 지금까지 카밀라 아주머니와 잘 지내 왔습니다.」
리치가 헛기침을 하고는 말했다.
「스트레인지 씨, 당신은 트레실리안 노부인이 죽고 나면 막대한 유산을 물려받게 된다고 말하지 않았던가요?」
「그것 때문에 나를 범인이라고 생각하는 겁니까——하지만 나는 돈을 원하지 않습니다! 내게는 막대한 유산 따위가 전혀 필요없단 말입니다!」
「그것은——.」
리치는 헛기침을 하고 나서 말을 이었다.
「당신이 말하는 것에 지나지 않습니다, 스트레인지 씨.」
네빌이 벌떡 일어났다.
「이것 보시오, 그것은 증명할 수 있습니다. 내겐 돈이 필요없다는 것을. 내가 거래하는 은행관리자에게 전화를 걸도록 해주시오——당신들이 직접 확인해 보셔도 좋습니다.」
전화가 연결되었다. 통화가 붐비지 않아서, 곧 그들은 런던의 은행과 연결되었다.
네빌이 말했다.
「로널드슨입니까? 네빌 스트레인지입니다. 내 목소리 아시겠지요? 로널드슨, 경찰——지금 여기에 있는데——그분들에게 말 좀 해주어야겠어요——그들이 물어 보는 것은 모두 대답해 주세요——예

――그래요, 부탁합니다.」
 리치가 전화를 바꾸었다. 그는 조용하게 이야기했다. 질문과 대답이 계속되었다.
 이윽고 리치는 수화기를 내려놓았다.
「어떻습니까?」
 네빌이 진지하게 물었다.
 리치는 무표정하게 말했다.
「당신은 신용 상태가 좋더군요. 그리고 그 은행은 당신의 모든 투자를 맡고 있고, 그것은 아주 잘되고 있다고 합니다.」
「이제 내 말을 믿으실 수 있겠습니까?」
「글쎄, 믿어야 하겠지요――그러나 스트레인지 씨, 당신은 다른 거래가 있거나 빚이 있거나――공갈 협박을 당해 많은 돈을 지불해야 한다거나――아무튼 우리가 알지 못하는 이유로 돈이 필요할 수도 있습니다.」
「나는 그런 것이 전혀 없어요! 내 명예를 걸고 말씀드리는 겁니다. 당신들은 내게서 그런 걸 찾아내지 못할 겁니다.」
 배틀 총경은 건장한 어깨를 움찔거렸다. 그는 아주 친절한 목소리로 말했다.
「스트레인지 씨, 우리는 당신의 체포 영장을 신청할 수 있을 만큼 충분한 증거를 확보하고 있습니다. 이것은 당신도 인정할 겁니다. 그러나 우리는 그러지 않았소――아직은 말입니다! 당신도 알다시피, 우리는 지금 당신에게 유리하도록 해석하고 있는 거요.」
 네빌이 침통하게 말했다.
「당신 말은 결국 이런 뜻이 아닙니까? 당신들은 내가 범행을 저질렀다고 심증을 굳히고 있지만, 내가 빠져나갈 수 없는 확실한 동기를 찾아내기 위해서 좀 기다린다는 뜻이 아닙니까?」

배틀은 아무 말도 하지 않았다. 리치는 천장만 쳐다보고 있었다. 네빌이 절망적으로 말했다.

「마치 끔찍한 꿈을 꾸고 있는 것 같군요. 어떻게 증명해 보일 수도 없고, 변명할 수도 없고, 정말 답답합니다. 우리 모두 어떤 함정에 걸려들었는데, 그것을 알아내지 못하는 겁니다.」

배틀 총경이 쏘아보았다. 그의 반쯤 감긴 눈꺼풀 사이에서 어떤 날카로운 예감이 번뜩이고 있었다.

「그럴듯한 이야기로군요. 아니 충분히 있을 수 있는 일이야. 나도 지금 방금 어떤 생각이 떠올랐어……」

배틀 총경은 중얼거렸다.

5

존스 경사는 부부가 마주치지 않도록 하기 위해, 네빌이 홀을 통해 식당으로 들어가는 것을 피해서 케이를 프랑스 식 창문 쪽으로 슬그머니 데려왔다.

「그래도 결국 그는 다른 사람들과 만나게 될 겁니다.」

리치가 한마디했다.

「상관없어. 나는 그녀가 모르는 사이에 이 일을 처리하고 싶어.」

배틀이 말했다.

바람이 세차게 부는 우중충한 날씨였다. 케이는 트위드 치마와 자줏빛 스웨터를 입고 있었으며, 머리는 마치 붉은 화관처럼 반짝였다. 그녀는 조금 겁을 먹고, 또 다소 흥분되어 있는 것 같았다. 그녀의 발랄한 아름다움은 안장 모양의 의자와, 빅토리아 풍의 침침한 책꽂이와 대조를 이루어 더욱 돋보였다.

리치는 아주 부드럽게 그녀가 전날 밤에 했던 일에 대해서 이야기하게 했다.

그녀는 머리가 아파서 일찍 잠자리에 들었다──9시 15분경인 것 같다고 말했다. 그녀는 깊이 잠들어서 다음날 아침 누군가의 비명 소리를 듣고 깰 때까지는 아무런 소리도 듣지 못했다.

배틀이 이어서 물어 보았다.

「스트레인지 씨는 저녁때 나가기 전에 부인 방에 들르지 않았습니까?」

「안 들렀어요.」

「그럼, 부인은 응접실에서 나가고 나서 다음날 아침까지 남편을 보지 못했겠군요, 맞습니까?」

케이는 고개를 끄덕였다.

배틀은 턱을 쓰다듬었다.

「스트레인지 부인, 당신 방과 남편 방 사이의 문은 잠겨져 있었습니다. 누가 그것을 잠갔죠?」

케이는 짧게 대답했다.

「내가 잠갔어요.」

배틀은 아무 말도 하지 않았지만──그러나 그는 기다렸다──노련하고 침착한 고양이처럼──쥐가 구멍 밖으로 나오기를 기다리듯이──.

그의 침묵은 케이의 대답이 만족스럽지 못하다는 것을 뜻하는 것이다. 케이가 갑자기 발작을 일으키듯이 말하기 시작했다.

「오, 나도 당신들이 모든 것을 다 알고 있다고 생각해요. 그 늙고 주책없는 허스톨이 차 마시기 전에 우리가 다투었던 소리를 들었을 거예요. 그리고 내가 말하지 않더라도 그 노인네가 이야기하겠지요. 하긴, 그가 이미 말했을지도 모르지요. 네빌과 나는 한바탕 소란을 피

왔어요——대단한 소동이었죠! 내가 남편에게 마구 대들었거든요! 내가 방문을 잠근 것도 그 일 때문이었어요. 나는 그를 용서할 수 없었어요.」

「알겠습니다——이해해요. 그런데 대체 무엇 때문에 소란을 피웠습니까?」

배틀은 몹시 동정이 간다는 투로 말했다.

「그런 것도 말해야 하나요? 오, 말씀 못 드릴 것도 없지요. 네빌은 멍청이 같은 짓을 저지르고 있어요. 하지만 그것은 모두 그 여자 책임이에요.」

「어떤 여자 말입니까?」

「네빌의 먼저 부인 말이에요. 그녀가 그를 이곳으로 오도록 한 거예요.」

「부인 말씀은——당신을 만나기 위해서라는 뜻인가요?」

「그래요. 네빌은 그것이 모두 자신의 계획이라고 생각하고 있어요——바보 같으니라고! 하지만 그렇지 않아요. 그가 어느 날 하이드 파크에서 그녀를 만났을 때, 그녀가 그에게 그런 이야기를 넌지시 했을 거예요. 틀림없어요. 네빌은 그전에는 그런 일을 생각해 본 적도 없어요. 그는 어리석게도 그것이 자기의 착상이라고 고집을 부리지만, 나는 그 뒤에 오드리의 교묘한 술책이 숨어 있다는 것을 훤히 알고 있어요.」

「왜 그녀가 그런 일을 했을까요?」하고 배틀이 물었다.

「흥, 네빌을 다시 붙잡고 싶었기 때문이겠죠 뭐.」하고 케이가 말했다. 그녀는 급히 말하느라고 숨이 가빠졌다.

「그녀는 네빌이 나에게로 온 것에 대해서 무척 아쉬워했어요. 그녀는 먼저 그를 설득해서 우리가 모두 이곳에 모이도록 한 다음에, 그의 마음을 움직이기 시작했던 거예요. 그녀는 우리가 도착하자마자 그 일을 시작했어요. 당신들도 아시겠지만 그녀는 무척 영리해요. 어떻게 하면 자기가 애처롭고 고고하게 보이는지도 알고 있어요──그래요, 남자들에게 호감을 사는 방법도 알고 있는 거예요. 그녀는 토머스 로이드──언제나 그녀에게 충성을 다하는 믿음직스러운 늙은 개를 동시에 이곳에 오게 해서는──그와 결혼할 것처럼 행동함으로써 네빌을 더욱 미치게 만드는 거지요.」

그녀는 화가 치밀어 숨을 몰아 쉬며 이야기를 마쳤다.

배틀이 온화하게 말했다.

「스트레인지 씨는──음, 그러니까──오드리가 토머스와 행복하게 된다면 기뻐하지 않을까요?」

「기뻐해요? 네빌은 지독하게 질투하고 있어요!」

「그렇다면 스트레인지 씨는 그녀를 몹시 사랑하고 있는 모양이군요.」

「오, 그래요. 그녀는 그것을 너무도 잘 알고 있어요!」

케이는 비통하게 말했다.

배틀은 의심스럽다는 듯이 손가락으로 턱을 쓰다듬어 내려갔다.

「부인은 스트레인지 씨가 이곳에 내려오자고 했을 때 반대했겠군요?」하고 그는 넌지시 떠보았다.

「내가 어떻게요? 그러면 마치 질투라도 하는 것처럼 보이지 않겠어요?」

「글쎄요──.」배틀이 말했다.「어쨌든, 지금 부인은 오드리를 질투하고 있지 않습니까?」

케이는 얼굴을 붉혔다.

「물론이지요! 나는 항상 오드리를 질투해 왔어요. 처음부터──결혼했을 때부터 말이에요. 나는 종종 집에서도 그녀를 느끼곤 했어요. 그 집에는 내가 아니라, 그녀가 살고 있는 것 같았어요. 그래서 나는 색칠도 다시 하고, 여러 가지 변화를 주어 보았지만 아무 소용이 없었어요! 나는 마치 회색 유령이 온 집 안을 살금살금 돌아다니는 것처럼 그녀를 느낄 수 있었어요. 게다가 네빌은 오드리에게 너무 가혹하게 대했다는 죄책감에 사로잡혀서 종종 근심스러운 표정으로 침통해 했거든요. 그는 그녀에 대한 생각을 완전히 떨쳐 버리지 못한 거예요──그녀는 늘 그곳에 있었고──그래서 네빌은 언제나 죄책감에 눌려서 지냈어요. 당신도 아시겠지만, 이곳 사람들은 그런 사람들이에요. 그들은 좀 따분하고 재미없어 보이지만──착한 사람들인 체하죠.」

배틀은 신중하게 고개를 끄덕이며 말했다.

「아무튼 고맙습니다, 스트레인지 부인. 그것은 이제 됐습니다. 지금부터 우리는──음, 그러니까──꽤 중요한 질문인데요──부인 남편이 트레실리안 노부인에게서 상당한 재산을 물려받게 된 것에 대해──5만 파운드이던가요?」

「그것이 그렇게 많은가요? 우리는 매튜 경의 유언에 따라 그것을 물려받게 되어 있어요.」

「부인은 그것에 대해서 모두 알고 있습니까?」

「오, 물론이에요. 그분은 유산을 네빌과 네빌의 아내에게 분배되도록 남겼어요. 하지만 그 노부인이 죽은 것이 조금도 기쁘지 않아요. 정말 기쁘지 않아요. 나는 그녀를 아주 싫어했어요──왜냐하면 그녀가 나를 달갑게 여기지 않았거든요──하지만 어떤 도둑이 들어와서 그녀의 머리를 내리쳤다는 것은 생각만 해도 너무 끔찍한 일이에요.」

그리고 나서 그녀가 나갔다.

배틀은 리치를 쳐다보았다.

「스트레인지 부인에 대해서 어떻게 생각하니? 정말 아름다운 여자야. 남자라면 누구든지 아주 쉽게 그녀에게 빠져들 거야.」
 리치도 고개를 끄덕이면서 분명하지 않은 목소리로 말했다.
「하지만 정숙한 여자 같지는 않군요.」
「요즈음에 정숙한 여자란 없어. 이번에는 첫번째 부인을 만나야 할 텐데. 아니야, 그것보다는 이 결혼에 대해서 제3자의 입장에 놓여 있는 올딘 양을 만나 보는 것이 좋겠다.」
 메리 올딘은 조용하게 들어와서 자리에 앉았다. 하지만 겉으로 침착해 보이는 그녀의 눈에는 근심이 깃들어 있는 것 같았다.
 그녀는 리치의 질문에 대해서 아주 간단 명료하게 대답했으며, 어젯밤의 네빌의 알리바이도 확인해 주었다. 그녀는 10시경에 잠자리에 들었다고 했다.
「스트레인지 씨는 그때 트레실리안 노부인과 함께 있었습니까?」
「예, 저는 그들이 이야기 나누는 것을 들었어요.」
「이야기를 나누고 있었습니까, 올딘 양, 아니면 말다툼을 하고 있었습니까?」
 그녀는 얼굴을 붉혔지만, 침착하게 대답했다.
「트레실리안 노부인은, 총경님도 아실지 모르겠지만 논쟁하기를 좋아했어요. 그분은 가끔 정말 아무 일도 아닌 것을 가지고 신경을 곤두세우고, 목소리를 높이곤 했답니다. 또한, 사람들 위에서 군림하고 싶어했지요. 하지만 남자들이 여자처럼 그렇게 고분고분 따라주나요.」
 '아마도 당신이 그런 모양이군.' 하고 배틀은 생각했다.
 그는 그녀의 빈틈없는 얼굴을 조용히 바라보았다. 잠시 뒤, 그녀가 침묵을 깨뜨리며 말했다.
「저는 얼간이가 되고 싶지는 않지만――그러나 그것은 정말 믿을 수 없어요――정말 믿을 수 없는 일이에요. 당신들이 이 집안의 누군가를 의심하고 있다는 것은 말이에요. 왜 그것이 외부인의 짓이 아니라는 거지요?」

「몇 가지 이유가 있습니다, 올딘 양. 첫번째는 도난당한 물건이나 외부에서 침입한 흔적이 전혀 없다는 겁니다. 새삼스럽게 이 집의 위치나 지형에 대해서 말씀드릴 필요는 없겠지만, 그래도 이것을 잘 기억하고 있어야 합니다. 서쪽은 바다와 접한 낭떠러지이고, 남쪽에는 벽이 있는 테라스가 바다로 향해 있으며, 동쪽에는 정원이 해변 쪽으로 비스듬히 이어져 있지만 높은 담이 쳐져 있습니다. 외부와 통하는 작은 문이 있긴 하지만, 그것은 평상시처럼 빗장이 걸린 채로 있었던 것이 오늘 아침에 발견되었습니다. 물론 담을 넘어 들어올 수도 있으며, 예비용 열쇠나 만능 열쇠 따위로 현관문을 열고 들어올 수도 있습니다──하지만 누군가가 그런 식으로 침입한 흔적은 전혀 발견되지 않았습니다. 게다가 범인은 바레트가 매일 밤 세나 차를 마신다는 것을 알고 거기에다 수면제를 넣었습니다──이게 바로 범인이 이 집안에 대해서 잘 알고 있는 인물이라는 것을 보여 주는 겁니다. 그는 바로 계단 밑에 있는 벽장에서 골프채를 꺼내 갔습니다. 그건 결코 외부인의 소행일 수가 없습니다, 올딘 양.」

「하지만 네빌은 절대로 아니에요! 저는 그것만은 확신할 수 있어요!」

「어떻게 확신할 수 있다는 겁니까?」

그녀는 절망적으로 손을 들어올렸다.

「그것은 전혀 네빌답지 않은 짓이에요──이것이 이유예요! 그는 침대에 누워서 저항할 수도 없는 노부인을 살해할 사람이 아니에요──네빌은 절대로!」

「그것 때문에 네빌이 범인이 아니라는 것은 이유가 되지 않습니다.」

배틀이 사무적인 투로 말을 이었다.
「그런 짓을 저지르는 사람들은 저마다 다른 사람들이 생각지 못하는 뜻밖의 이유를 가지고 있거든요. 당신도 그 이유를 알면 깜짝 놀랄 겁니다. 이를테면, 스트레인지 씨는 아주 급하게 돈이 필요했을 수도 있지요.」
「그렇지 않아요. 그는 사치스러운 사람이 아니에요――그는 결코 그런 적이 없었어요..」
「그러나 그의 부인은 사치가 심합니다.」
「케이요? 맞아요. 그녀는 낭비벽이 좀 있지요――그러나 그것은 너무 지나친 추리예요. 저는 네빌이 요즈음 고민하고 있는 것이 돈 문제라고는 생각지 않아요.」
배틀 총경이 헛기침을 했다.
「우리도 요즈음 스트레인지 씨가 어떤 문제로 무척 걱정하고 있다는 얘길 들었습니다.」
「케이가 말했군요? 그래요, 그것은 정말로 어려운 일이지요. 하지만 그것은 이번 살인사건과는 전혀 관계없는 일이에요.」
「그렇지 않을 수도 있지요. 하지만 그래도 나는 그 일에 대한 당신의 이야기를 듣고 싶습니다, 올딘 양.」
메리가 천천히 말했다.
「좋아요. 제가 말했듯이, 그것은 어려움을――정말 어려운 상황을 일으켰어요. 도대체 그런 것이 누구의 생각이었는지 모르겠지만 말이에요――.」
배틀 총경은 그녀의 말을 교묘하게 가로막았다.
「우리는 그것이 네빌 스트레인지 씨의 생각이라고 알고 있습니다만?」
「네빌은 그렇다고 말했지요.」

「하지만 당신은 그렇게 생각지 않는다는 말입니까?」
「저로서는――전혀――그런 일은 정말 네빌답지 않은 행동이에요. 저는 누군가가 그에게 넌지시 암시를 주지 않았을까 생각하고 있어요.」
「오드리 스트레인지 부인이 아니었을까요?」
「오드리는 그런 일을 할 여자가 아니에요.」
「그렇다면 대체 누가 그랬을까요?」
메리는 알 수 없다는 듯이 어깨를 으쓱했다.
「저는 모르겠어요. 그것은 정말――기묘해요.」
「기묘하다고요?」 배틀이 신중하게 말했다. 「내가 이번 사건에 대해서 느끼는 감정도 바로 그것입니다. 정말 기묘한 사건이에요.」
「모든 것이 다 기묘했어요. 거기에는 어떤 느낌이 있어요――그것을 어떻게 표현할 수는 없지만, 그 분위기 속에는 무언가가 있어요. 어떤 위협 같기도 하고.」
「모든 사람이 신경이 날카롭고 긴장된 상태였습니까?」
「예, 바로 그거예요……우리는 모두 그런 상태예요. 라티머 씨까지도――.」
그녀는 말을 멈추었다.
「나는 지금 라티머 씨를 만나러 갈 생각이오――라티머 씨에 대해서 말씀해 줄 수 있습니까, 올딘 양? 라티머 씨는 어떤 사람이지요?」
「글쎄요. 사실, 저도 그에 대해서 잘 몰라요. 케이의 친구라는 것밖에 더 이상은 몰라요.」
「스트레인지 부인의 친구라고요? 서로 알고 지낸 지가 오래 됐습니까?」
「결혼하기 전부터 알고 지냈다더군요.」

「스트레인지 씨는 그를 좋아합니까?」

「꽤 좋아한다고 알고 있어요.」

「아니——그들 두 사람 사이에 뭐 말썽 같은 것은 없었습니까, 올던 양?」

배틀은 그것을 미묘하게 표현했다.

메리는 곧 단호하게 대답했다.

「그런 것은 전혀 없었어요!」

「트레실리안 노부인도 라티머 씨를 좋아했습니까?」

「그리 좋아하지는 않았어요.」

배틀은 그녀의 목소리가 무언가 경계하고 있다는 것을 알아채고는 화제를 바꾸었다.

「이제 그 하녀——제인 바레트에 대해서 물어 보겠습니다. 그녀는 트레실리안 노부인과 오랫동안 같이 지냈다고 들었습니다. 그녀는 믿을 만하다고 생각합니까?」

「오, 틀림없는 사람이에요. 그녀는 트레실리안 노부인에게 헌신적이었죠.」

배틀은 의자에 등을 기대었다.

「혹시 바레트가 트레실리안 노부인의 머리를 내리치고는 경찰의 눈을 피하기 위해 스스로 수면제를 복용했을 가능성에 대해서는 생각해 보지 않았습니까?」

「물론, 천만에요. 무엇 때문에 그녀가 그런 끔찍한 짓을 저지르겠어요?」

「그녀는 유산을 받습니다——당신도 알다시피.」

「그거라면 저도 마찬가지예요.」

메리 올딘이 말했다.

그녀는 딱딱하게 굳은 표정으로 그를 바라보았다.

「그렇지요. 당신도 마찬가지지요. 그게 얼마나 되는지 알고 있습니까?」
「트렐로니 씨가 방금 도착했어요. 그분이 말해 주더군요.」
「전에는 전혀 몰랐습니까?」
「그렇지는 않아요. 어느 정도 추측은 했어요. 트레실리안 노부인이 가끔씩 흘리는 말로, 무엇인가를 좀 저에게 남겨 줄지도 모른다고 생각했어요. 아시겠지만, 저는 재산이 별로 없어요. 그래서 일을 하지 않고서는 살아가기가 힘들지요. 저는 트레실리안 노부인이 적어도 1년에 100파운드 정도는 남겨 주지 않을까 하고 생각했지만——그녀에게는 사촌들이 몇 명 있고, 사실 저는 그녀가 재산을 어떻게 처분할 생각이었는지 전혀 몰랐어요. 물론 매튜 경의 재산은 네빌과 오드리에게 돌아가게 된다는 것을 알고 있었지요.」

「그렇다면, 올딘 양은 트레실리안 노부인이 자기에게 얼마나 남겨 주었는지 정확한 액수는 몰랐던 거로군요. 적어도 그녀가 한 말에 의하면 말입니다.」
리치는 그녀가 방에서 나가자마자 말했다.
「그것은 그녀의 말뿐이지.」배틀도 동의했다.「이제는 블루비어드의 첫번째 아내 차례로군.」

### 6

오드리는 엷은 회색 플란넬 코트와 치마를 입고 있었다. 몹시 창백한 얼굴은 마치 유령처럼 보였다.
배틀은 그녀를 보자 '회색 유령이 온 집 안을 살금살금 돌아다니고 있다'는 케이의 말이 떠올랐다.
 그녀는 그의 질문에 대해서 간단하게, 아무런 감정도 나타내지 않는 말투로 대답했다.
 그녀는 올던 양과 마찬가지로 10시에 잠자리에 들었으며, 밤중에 아무 소리도 듣지 못했다고 했다.
「사사로운 일에까지 간섭하게 되어서 죄송합니다만——무슨 일로 이곳에 왔는지 말씀해 주겠습니까?」
 배틀 총경이 물었다.
「저는 해마다 이맘때면 이곳으로 내려와요. 올해에는——전 남편이 같은 때에 오고 싶은데 괜찮겠느냐고 물어 왔어요.」
「그것은 그의 제안이었습니까?」
「오, 물론이에요.」
「당신의 제안이 아니고요?」
「오, 천만에요.」
「하지만 당신은 동의하지 않았습니까?」
「그래요, 저는 동의했지요……저는——어떻게 거절할 수가 없었어요.」
「왜 거절할 수 없었습니까, 스트레인지 부인?」
 하지만 그녀의 대답은 정말 불분명한 것이었다.
「누구나 불친절한 것은 좋아하지 않아요.」
「당신이 상처를 받은 쪽입니까?」
「무슨 말씀이신지요?」
「내 말은, 당신이 남편에게 이혼을 당한 것이냐고 묻는 겁니다.」
「그래요.」
「당신은——죄송합니다——그에게 어떤 원한을 느끼지 않습니까?」

섬세한 이탈리아 인의 손  217

「아뇨——전혀 없어요.」
「너그러운 마음을 가졌군요, 스트레인지 부인.」
그녀는 대답하지 않았다. 그는 침묵 작전을 시도했지만——오드리는 케이처럼 그렇게 쉽게 말려들지 않았다. 배틀은 자신이 한 대 얻어맞았다는 것을 깨달았다.
「정말로 그것——이번 만남은 당신의 착상이 아니었습니까, 스트레인지 부인?」
「아니에요.」
「현재 스트레인지 부인과 친한 사이입니까?」
「그녀가 저를 좋아하지 않는다는 것을 알고 있어요.」
「당신은 그녀를 좋아합니까?」
「예, 케이는 매우 아름다운 여자예요.」
「아무튼——고맙습니다——이젠 됐습니다.」
오드리는 일어나서 문 쪽으로 걸어갔다. 그녀는 잠시 주저하다가 돌아와서는 짜증스럽게 빠른 말투로 이야기했다.
「꼭 말씀드리고 싶은 것이 있어요. 총경님은 네빌이 이 일을 저질렀다고 생각하시죠?——그가 돈 때문에 아주머니를 살해했다고 말이에요. 저는 그렇지 않다는 것을 확신해요. 네빌은 돈에 대해서 욕심을 부리는 사람이 아니에요. 저는 그것을 알고 있어요. 아시겠지만, 저는 그와 8년 동안이나 함께 살았어요. 그는 절대로 돈 때문에 누군가를 살해할 사람이 아니에요. 그것은——범인은 네빌이 아니에요. 저도 제가 하는 말이 어떤 큰 가치가 없다는 것을 알아요——하지만 당신들이 제 말을 믿어 주었으면 좋겠어요.」
그녀는 돌아서서 급히 방을 나갔다.
「어떻습니까, 아저씨? 저는 그렇게——그렇게 감정이 없는 여자는 처음 보았어요.」

리치 경감이 말했다.

「그녀는 아무것도 보여 주지 않았어. 하지만 거기에는 무언가가 있어. 어떤 격렬한 감정 말이야. 그런데 그것이 무엇인지 알 수가 없군…….」

배틀이 중얼거리듯이 말했다.

## 7

토머스 로이드가 마지막으로 들어왔다. 그는 엄숙하고 딱딱하게 올빼미처럼 눈을 껌뻑이며 앉아 있었다.

그는 말레이시아에서 8년 만에 돌아왔다. 그는 어렸을 때 걸즈 곶에서 지내고는 했었다. 오드리 스트레인지 부인은 그의 먼 사촌뻘이 되었다──그녀는 아홉 살 때 그의 집으로 와서 함께 자랐다. 지난 밤에 그는 11시 조금 전에 잠자리에 들었다. 그리고 네빌 스트레인지가 집에서 나가는 소리를 들었지만 그를 보지는 못했다. 네빌은 10시 20분이나, 아니면 그보다 조금 늦게 나갔다. 그도 역시 밤중에 아무런 소리도 듣지 못했다. 트레실리안 노부인의 시체가 발견되었을 때, 그는 정원을 산책하고 있었다. 그는 일찍 일어나는 사람이었다.

잠시 침묵이 흘렀다.

「올딘 양은 우리에게 이 집에는 어떤 긴장된 분위기가 흐르고 있다고 말했습니다. 당신도 그것을 눈치챘습니까?」

「나는 그렇게 생각하지 않습니다. 별로 그런 것을 느끼지 못했는데요.」

배틀은 속으로 생각했다.

'거짓말을 하고 있군. 당신은 많은 사실들을 알고 있는 것이 틀림

없어——아주 많은 사실을.'
 그도 역시 네빌 스트레인지가 어쨌든 경제적으로 궁핍하다고는 생각지 않았다. 그는 분명히 그런 것처럼 보이지는 않았다. 하지만 그는 스트레인지의 일에 대해서는 별로 아는 바가 없었다.
「두 번째 스트레인지 부인을 잘 알고 있습니까?」
「이곳에서 처음 만났습니다.」
 배틀은 그의 마지막 카드를 사용했다.
「당신도 아시겠지만, 로이드 씨, 흉기에서 네빌 스트레인지 씨의 지문이 발견되었습니다. 그리고 그가 어젯밤에 입었던 윗도리의 소매에도 핏자국이 있었소.」
 그는 잠시 멈추었다.
 로이드가 고개를 끄덕이며 중얼거렸다.
「네빌이 말해 주어서 알고 있습니다.」
「솔직하게 대답해 주십시오, 로이드 씨. 당신은 그가 범인이라고 생각합니까?」
 토머스 로이드는 결코 서두르지 않았다.
 그는 잠시 기다렸다——아주 지루한 시간이었다——그리고 나서 그가 대답했다.
「왜 그런 것을 나에게 물어 보는지 알 수가 없군요. 그것은 내가 대답할 문제가 아닙니다. 그것은 당신들의 일입니다. 굳이 대답하라고 한다면——나는 그렇게 생각하지 않습니다.」
「그럼, 짐작되는 사람이라도 있습니까?」
 토머스는 고개를 저었다.
「한 사람도——이 집안에는 그런 일을 저지를 만한 사람이 없다고 생각합니다. 결국, 그것은 그가 한 짓일 겁니다.」
「그러니, 누구를 말하는 겁니까?」

로이드는 더욱더 단호하게 고개를 저었다.
「말씀드릴 수 없습니다. 내 개인적인 의견이라서——.」
「경찰에 협조하는 것은 의무입니다.」
「당신들이 바라는 것은 사실이지만, 이것은 사실이 아닙니다. 단지 내 개인의 추측에 지나지 않습니다. 그리고 그것은 사실 불가능한 일입니다.」

「그에게선 별로 알아낸 게 없군요..」
로이드가 나간 다음에 리치가 말했다.
배틀이 동의했다.
「그래, 그는 분명히 무언가를 알고 있어 ——무언가 아주 명확한 사실을. 나는 그것이 무엇인지 알고 싶단 말이야. 이것은 아주 독특한 범죄야, 짐——.」
리치가 대답하기 전에 전화가 걸려 왔다. 그는 수화기를 들었다. 잠시 동안 듣기만 한 뒤에 그가 말했다.
「알았어.」하고는 수화기를 거칠게 내려놓았다.
「그 짙은 푸른색 윗도리 소매에 묻은 피는 사람의 것이랍니다. 트레실리안 노부인의 피와 같은 형이랍니다. 네빌 스트레인지가 마치 그 범행을 위해서 존재하는 것처럼 보이는군요——.」
배틀은 창문 쪽으로 걸어가서는 신중한 태도로 밖을 내다보며 중얼거리듯이 말했다.
「저기 바깥에 잘생긴 청년이 있군. 잘생기긴 했지만 별로 좋은 인상은 아니야. 라티머에게는 유감이지만——그가 바로 라티머——어젯밤에 이스터헤드 베이에서 묵었던 그 인물인 것 같군. 그는 무사히 빠져나갈 수만 있다면, 그리고 무엇인가를 얻어 낼 수만 있다면, 자기 할머니의 머리라도 후려갈길 사람 같아.」

「글쎄요. 그에게는 동기가 없습니다. 트레실리안 노부인의 죽음으로 그가 얻는 이익은 아무것도 없어요.」

전화가 다시 걸려 왔다.

「빌어먹을! 또 무슨 일이지?」

그가 전화를 받으러 갔다.

「여보세요. 아, 의사 선생이십니까? 무슨 일입니까? 정신이 들었다고요? 예? 예.」

리치가 고개를 돌렸다.

「아저씨, 이리 오셔서 전화를 받아 보십시오.」

배틀이 그쪽으로 가서 수화기를 받아 들었다. 그는 여느때와 마찬가지로 전혀 표정 없는 얼굴로 이야기를 들었다.

그가 리치에게 말했다.

「네빌 스트레인지를 데려와라, 짐.」

네빌이 들어왔을 때, 배틀 총경은 막 수화기를 내려놓고 있었다.

네빌은 창백하고 지친 얼굴로 런던 경시청의 총경을 의아한 듯이 쳐다보았다. 그는 나무토막 같은 배틀의 얼굴 뒤에 숨어 있는 감정을 읽어 내려고 애쓰고 있었다.

「스트레인지 씨, 혹시 당신을 몹시 싫어하는 사람이 누군지 알고 있습니까?」

네빌은 눈을 둥그렇게 뜨고는 고개를 흔들었다.

「무슨 말씀입니까?」

배틀은 전혀 표정이 없었다.

「내 말은, 스트레인지 씨, 당신을 끔찍하게도 싫어하는──누군가가──당신을 원수처럼 생각하는 사람이 없느냐는 겁니다.」

네빌은 꼿꼿하게 앉아 있었다.

「잘 생각해 보시오, 스트레인지 씨. 원한을 살 만한 사람이 전혀 없는지——.」

네빌은 얼굴을 붉혔다.

「내가 잘못 대한 사람이 한 명 있기는 합니다만, 그녀는 원한을 품고 있을 그런 여자가 아닙니다. 나는 전처를 버리고 다른 여자에게 갔지요. 하지만 나는 그녀가 나를 미워하지 않는다는 것을 장담할 수 있습니다. 그녀는——그녀는 정말 착한 여자입니다.」

총경은 탁자 위로 몸을 기댔다.

「스트레인지 씨, 당신은 매우 운이 좋은 사람입니다. 나는 이 사건에서 당신에게 씌워진 혐의가 너무 분명한 것이 마음에 걸렸소. 하지만 그것은 어쩔 수 없는 일이었소. 이제 모든 것이 제대로 위치를 찾은 것 같습니다. 배심에서 특별히 당신을 나쁘게 여기지만 않는다면, 당신을 교수형에 처하는 사태는 일어나지 않을 것 같소.」

「상황이 바뀌었다는 말씀입니까.」

「상황이 급변했습니다. 스트레인지 씨, 당신은 정말 극적인 구원을 받게 되었습니다.」

네빌은 아직도 잘 모르겠다는 듯이 그를 쳐다보았다.

「어젯밤에 당신이 노부인의 방을 나온 다음에——트레실리안 노부인은 하녀를 부르기 위해 줄을 당겼습니다.」

배틀이 이야기를 시작했다.

그는 네빌이 이야기를 듣고 있는 모습을 똑바로 바라보았다.

「다음에……바레트가 아주머니를 보았다는——.」

「맞습니다. 분명히 살아 있는 모습을 보았죠. 바레트는 부인의 방에 들어가기 전에 당신이 밖으로 나가는 것을 보았다고 했습니다, 스트레인지 씨.」

「그러나 그 골프채엔——내 지문이——.」

네빌이 말했다.

「그녀는 골프채로 얻어맞은 것이 아닙니다. 래젠비 의사는 그것이 마음에 걸린다고 했소. 사실 나도 골프채가 마음에 걸렸소. 그 골프채는 누군가가 당신에게 혐의를 덮어씌우기 위해서 그곳에 놓아 둔 것이었습니다. 그것은 범인이 당신과 노부인의 말다툼을 엿듣고는 적당한 희생자로 당신을 선택했거나, 아니면 아마 다른 이유가 있기 때문이겠지요.」

그는 말을 멈추고는 질문을 되풀이했다.

「이 집에서 당신을 미워하고 있는 사람이 누구입니까, 스트레인지 씨?」

8

「한 가지 물어 볼 것이 있습니다, 의사 선생.」

배틀이 먼저 말을 꺼냈다.

그들은 병원에서 제인 바레트와 잠시 이야기를 나누고는 의사의 집에 모여 있었다.

바레트는 쇠약하고 탈진해 있었지만, 그들의 질문에 분명하게 대답했다.

그녀는 트레실리안 노부인이 종을 울렸을 때, 세나 차를 마시고는 막 잠자리에 들려던 참이었다. 그녀는 시계를 보고는 시간이──10시 25분이었다는 것을 알았다.

그녀는 가운을 입고 아래로 내려갔다. 아래층 홀에서 무슨 소리가 들려서 그녀는 난간 너머로 내려다보았다.

「스트레인지 씨가 막 밖으로 나가려고 옷걸이에서 비옷을 집어들고 있었지요.」

「그는 어떤 옷을 입고 있었습니까?」
「회색 세로 줄무늬 옷이었어요. 그분의 얼굴은 우울하고 근심으로 가득 차 있었어요. 스트레인지 씨는 아무렇게나 팔을 비옷에 끼웠지요. 그리고는 현관문을 쾅 하고 세게 닫고 나갔어요. 그 다음에 저는 곧 마님에게 갔지요. 마님은 몹시 졸린 듯이 가엾게도 왜 저를 불렀는지 기억하시지 못하는 것 같았어요——마님은 간혹 그러는 경우가 있답니다. 가엾은 마님. 저는 베개를 높여 드리고는 시원한 물을 갖다 드렸지요.」
「그녀가 무언가 불안해 하거나 걱정하고 있는 것 같지는 않았습니까?」
「단지 피곤하신 것 같았어요. 저도 너무 피곤했으니까요. 자꾸 하품이 나왔어요. 저는 곧장 제 방으로 올라가자마자 곧 잠에 곯아떨어졌어요.」
바레트의 이야기로는, 그녀가 마님이 돌아가셨다는 소식을 듣고서 정말 놀라고 비탄에 잠겼다는 것은 의심할 여지가 없는 것 같았다.
그들이 래젠비 의사의 집으로 돌아왔을 때, 배틀이 물어 볼 것이 하나 있다고 말했다.
「말씀해 보십시오..」래젠비 의사가 말했다.
「트레실리안 노부인이 살해당한 것이 몇 시쯤이라고 생각합니까?」
「10시에서 자정 사이라고 말씀드렸잖습니까?」
「물론 그것은 나도 알고 있습니다. 하지만 내가 알고 싶은 것은 그것이 아닙니다. 나는 당신의 개인적인 생각을 물어 본 겁니다.」
「음, 그러니까 내 의견을 말씀하시는 겁니까?」
「그렇습니다.」
「내 추측으로는 11시경이 아닐까 합니다.」

「그것이 바로 내가 알고 싶었던 점입니다.」 배틀이 말했다.
「도대체 무슨 말씀인지 모르겠습니다.」
「내 추측에 의하면, 10시 20분 이전에 트레실리안 노부인이 살해당했다는 것은 불가능한 일입니다. 바레트가 먹은 수면제는 그 시간에는 효력을 나타내지 않았을 겁니다. 그 수면제는 살인이 그것보다 훨씬 늦은 시간에 저질러질 것이라는 의도가 포함되어 있는 겁니다. 다시 말해서 한밤중에 말입니다. 오히려 자정쯤이 아니었을까 하고 생각합니다.」
「있을 수 있는 일입니다. 11시란 것도 단지 내 추측에 불과한 것뿐이니까요.」
「하지만 자정보다 더 늦은 시간이었을 수는 없겠지요?」
「물론입니다.」
「2시 30분 이후일 수는 없을까요?」
「절대로 그렇진 않습니다.」
「그것은 점점 스트레인지의 혐의를 벗겨 주는 것 같군요. 그가 집에서 나간 뒤의 행적에 대해 좀더 자세하게 점검해 보아야겠습니다. 만일, 그의 이야기가 모두 사실이라면 그는 혐의를 벗게 되고, 우리는 다른 혐의자들을 조사해야 하겠지요.」
「재산을 물려받게 되는 다른 사람들 말인가요?」
리치가 물어 보았다.
「아마 그럴 테지.」 배틀이 대답했다. 「하지만 어쩐지 나는 다른 누군가가 있을 것 같은 생각이 든단다. 고약한 심보를 가진 자 말이다. 그것을 조사해 보아야겠어.」
「고약한 심보를 가진 자라뇨?」
「아주 못된 심보를 가진 자 말이다.」

그들은 의사의 집을 나와서 나루터로 내려갔다. 나루터에는 윌과 조지 밴즈 형제가 노를 젓는 배가 운행되고 있었다. 밴즈 형제는 솔트 크리크의 모든 사람들과, 이스터헤드 베이에서 건너 다니는 사람들을 모두 알고 있었다.

조지는 스트레인지가 어젯밤 10시 30분에 걸즈 곳에서 건너갔다고 말해 주었다. 그는 스트레인지를 다시 이쪽으로 태워다 주지는 않았다고 했다. 마지막 배가 1시 30분에 이스터헤드 베이 쪽에서 출발했는데 스트레인지는 타고 있지 않았다고 했다.

배틀은 그에게 라티머를 알고 있느냐고 물었다.

「라티머? 라티머라――키가 크고 잘생긴 젊은 신사 양반을 말하는 겁니까? 그 호텔에서 걸즈 곳으로 건너 다니는 사람이지요? 예, 알고 있습니다. 하지만 어젯밤에는 보지 못했습니다. 그는 오늘 아침에 건너왔다가, 방금 떠난 배편으로 돌아갔어요.」

그들은 나룻배를 타고 이스터헤드 베이 호텔로 건너갔다.

그곳에서 그들은 이제 막 배에서 내린 라티머를 발견했다. 그는 그들 배 바로 앞의 배로 건너왔다.

라티머는 자기가 할 수 있는 일이라면 무엇이든지 도와주겠다고 했다.

「예, 네빌은 어젯밤에 건너왔었습니다. 무슨 일이 있었는지 몹시 우울해 보였습니다. 그는 노부인과 말다툼을 했다고 하더군요. 내게는 말하지 않았지만, 요즈음 케이와도 사이가 안 좋다는 소문을 들어서 알고 있습니다. 어쨌든 그는 맥이 빠져 있었죠. 나와 어울리면서 기분이 좀 나아진 것 같기는 했지만――.」

「스트레인지 씨는 이곳에 오자마자 당신을 만나지는 못했을 것 같은데요?」

라티머는 날카롭게 말했다.

「왜 그런 질문을 하시는지 모르겠군요. 나는 라운지에 앉아 있었습니다. 스트레인지 씨는 처음에 호텔 안을 둘러보고는 나를 찾지 못했다고 했습니다. 그러나 그때 그는 자세히 살펴볼 만한 마음이 아니었을 겁니다. 아니면 내가 5~6분 정도 정원을 거닐고 있을 때였을 테지요. 나는 거의 대부분 밖에 나와 있습니다. 이 호텔 안에는 지독한 냄새가 나거든요. 어젯밤에는 바에서도 그 냄새가 나더군요. 하수도 썩은 냄새 같습니다! 스트레인지 씨도 나와 똑같은 말을 했습니다. 그곳에 있는 사람들 모두 그 냄새에 진저리를 내고 있습니다. 숨도 못 쉴 정도로 지독하게 썩은 냄새였으니까요. 당구장 바닥 밑에 죽은 쥐라도 있는 모양입니다.」

「당신들은 당구를 쳤죠. 그 다음에는 무엇을 했소?」

「오, 우리는 잠시 이야기를 나누며 한두 잔 마셨습니다. 그때 네빌이 '이런, 배를 놓친 것 같군.' 하고 중얼거리더군요. 그래서 나는 내 자동차로 그를 태워다 주겠다고 말했고, 또 그렇게 했습니다. 우리는 그곳에 2시 30분쯤 도착했습니다.」

「스트레인지 씨는 줄곧 당신과 함께 있었소?」

「오, 물론입니다. 아무에게든 물어 보십시오. 틀림없이 스트레인지 씨는 나와 함께 있었습니다.」

「고맙습니다, 라티머 씨. 우리는 아주 철저하게 조사해야 한답니다.」

그들이 싸늘하게 미소 짓고 있는 젊은이와 헤어졌을 때 리치가 물었다.

「무엇 때문에 네빌 스트레인지의 행적에 대해서 그렇게 철저하게 조사하려는 겁니까?」

배틀은 미소를 지었다. 그러자 리치가 갑자기 알아차렸다는 듯이 말했다.
「맙소사! 아저씨는 지금 다른 사람의 행적을 조사하시는 거군요? 맞지요?」
「그것은 너무 성급한 생각이야, 짐. 나는 라티머가 어젯밤에 어떻게 지냈는지 그걸 알고 싶었어. 어젯밤 11시 15분에서 자정 사이에 그가 네빌 스트레인지와 함께 있었다는 것은 확실해졌어. 그러나 그 전에——스트레인지가 호텔에 도착해서 그를 찾았을 때 그는 어디에 있었을까?」
그들은 그 의문점들을 집요하게——바텐더, 종업원, 엘리베이터 보이 등에게서 알아내기 위해 추적했다. 라티머는 9시에서 10시 사이에는 라운지에 있었으며, 10시 15분에는 바에 있었다. 그러나 그때부터 11시 20분 사이에 어디에서도 그를 본 사람이 없었다——그런데 라티머가 베도즈 부인(북부 지방의 뚱뚱한 부인이다.)의 작은 서재에 있었다고 말하는 어떤 하녀를 찾아냈다.
그녀는 그때가 11시 정각이었던 것 같다고 말했다.
「다 틀려 버렸군. 틀려 버렸어. 라티머는 틀림없이 그곳에 있었어. 단지 그는 우리가 그 뚱뚱한(틀림없이 부자일 테지만) 부인에게 관심을 기울이게 하고 싶지 않았던 거야. 이제 다른 사람들에게 시선을 돌려야 해——하인들, 케이 스트레인지, 오드리 스트레인지, 메리 올딘, 그리고 토머스 로이드. 그들 중의 누군가가 트레실리안 노부인을 살해한 거야. 그렇지만 누구일까? 진짜 흉기를 찾아낼 수만 있다면——.」
배틀은 말을 멈추었다. 그리고는 허벅지를 탁 쳤다.
「알았어, 짐! 이제 무엇이 나에게 에르큘 포와로를 생각나게 했는지 알았다. 어서 점심을 먹고 걸즈 곶으로 돌아가자. 너에게 보여 줄 것이 있다.」

# 9

 메리 올딘은 웬지 불안했다. 그녀는 집 안팎으로 들락날락거리면서, 죽은 달리아를 뽑아 던지고는 다시 응접실로 들어가서 쓸데없이 꽃병들을 옮겨 놓았다.
 서재에서 희미하게 속삭이는 목소리가 들려왔다. 그곳에는 트렐로니 변호사와 네빌이 함께 있었다. 케이와 오드리의 모습은 보이지 않았다.
 메리는 다시 정원으로 나왔다. 담장 아래에서 토머스 로이드가 태연하게 담배를 피우고 있었다. 그녀는 그에게로 다가갔다.
 「오, 로이드 씨.」
 그녀는 어찌해야 좋을지 모르겠다는 듯이 긴 한숨을 내쉬며 그의 옆에 앉았다.
 「무슨 걱정거리가 있습니까?」 토머스가 물었다.
 메리는 좀 신경질적으로 웃었다.
 「당신 같은 사람도 없을 거예요. 집에서 살인사건이 일어났는데, '무슨 걱정거리가 있습니까?' 하고 물어 보다니.」
 토머스는 조금 놀랐다는 표정으로 메리를 쳐다보았다.
 「내가 뭐 잘못 물어 본 겁니까?」
 「오, 저도 당신이 말하는 뜻을 알아요. 이런 때에 당신처럼 흥분하지 않고, 느긋한 사람과 이야기하고 있으면 내 마음까지도 편안해지는 듯하지요!」
 「나는 별로 그렇지 않습니다. 그런데 그 일에 대해서 그렇게 흥분해야 하는 건가요?」

「아뇨, 그렇지는 않아요. 당신은 정말 생각이 깊은 분이군요. 도대체 어떻게 그렇게 초연할 수가 있지요?」

「글쎄요. 내가 제3자이기 때문이 아닐까요?」

「그럴지도 모르지요. 네빌이 혐의에서 벗어나게 되어 정말 다행이에요. 우리는 모두 그가 범인이 아니라고 생각했어요.」

「나도 그가 혐의를 벗게 되어 무척 기쁩니다.」로이드가 말했다.

메리는 몸을 오싹 떨었다.

「아주 아슬아슬한 일이었죠. 만일 카밀라가 네빌이 나간 뒤에 종을 울려서 바레트를 부를 생각을 하지 않았다면 ──.」

그녀는 말끝을 흐리면서 잇지 않았다.

「그렇다면 그는 틀림없이 거기에 걸려들고 말았겠지요.」

토머스의 말 속에는 묘한 잔인한 만족감 같은 것이 들어 있었다. 그는 메리의 비난하는 듯한 시선과 마주치자 조금 미소를 지으며 고개를 저었다.

「사실 나도 착한 사람은 아닙니다. 하지만 이제 네빌도 혐의를 벗었으니 솔직하게 말하지요. 나는 그가 잠시 곤경에 처해 있을 때 야릇한 만족을 느꼈답니다. 그는 언제나 지나칠 정도로 자신만만하지 않았습니까?」

「사실은 그렇지 않아요, 토머스.」

「그렇지 않을지도 모르지요. 아무튼 오늘 아침에는 정말 겁을 집어먹고 있는 것 같더군요!」

「어쩌면 당신은 그렇게도 잔인한 생각을 할 수 있지요?」

「아니, 이제 그는 혐의를 벗었습니다. 아시겠지만, 메리, 네빌은 이곳에서까지도 그 지독한 행운을 얻지 않았습니까? 만일, 다른 불쌍한 친구였다면 그렇게 완벽하게 갖추어진 증거 속에서 그런 행운을 잡지 못했을 겁니다.」

메리는 다시 몸을 부르르 떨었다.
「그런 말은 하지 마세요. 죄가 없는 사람은──결국은 보호받게 될 거라고 생각해요.」
「당신이 그렇다는 건가요, 메리?」
그의 목소리는 부드러웠다.
메리가 갑자기 말을 꺼냈다.
「토머스, 걱정이 돼요. 정말이에요.」
「그렇겠지요.」
「트레브스 씨에 대해서 말이에요.」
토머스는 파이프를 바위 위에 떨어뜨렸다. 그는 그것을 집으려고 허리를 굽히면서 목소리를 바꾸어 말했다.
「트레브스 씨에 대해서라니요?」
「그날 밤 그분은 이곳에 있었어요──그분은 그 이야기를 했지요──작은 살인자에 대해서! 저는 궁금했어요, 토머스⋯⋯그것은 단지 흥미를 끌기 위해서 한 이야기였을까요? 혹시, 어떤 목적으로 이야기했던 것은 아닐까요?」
「그렇다면 당신은──그가 그 방에 있었던 누군가를 지목해서 한 이야기라고 생각하는 겁니까?」
로이드가 신중하게 말했다.
메리가 조그맣게 속삭였다.
「그래요!」
토머스가 조용하게 말했다.
「나도 그것을 생각해 보고 있었어요. 그는 분명히 그렇게 말했지요. 나는 당신이 이곳에 왔을 때 그 생각을 하고 있었어요.」
메리는 눈을 반쯤 감았다.
「맞아요, 분명히 그렇게 말했어요. 그것도 의도적으로⋯⋯거의 억지로 그것을 대화에 끼워 넣었어요. 그리고 그 사람이 어디에 있든지 알아볼 수 있을 것 같다고 말했지요. 그분은 특히 그것을 강조했어요. 마치 그를 보고 있기라도 한 것처럼.」

「음――나도 그렇게 생각합니다.」

「하지만 트레브스 씨는 왜 그런 이야기를 했을까요? 요점이 무엇이었을까요?」

「그것은 일종의 경고가 아니었나 하고 생각합니다. 어떤 일인지는 몰라도 그 일을 저지르지 못하도록 하기 위해서 말이지요.」

「그럼, 트레브스 씨는 카밀라가 살해당할 것을 미리 알고 있었다는 말인가요?」

「아닙니다. 그것은 지나친 공상이에요. 트레브스 씨의 이야기는 단지 경고에 지나지 않았을 겁니다.」

「그것을 경찰에 말해 주어야 하나요?」

메리의 그 질문에 대해서 토머스는 다시 그 특유의 신중한 태도를 나타냈다.

「나는 그렇게 생각하지 않습니다.」 하고 잠시 뒤에 그가 말했다. 「그것이 사건과 어떤 관계가 있을 것 같진 않습니다. 게다가 트레브스 씨가 살아서 직접 이야기해 주는 것하고는 다르잖습니까?」

「그래요, 그분은 이미 죽은 사람이에요!」

그녀는 몸을 흠칫 떨고는 덧붙여 말했다.

「토머스, 그분의 죽음도 아주 기묘한 일이었어요.」

「심장마비였지요. 그는 심장이 나빴다고 하더군요.」

「제 말은, 그때 마침 엘리베이터가 고장났다는 것이 이상한 일이라는 거예요. 저는 그것이 마음에 걸려요.」

「사실은 나도 그것이 아주 마음에 걸립니다.」

토머스 로이드가 말했다.

## 10

배틀 총경은 침실을 둘러보았다. 침대는 치워져 있었다. 그러나 달라진 데는 없었다. 그들이 처음 그 방에 들어와 보았을 때와 마찬가지로 깨끗했다.
「저것이 그거야. 저 난로 울타리에서 뭔가 이상한 점을 발견하지 못했니?」
배틀은 낡은 강철 난로 울타리를 가리키며 물었다.
「깨끗이 닦아 냈군요.」짐 리치가 대답했다.「잘 보관해 놓았는데요. 제가 보기에는, 아무 이상한 점이 없습니다. 아, 그래요. 왼쪽 손잡이가 오른쪽 손잡이보다 더 반짝이는군요.」
「그것이 바로 에르큘 포와로가 내 머릿속에 주입시킨 거야.」
배틀이 설명을 계속했다.
「너도 전혀 균형이 맞지 않는 사물에 대한 그의 견해——포와로를 유명해지도록 한 그 사고 방식을 알 거다. 나는 무의식적으로 생각했어. '저것은 포와로를 고민하도록 만들겠는걸.' 하고 말이야. 그리고 나서 나는 에르큘 포와로에 대한 이야기를 꺼냈지. 자네, 지문 채취 가방을 가지고 있나, 존스? 저 두 개의 손잡이를 살펴보았으면 좋겠는데.」
존스가 조사를 마치고 보고했다.
「오른쪽 손잡이에는 지문이 있고, 왼쪽 손잡이에는 전혀 없습니다, 총경님.」
「그렇다면 왼쪽 손잡이를 조사해야 하겠군. 다른 쪽의 지문들은 최근에 청소할 때 묻었던 하녀의 지문일 거야.」

「이 휴지통에 구겨진 샌드페이퍼 조각이 있었습니다.」 존스가 갑자기 생각난 듯이 말했다. 「하지만 그것이 어떤 의미가 있는 물건이라고는 생각지 않았습니다.」

「하긴 그때 자네는 무엇을 찾아야 할지 몰랐을 테니까. 이제 그 손잡이 나사를 조사해야 한다는 것을 깨달았나?」

곧 존스 경사가 그 손잡이를 들어올렸다.

「상당히 무거운데요.」 하고 말하며, 그는 손으로 그것을 저울질해 보았다.

리치가 허리를 굽혀 들여다보며 말했다.

「뭔가 얼룩이 있습니다——나사 부분에요.」

「핏자국이야. 아무도 생각하지 못했겠지만.」 배틀이 말했다. 「손잡이가 깨끗하고 게다가 말끔하게 닦아 내기까지 했으니 나사 부분의 얼룩이 쉽게 눈에 띌 리가 없지. 노부인의 머리를 내리친 흉기는 바로 이거야. 하지만 좀더 확실하게 하기 위해서 이 집을 다시 한 번 조사해 보아야 할 걸세. 존스, 이제 자네가 찾아야 할 것이 무엇인지 어렴풋하게 짚이지 않나? 집 안 조사는 자네가 알아서 하게.」

그는 재빨리 자세하게 지시 사항을 말해 주었다. 그리고 창문 쪽으로 걸어가서 머리를 바깥으로 내밀었다.

「담쟁이 덩굴 속에 무언가 노란 것이 끼여 있군. 그것은 아마도 또 다른 문제가 되겠지. 틀림없어.」

11

배틀 총경이 홀을 지나가고 있을 때 메리 올딘이 그를 불렀다.

「잠깐 이야기를 나눌 수 있을까요, 총경님?」

「물론입니다, 올딘 양. 이쪽으로 들어갑시다.」
배틀 총경은 식당 문을 열었다. 허스톨이 점심 식탁을 깨끗이 치우고 있었다.
「물어 볼 것이 있어요, 총경님. 총경님은——총경님은 아직도 이 사건——그 끔찍한 범죄가 우리 중의 누군가가 저지른 것이라고 생각하지는 않겠죠? 그것은 분명히 외부에서 들어온 사람의 짓이에요! 어떤 미친 사람의 짓이란 말이에요.」
「그리 잘못 보지는 않은 것 같군요, 올딘 양. 미친 사람이라는 말은——내가 잘못 알고 있는 것이 아니라면, 범인을 아주 훌륭하게 묘사한 말입니다. 하지만 외부인이라는 말은 틀렸습니다.」
그녀의 눈이 휘둥그래졌다.
「이 집의 누구인가가——미쳤다고 말씀하시는 건가요?」
「당신도 그렇게 생각하는군요..」하고 배틀이 말했다.「입에 거품을 물고 눈을 희번덕거리는 것만이 미친 것은 아닙니다. 가장 위험한 정신병자 중에는 당신이나 나처럼 정상적으로 보이는 사람들이 있습니다. 그것이 문제인데, 대개 그런 사람들은 어떤 강박 관념을 가지고 있지요. 한 가지 생각에 너무 집착한 나머지 점점 그것을 이상한 방향으로 상상해 나가는 겁니다. 당신처럼 감상적이고 분별 있는 사람들은 마치 그들이 박해를 받고 있으며, 사람들이 이상한 눈초리로 바라보기라도 하는 듯이 그들을 감싸 주고——또한 때때로 그것이 모두 사실인 것처럼 생각하기도 하지요.」
「저는 이 집에 어떤 박해를 받고 있다고 생각되는 사람은 아무도 없다고 확신해요.」
「나는 단지 그것을 예로 들었을 뿐입니다. 정신 이상에는 여러 가지 형태가 있지요. 하지만 나는 이 범행을 저지른 사람은 한 가지 고정 관념——즉, 전혀 문제가 될 만한 것이 아니거나, 아무런 의미가 없는 일에 신경을 몹시 쓰는 사람들의 관념에 사로잡혀 있을 거라고 생각합니다.」

메리는 전율을 느꼈다.

「총경님이 꼭 알아야 할 사실이 있어요.」

그녀는 간결하고 명확하게 트레브스 노인이 저녁식사에 초대되었던 일과, 그때 그가 한 이야기에 대해서 말해 주었다. 배틀 총경은 깊은 관심을 나타냈다.

「트레브스 씨가 그 사람을 알아볼 수 있다고 말했다고요?——남자든 여자든지간에 말이지요?」

「저는 그때 그것을 단지 어떤 소년의 이야기라고만 받아들였어요——하지만 트레브스 노인은 그런 말은 하지 않았어요——사실 이제야 생각이 나는데——그분은 분명하게 말했어요. 성별이나 나이 등 어떤 특정 사실에 대해서는 언급하지 않겠다고요.」

「그가 그랬습니까? 상당히 의미 심장한 말이군요. 그 아이가 어디에 있든지 분명히 알아볼 수 있을 정도로 뚜렷한 신체적인 특징이 있다고 말했다고요?」

「맞아요.」

「아마 어떤 흉터 같은 것인 모양인데——이곳에 있는 사람 중에 어떤 흉터가 있는 사람이 있습니까?」

그는 메리 올딘이 대답하기 전에 잠시 주저하는 빛을 띠는 것을 보았다.

「없어요.」

배틀 총경은 미소를 지었다.

「올딘 양——당신은 틀림없이 무엇인가를 알고 있어요. 만일 그렇다면 나도 그것을 알아볼 수 있으리라고 생각하지는 않습니까?」

그녀는 고개를 흔들었다.

섬세한 이탈리아 인의 손

「저——저는 아무것도 몰라요.」
 하지만 총경은 메리 올딘이 놀라고 당황해 하고 있는 것을 알았다. 그의 말은 메리에게 분명히 어떤 아주 불유쾌한 생각들을 떠오르게 했다. 그는 그것이 무엇인지 꼭 알고 싶었다. 그러나 이런 때에 그녀를 다그치면 아무런 결과도 얻어내지 못한다는 사실을 그는 잘 알고 있었다.
 배틀은 다시 트레브스 노인에 대한 이야기로 돌아갔다.
 메리는 그날 저녁의 비극적인 최후에 대해서도 꼼꼼하게 이야기해 주었다.
 배틀은 그녀에게 자세하게 질문했다. 그리고 나서 조용히 말했다.
「그것은 처음 듣는 이야기로군요. 아무도 그런 것은 말해 주지 않았습니다.」
「무슨 말씀이신지요?」
「나는 엘리베이터에 팻말을 걸어 놓는 간단한 방법으로도 살인을 저지를 수 있다는 사실을 처음으로 알았습니다.」
 그녀는 깜짝 놀랐다.
「총경님께선 정말로 그렇게 생각하시지는——?」
「살인이라고 말입니까? 트레브스 노인은 살해당한 것이 틀림없어요! 신속하고 비상한 방법으로! 물론 그것은 성공하지 못할 수도 있었겠지만——그러나 결국 성공했잖습니까!」
「단지 트레브스 노인이 그 사람을 알고 있다는 것 때문에——.」
「맞습니다. 그는 이 집에 있는 어느 누군가에게 사람들의 주의를 집중시킬 수 있었습니다. 그것 때문에 우리는 어둠 속에서 일을 착수하게 되었던 거지요. 하지만 이제 우리는 한 줄기 희미한 빛을 발견했습니다. 그리고 아주 상세한 점들까지도 분명하게 밝혀내고 말 겁니다. 올딘 양, 이번 살인은 아주 작은 부분까지도 이미 오래 전에 치밀하게 계획된 것이었습니다. 그리고 이것은 꼭 명심해 두어야 하는데 ──당신이 그러한 사실들을 내게 말했다는 것을 누구에게도 알려서는 안 됩니다. 이것은 아주 중요한 일입니다. 절대로 누구에게도 말해서는 안 됩니다, 아시겠지요?」

메리는 고개를 끄덕였다. 그녀는 아직도 어리둥절한 표정을 짓고 있었다.

배틀 총경은 그 방을 나와서 아까 메리 올딘이 그를 부르기 전에 하려고 했던 일에 다시 착수했다. 배틀은 치밀한 사람이었다. 그는 더욱 확실한 정보를 원했다. 그러나 좀더 새롭고 분명히 믿을 만한 정보를 알아낸다고 해도 자기가 일단 세운 계획은 변경시키지 않는 사람이었다. 하지만 이번 정보는 확실히 구미가 당기는 것이었다.

그가 서재의 문을 두드리자, 안에서 네빌의 목소리가 들렸다.

「들어오시오.」

배틀은 키가 크고, 눈매가 날카로우며, 눈에 띄는 용모를 가진 트렐로니 변호사를 소개받았다.

「방해가 되었다면 용서하십시오.」

배틀은 미안하다는 듯이 말을 이었다.

「하지만 뭔가 확실치 않은 점이 있어서 왔습니다. 스트레인지 씨, 당신은 매튜 경의 유산의 반만을 물려받기로 되어 있더군요. 그러면 나머지 반은 누가 물려받는 겁니까?」

네빌은 놀란 것 같았다.

「이미 말씀드렸는데요, 내 아내라고.」

「그랬지요. 그러나──.」 배틀은 비난하는 태도로 헛기침을 하며 말했다. 「어떤 부인인가요, 스트레인지 씨?」

「오, 이제 무슨 말씀을 하시는 건지 알겠습니다. 그 재산은 그 유언장이 작성되었을 당시의 내 아내였던 오드리에게 돌아갑니다. 그것이 맞지요, 트렐로니 씨?」

그 변호사가 보충 설명을 했다.

「유산에 대해서는 아주 명확하게 설명되어 있습니다. 유산은 매튜 경의 피후견인인 네빌 헨리 스트레인지와 그의 아내 오드리 엘리자베스 스트레인지 네이(기혼 부인의 옛날 성 앞에 붙여 친가의 성을 나타냄.) 스탠디시에게 돌아가도록 되어 있습니다. 그 유언장 작성 뒤에 일어난 이혼으로 변경되는 사항은 전혀 없습니다.」

「그렇다면 그것은 확실하겠군요.」하고 배틀이 말했다.「오드리 스트레인지 부인도 이 사실들을 충분히 알고 있겠지요?」

「물론입니다.」

트렐로니 변호사가 대답했다.

「그리고 현재의 스트레인지 부인도 알고 있습니까?」

「케이 말인가요?」

네빌은 약간 놀란 것 같았다.

「오, 아마 알고 있을 겁니다——그녀와 이 문제에 대해서 그리 많은 이야기를 나누어 보지는 않았습니다만——.」

배틀 총경이 얼른 네빌의 말을 이었다.

「당신은 곧 그녀가 오해하고 있다는 사실을 알게 될 겁니다. 그녀는 트레실리안 노부인이 죽고 나면, 그 재산이 당신과 당신의 현재 부인에게 돌아가는 줄로 알고 있소. 그녀는 오늘 아침에 분명히 내게 그렇게 말했습니다. 그래서 나는 실제 사정이 어떠한지 알아보기 위해 당신을 찾아온 거요.」

「정말 희한한 일이로군요.」네빌이 말했다.「그러나 케이가 그렇게 알고 있을 수도 있겠군요. 그녀는 '카밀라가 죽으면 우리가 그 돈을 받게 되는 거지요.' 하고 한두 번 말한 적이 있었죠. 그러나 나는 그녀가 내 몫에 대해서만 그녀 자신과 나를 연결시키는 거라고 생각했었습니다.」

배틀이 말했다.

「그것 참 이상한 일이로군요. 두 사람이 그 문제에 대해서 자주 논의를 했을 텐데도 그렇게 잘못 알고 있다는 것은——그리고 서로 다른 생각을 가지고 있으면서 그 차이점을 알아차리지 못했다는 것은 더욱 이상한 일입니다. 그렇지 않소, 스트레인지 씨?」

「나도 그렇게 생각합니다.」

네빌은 마지못해 대답하고는 덧붙여 설명했다.

「하지만 그것은 이번 사건에는 별문제가 되지 않습니다. 혹시 우리에게 재산이 전혀 없을 경우라면 몰라도. 나는 오드리를 위해서 아주 다행한 일이라고 생각합니다. 그녀는 몹시 어렵게 지내 왔는데, 이것은 그녀에게 큰 전환점이 될 겁니다.」

배틀이 무뚝뚝하게 말했다.

「하지만, 스트레인지 씨, 이혼하면서 당신은 그녀에게 위자료를 주지 않았습니까?」

네빌은 얼굴을 붉혔다. 그는 어색한 목소리로 말했다.

「거기에는 좀 사정이 있습니다——자존심 같은 것 말입니다, 총경님. 오드리는 완강하게 내가 주는 위자료를 거절했습니다.」

「아주 상당한 액수였습니다. 하지만 오드리 스트레인지 부인은 그것을 받지 않고 언제나 돌려보냈습니다.」

트렐로니 변호사가 거들었다.

「아주 흥미 있는 이야기로군요.」

배틀은 이렇게 말하고는, 그들이 그 말의 의미를 물어 보기도 전에 나와 버렸다.

그는 걸어가다가 조카를 만났다. 그가 말을 꺼냈다.

「분명히 겉으로 보기에——이번 사건에는 거의 모든 사람들에게 금전적인 동기가 있어. 네빌 스트레인지와 오드리 스트레인지는 각각 5만 파운드씩 받게 되어 있지. 케이 스트레인지도 자신이 5만 파운드를 받을 권리가 있다고 생각하고 있고. 메리 올딘은 그 유산을 받으면, 돈을 벌어야 한다는 의무감에서 벗어날 수 있어. 토머스 로이드는 분명히 말해서 얻을 것이 없지. 그러나 허스톨에게도 동기가 있으며, 혐의를 피하기 위해서 최후의 모험으로 스스로 약을 복용한 것으로 간주한다면 바레트도 포함시킬 수가 있지. 지금 내가 말한 사람들에게는 모두 그럴 만한 금전적인 동기가 있어. 하지만 내 생각으로는 이번 사건과 돈은 전혀 관계가 없는 것 같아. 이번 사건은 증오에 의한 살인이야. 그리고 아무도 나를 재촉하거나 방해하지만 않는다면, 나는 기필코 범인을 잡아내고 말 거야!」

나중에 그는 그때 그 말이 그의 머릿속에 주입시켰던 것이 무엇이었는지 생각해 보았다——앤드루 맥휘터는 지난 토요일 이스터헤드 베이에 내려와 지내고 있었다.

## 12

앤드루 맥휘터는 이스터헤드 베이 호텔의 테라스에 앉아서 강 건너 맞은편의 스타크 헤드의 험상궂은 꼭대기를 바라보고 있었다.
그는 옛날의 생각과 감정들을 돌이켜보았다.
7개월 전에 그는 이곳에서 스스로 목숨을 끊으려고 했다. 우연히, 정말 우연한 사건이 그의 계획을 방해했다. 그는 생각해 보았다. 그는 과연 그 우연의 사건을 다행으로 여기고 있는가?
냉정히 생각해 본 결과, 그는 그렇지 않다고 결론을 내렸다. 사실 그는 지금은 자살하겠다는 생각은 털끝만큼도 갖고 있지 않다. 그러한 위기와 절망은 완전히 극복한 상태이다. 그는 이제 살아야 한다는 책임감을 느꼈다. 기쁘거나 즐거워서가 아니라, 하루하루를 충실하게 보내야 한다는 어떤 의무감으로, 그는 누구든 자신의 생명을 스스로 끊을 수는 없다는 것을 인정했다. 누구나 마찬가지로 생활이란 시시한 일들로 둘러싸여 있는 음울한 것이라고 느끼기 때문에 자살한다는 것은 있을 수 없는 일이다.

그는 이제 자신은 꽤 행복한 사나이라고 여겨도 괜찮다고 생각했다. 운명의 여신은 한 번 눈살을 찌푸린 뒤에는 다시 미소를 보내 주었다. 하지만 그는 그 답례로 미소를 보낼 마음은 전혀 없었다. 그는 돈많고 괴팍한 코넬리 경에게 불려가 이야기를 나눈 일을 생각하자 우스워서 견딜 수가 없었다.

「자네가 맥휘터인가? 자네, 허버트 클레이와 일을 했다지? 클레이의 운전 면허증에 위반 전과가 찍히게 된 것은, 자네가 그는 시속 20마일로 달리고 있었다고 말해 주지 않았기 때문이라고 하더군. 그는 몹시 노발대발했었다네! 어느 날 저녁때인가 사보이 호텔에서 그가 우리에게 그 이야기를 해주었지. 그는 '빌어먹을 고집쟁이 스코틀랜드 놈!' 하고 말했다네. 나는 속으로 생각했지——바로 내가 원하는 사람이다! 거짓말을 하도록 유혹당하지 않는 사람 말일세. 자네는 나를 위해 거짓말을 해야 할 일은 없을 걸세! 나는 그런 방법으로 사업을 하지는 않아. 나는 정직한 사람들을 찾기 위해 온 세계를 돌아다녀 보았지만——그런 사람들은 극소수에 지나지 않아.」

그 자그마한 체구의 귀족은 영리해 보이는 원숭이 같은 얼굴을 일그러뜨리며 소리 내어 웃었지만, 맥휘터는 전혀 즐겁지 않아서 무표정하게 서 있었다.

그러나 그는 일자리를 얻었다. 좋은 일자리였다. 그의 미래는 이제 보장받은 거나 다름없었다. 일주일 뒤면 그는 영국을 떠나 남 아메리카로 가게 되어 있었다.

그가 무엇 때문에 남은 시간을 이곳에서 보내기로 했는지 그 자신도 알 수가 없었다. 하지만 이곳에는 무언가 그를 끌어당기는 것이 있었다. 아마도 자신을 시험해 보고 싶은――아직도 그의 마음속에 그때의 절망 따위가 남아 있는지를 알고 싶은 욕망이었으리라.

모나! 이제 그는 그녀에 대해서 거의 생각하지 않았다. 그녀는 다른 남자와 결혼했다. 언제인가 거리에서 그녀를 스쳐 지나갔을 때, 그는 아무런 감정도 느끼지 않았다. 그는 그녀가 자기 곁을 떠나갈 당시에 느꼈던 비탄과 슬픔을 떠올려 보았다. 하지만 이제 그런 감정들은 씻은 듯이 사라져 버렸다.

물에 젖은 개가 그에게로 달려들자, 새로 사귄 친구인, 그보다 13살 위의 다이애너 브린턴 양이 그 개를 안타깝게 부르는 소리에 그는 상념에서 깨어났다.

「오, 이리 와, 돈. 어서 이리 오라니까. 정말 지독하지 않아요? 저 녀석이 아래 해변이나 물고기 위에서 뒹군 모양이에요. 당신도 그 녀석에게서 지독한 냄새를 맡을 수 있죠? 그 물고기는 끔찍하게도 죽은 거랍니다.」

맥휘터는 코를 대고 확인해 보았다.

「바위 틈 같은 데 있었을 거예요.」하고 브린턴 양이 말했다. 「그 냄새를 씻어 내려고 바닷물에 집어넣었지만, 조금도 가신 것 같지가 않아요.」

맥휘터도 동감이었다. 돈은 붙임성 있고 귀여운 털이 긴 테리어 종이었는데, 주위 사람들이 마치 장난감처럼 붙잡아 두고 만지작거리는 것에 몹시 화가 난 모양이었다.

「바닷물은 소용없지요. 뜨거운 물에 넣고 비누로 목욕시켜야 할 겁니다.」

맥휘터가 말했다.

「나도 알아요. 하지만 호텔에서는 쉬운 일이 아니에요. 우리는 개인 목욕실이 없거든요.」

결국 맥휘터와 다이애너는 개를 창틀 위에 올려놓고 몰래 옆문으로 들어가서는, 그를 맥휘터의 목욕탕으로 데리고 가야 했다. 맥휘터와 다이애너는 온통 물을 뒤집어쓰며 돈을 깨끗이 닦아 주었다. 돈은 목욕이 끝나자 몹시 침울해 하는 듯했다.

다시 그 지긋지긋한 비누 냄새를 맡아야 하다니——방금 전만 해도 그는 다른 개가 질투를 느낄 정도로 근사한 향기를 풍기고 다녔는데. 그는 인간들과 항상 함께 지내 왔는데——그들은 도무지 냄새에 대한 감각이 없단 말이야.

그 일로 맥휘터의 기분은 한결 부드러워졌다. 그는 버스를 타고 옷을 세탁하도록 맡겨 둔 솔팅턴으로 갔다.

'24시간 세탁소'의 여점원이 그를 멍청하게 바라보았다.

「맥휘터라고 하셨나요? 선생님 옷은 아직 세탁이 안 된 것 같은데요.」

「다 되었을 거요.」

그는 옷을 24시간이 아니라 48시간 전에 맡겼었다. 여자들이란 으레 이렇게 말하게 마련이지. 맥휘터는 좀 못마땅한 얼굴을 했다.

「아직 시간이 안 되었어요.」

그 여자는 뻔뻔스럽게 웃으면서 말했다.

「허튼소리 말아요.」

그녀는 웃음을 거두고는 신경질적으로 말했다.

「어쨌든 그 옷은 아직 세탁이 안 됐단 말이에요.」

「그렇다면 내 옷이 세탁이 됐든 안 됐든 그만 가지고 가야겠소.」

「그것은 세탁이 되지 않았어요.」
여점원이 조금 부드러운 목소리로 말했다.
「그것을 도로 가져가야겠소.」
「내일까지는 세탁을 해놓겠어요──특별히 편의를 봐 드려서.」
「나는 특별히 편의를 봐 달라는 따위의 부탁을 하는 사람이 아니오. 미안하지만 그 옷을 내주시오.」
여점원은 기분 나쁘다는 눈매로 그를 쳐다보고는 뒷방으로 들어갔다. 그녀는 카운터 뒤에 밀어 두었던 아무렇게나 꾸려진 보따리를 가지고 나왔다.
맥휘터는 그것을 받아 들고 밖으로 나왔다.
그는──좀 우스꽝스럽게도──마치 승리라도 한 듯한 기분이었다. 실제로는 단지 그 옷을 다른 곳에 맡기는 수밖에 다른 도리가 없는데도 말이다!
그는 호텔에 돌아와서 그 보따리를 침대 위에 팽개치고는 귀찮은 듯한 눈초리로 쳐다보았다. 그것을 호텔에서 빨 수도 있을 것 같았다. 사실은 그리 더럽지도 않았다──아니, 정말 세탁할 필요가 없는 것은 아닐까?
그는 그 보따리를 풀면서 언짢은 감정을 풀어 버렸다.
이런, 그 '24시간 세탁소'는 가게 이름에 비해서 너무도 엉터리인 걸! 이것은 그의 옷이 아니었다. 이런 색의 옷이 아니었어! 그가 맡겼던 것은 짙은 푸른색 옷이었다. 건방지고 게으른 엉터리들 같으니라고.
그는 화가 치밀어서 꼬리표를 쳐다보았다. 거기에는 분명히 맥휘터라고 쓰여 있었다. 맥휘터가 또 있었나? 아니면 어떤 멍청이가 꼬리표를 바꿔 달았나 보군.
부아가 치밀어서 그 구겨진 옷뭉치를 쏘아보다가, 그는 갑자기 어떤 냄새를 맡았다.

그는 그것이 무슨 냄새인지 알고 있었다──유별나게 불쾌한 냄새를……웬지 개와 연관되는 것 같았다. 그래, 바로 그거야. 다이애너와 그녀의 개. 말 그대로 정말 물고기가 썩은 듯한 악취를 풍기고 있었다!

그는 허리를 굽혀서 그 옷을 자세히 들여다보았다. 그 윗도리의 어깨에는 색이 바랜 얼룩이 묻어 있었다. 그 어깨 위에는──.

맥휘터는 정말 아주 이상한 일이라고 생각했다…….

어찌되었든, 그는 내일 그 '24시간 세탁소'의 여점원에게 몇 마디 따끔한 말을 해주어야겠다고 생각했다. 손님들 옷을 이 따위로 처리하다니!

13

저녁식사 뒤에, 그는 호텔을 나와서 나루터 쪽으로 천천히 걸어 내려갔다. 겨울을 연상케 하는 매서운 추위가 느껴지는 맑은 밤이었다. 여름은 이미 지나가 버렸다.

맥휘터는 나룻배를 타고 솔트크리크 쪽으로 건너갔다. 그는 두 번째로 스타크 헤드에 가는 것이었다. 그곳은 그의 마음을 끄는 곳이었다. 그는 천천히 언덕을 올라가, 발모럴 코트 호텔을 지나 절벽 위에 우뚝 서 있는 커다란 저택에 이르렀다. 걸즈 곳──그는 색칠된 대문 위에 걸려 있는 문패를 보았다. 노부인이 살해당한 바로 그 저택이었다. 그 사건에 대해서 호텔에서는 몹시 떠들어댔으며, 그의 방 담당 하녀도 그에게 그 일에 대해 쉴새없이 늘어놓았다. 신문들까지도 그 사건을 대대적으로 보도하는 바람에, 세계 각지에서 일어나는 일들을 읽으려는 맥휘터를 몹시 따분하게 했다. 사실 그는 그런 범죄 따위에는 전혀 관심이 없었다.

그는 다시——이제는 현대화된 옛날 어촌과 조그만 해변으로 둘러싸인——언덕을 내려갔다. 그리고는 다시 큰길이 끝나는 곳까지 올라가 스타크 헤드로 이어지는 오솔길로 접어들었다.

스타크 헤드는 감히 접근하기가 어려울 정도로 험상궂은 모습을 하고 있었다. 맥휘터는 벼랑 끝에 서서 바다를 내려다보았다. 그는 그 어느 날 밤에도 지금처럼 서 있었다. 그는 그 당시에 느꼈던 감정들 ——이미 오랫동안 잊고 있었던 절망, 분노, 싫증 등을 되살려 보려고 애썼다. 그런 것들은 이제 모두 사라졌다. 대신에 씁쓸한 분노만이 남아 있었다.

그는 나무에 걸리는 바람에 다행인지 불행인지 해안 순찰대의 구조를 받았다. 그리고 분노와 모욕감이 뒤섞여서 어린아이처럼 병원에서 소동을 피웠다. 왜 자기를 그대로 내버려두지 않았을까? 그는 영원히, 아주 영원히 모든 것을 끝내 버릴 수 있었을 텐데. 그는 아직도 그때의 감정을 느끼고 있었다. 그때 그가 잃어버린 것은 단지 그 소동에 쓰인 육체적인 에너지뿐이었다.

모나에 대한 생각이 그때 그를 얼마나 괴롭혔던가! 하지만 이제는 그녀에 대해서 아주 냉정하게 생각할 수 있다. 그녀는 항상 좀 바보 같았다. 누구라도 그녀의 비위를 맞출 수 있었지. 그렇지 않으면 그녀 스스로 자신의 생각에 빠져들곤 했다. 하지만 매우 예뻤다. 그래, 아주 예뻤지——그러나 생각이 전혀 없었다. 그런 여자를 다시 만난다는 것은 꿈에도 생각하기 싫은 일이다.

그러나 아름다웠어. 물론——뭔가 몽롱하고 환상적인 여인의 모습이 그녀의 뒤로 하얀 날개 옷을 펄럭이며 어둠을 뚫고 날아오르고 ……마치 배 이물에 장식된 조각상 같았지——단지 뚜렷하지 않았을 뿐……뚜렷하지가 않은…….

그런데 그때, 아주 갑자기 믿을 수 없는 일이 일어난 것이다! 어둠을 헤치고 바람에 나부끼며 어떤 모습이 나타난 것이었다. 방금 전까지도 없던 그녀가 어느새인가 그곳에 와 있는 것이었다——벼랑 끝을 향해 달려가는 하얀 모습. 아름답고 절망에 찬, 복수의 여신에 이끌려 멸망의 구렁텅이로 달려가고 있는 것이 아닌가! 견딜 수 없는 절망에 빠진 채 달려가는 모습……그도 그런 절망을 알고 있었다. 그는 그것이 의미하는 것도 물론 알고 있었고…….

그는 어둠 속에서 뛰어나와 막 절벽 끝에서 몸을 던지려는 찰나에 그녀를 붙잡았다!

그가 격렬하게 말했다.

「안 됩니다, 당신은 결코 죽을 수 없어요.」

그는 마치 작은 새를 붙잡고 있는 것 같았다. 그 여자는 파닥거렸다——아무 말 없이 파닥거리다가, 마치 작은 새처럼 갑자기 축 늘어졌다.

그가 절박하게 말했다.

「당신 스스로 죽음을 택해서는 안 됩니다! 그것은 정말 너무도 어리석은 짓입니다. 비록 피할 수 없는 불행에 빠졌다 하더라도 말입니다!」

그녀가 어떤 소리를 냈다. 그것은 먼 곳에서 들리는 유령의 웃음소리 같았다.

그가 날카롭게 물었다.

「불행하지 않다고요? 그렇다면 무엇 때문에 죽음을 택하는 겁니까?」

그녀는 그 나지막하고 부드럽게 속삭이는 듯한 목소리로 대답했다.

「두려워요.」

「두렵다고요?」

그는 놀라서 그녀를 놓아 주고는, 좀더 확실히 보기 위해서 한 걸음 뒤로 물러섰다.

그는 그때 그녀의 말이 진실이라는 것을 깨달았다.

그녀를 이렇게 절박하고 다급한 위태로운 상황까지 몰아넣은 것은 바로 공포였다. 그녀의 작고 순결하고 정숙한 얼굴을 공허하고 멍청하게 만든 것도 바로 공포였다. 그 커다란 눈에 어려 있는 것도 또한 공포였다.

그가 의심스럽다는 듯이 물었다.

「대체 무엇이 두렵다는 겁니까?」

그녀는 그가 거의 알아들을 수 없을 정도로 낮고 작은 목소리로 대답했다.

「교수형을 당할 것이 두려워요.」

그래, 그녀는 바로 이렇게 말했다.

맥휘터는 그녀를 쳐다보고 또 쳐다보았다. 그는 눈길을 그녀에게서부터 벼랑 가장자리로 옮겼다.

「그것이 이유입니까?」

「예, 차라리 빨리 죽는 편이———.」

그녀는 눈을 감고 몸을 떨었다. 계속 떨었다.

그때 맥휘터의 머리에 문득 떠오르는 것들이 있었다. 이윽고 그가 말했다.

「트레실리안 노부인? 살해당한 그 노부인.」 그리고 나서 비난하는 투로 말했다. 「당신은 스트레인지 부인——첫번째 스트레인지 부인이겠군요.」

그녀는 여전히 몸을 떨며 고개를 끄덕였다.

맥휘터는 자신이 들었던 이야기를 기억해 내려고 애를 쓰며 조심스러운 목소리로 천천히 말을 꺼냈다. 소문들이 사실과 뒤범벅되어 있었다.

「그 사람들이 당신 남편을 감금시켰다는데——맞지요, 그렇지 않습니까? 그에게 불리한 증거가 상당히 많았고——그런데 나중에 그들이 그 증거라는 것이 누군가에 의해서 꾸며진 것이라는 사실을 밝혀냈고…….」

그는 말을 멈추고는 그녀를 쳐다보았다.

그녀는 더 이상 떨지 않았다. 순진한 어린아이처럼 멍청하게 그를 바라보고 있었다. 그녀의 그런 태도가 견딜 수 없도록 애처롭게 측은해 보였다.

맥휘터가 계속 말했다.

「나도 충분히 압니다……그래요, 나도 그것이 어떻다는 것을 알아요……그는 당신을 버리고 다른 여자에게 갔지요, 그렇지요? 그리고 당신은 그런 그를 사랑했고……그것이 이유라면——.」

그는 갑자기 말을 끊었다가 다시 이었다.

「나도 충분히 이해합니다. 내 아내도 나를 버리고 다른 남자에게 갔지요…….」

그녀는 팔을 마구 휘저었다. 그녀는 거칠고 절망적인 목소리로 띄엄띄엄 말하기 시작했다.

「그——그것이——아——아니어요——그것이 아——아니에요——좋아——하지——않——았어요. 전——혀——.」

그는 그녀의 말을 거칠게 잘랐다. 그의 목소리는 엄격했으며 명령하는 투였다.

「집으로 돌아가요! 당신은 더 이상 두려워할 필요가 없어요. 당신은 교수형을 당하지 않을 겁니다.」

## 14

메리 올딘은 응접실 소파에 누워 있었다. 그녀는 두통으로 온몸이 지쳐 있었다.
심리는 그저께 열렸으며, 먼젓번과 똑같은 증언이 되풀이된 뒤에 일주일 동안 연기되었다.
트레실리안 노부인의 장례는 내일 치르기로 했다. 오드리와 케이는 상복을 찾기 위해 차를 타고 솔딩턴으로 나갔다. 테드 라티머가 그들과 함께 갔다.
네빌과 토머스 로이드는 산책을 나갔으며, 하인들을 제외하고는 메리 혼자 집에 남아 있었다.
배틀 총경과 리치 경감이 오늘은 오지 않았다. 그것은 그들에게 커다란 위안이었다. 그것 때문인지 메리에게 언제나 따라다니던 우울한 그림자도 사라진 것 같았다. 그들은 정중하고 아주 친절하게 대하기는 했지만, 그 끊임없는 질문과, 모든 사실들을 침착하고 용의 주도하게 선별 조사하는 것 등은 사람들의 신경을 지치게 만들었다.
지금쯤은 그 목석 같은 배틀 총경도——비록 열흘 전의 일이라고 할지라도——모든 사건, 모든 이야기, 모든 행동까지 자세히 알고 있을 것이다.
그들의 퇴장과 함께 그곳에는 평화가 찾아왔다. 메리는 아무 생각도 하지 않고 쉬기로 했다. 그녀는 모든 것을 잊고 싶었다——모든 것을. 막 돌아누워서 쉬려던 참이었다.
「죄송합니다.」
허스톨이 미안한 표정을 짓고 문간에 서 있었다.

「무슨 일인가요, 허스톨?」
「어떤 신사분이 뵙고 싶다고 해서 서재로 안내해 드렸습니다.」
메리는 좀 놀랍기도 하고 귀찮다는 듯한 눈초리로 그 집사를 쳐다보았다.
「누구예요?」
「맥휘터 씨라고 합니다만.」
「그런 이름을 들어 본 적이 없는데.」
「그렇겠지요.」
「기자가 틀림없어요. 그런 사람은 들여놓지 말았어야 하는 건데.」
허스톨이 헛기침을 했다.
「제가 보기에는, 기자 같지가 않은데요. 오드리 아씨의 친구라고 생각합니다만.」
「오, 그렇다면 문제가 다르지요.」
메리는 머리를 매만지고는 조금 비틀거리는 걸음걸이로 홀을 지나서 조그만 서재로 들어갔다. 그녀는 창가에 서 있는 키가 큰 남자를 보자 약간 놀라움을 느꼈다. 그는 적어도 오드리의 친구처럼 보이지는 않았다.
하지만 그녀는 명랑하게 말했다.
「죄송합니다만, 스트레인지 부인은 나가고 안 계시는데요. 그녀에게 무슨 볼일이 있나요?」
그는 신중한 눈초리로 그녀를 쳐다보며 말했다.
「올딘 양이시지요?」
「그런데요.」
「당신이 나를 도와주실 수 있으리라 믿습니다. 나는 밧줄이 필요합니다.」
「밧줄이오?」

메리는 몹시 놀라며 말했다.
「그렇습니다, 밧줄. 당신은 밧줄 같은 것을 어디에 둡니까?」
나중에 메리는 자신이 반쯤 최면에 걸렸던 것 같다고 생각했다. 만일, 이 낯선 남자가 어떤 이유나 설명을 덧붙였다면 그녀는 거절했을지도 몰랐다. 하지만 앤드루 맥휘터는 그럴듯한 이유가 떠오르지 않아서 아무 이야기도 하지 않는 것이 훨씬 현명한 일이라고 생각했다. 그는 단지 아주 간단하게 그가 밧줄을 필요로 한다는 말만 했다. 그녀는 자신이 ──반쯤 정신이 나간 상태로──맥휘터가 밧줄 찾는 일에 이끌리고 있다는 것을 알았다.
「어떤 종류의 밧줄 말인가요?」
메리가 물었다.
「아무 밧줄이나 괜찮습니다.」
「어쩌면 광 속에 넣어 두었는지도 모르는데……..」
그녀가 미심쩍다는 듯이 말했다.
「그곳에 가 봅시다.」
그녀가 안내했다. 그곳에는 노끈과 이상한 새끼뭉치가 있었는데 맥휘터는 고개를 흔들었다.
그는 밧줄──웬만큼 굵은 밧줄뭉치를 찾고 있었다.
「창고가 있긴 한데요.」
메리가 망설이면서 말했다.
「아, 그곳에 있을 겁니다.」
그들은 안으로 들어가서 위층으로 올라갔다. 메리가 창고 문을 활짝 열어 젖혔다. 맥휘터는 문간에 서서 안을 들여다보았다. 그는 묘한 만족의 한숨을 쉬었다.
「저기 있군요.」 하고 그가 말했다.
문 바로 안쪽에 있는 궤짝 위에 커다란 밧줄더미가 낡은 낚시 도구와, 좀먹은 쿠션과 함께 놓여 있었다. 그는 메리의 팔을 잡고 그 밧줄을 내려다볼 수 있는 곳으로 데리고 갔다. 그가 그것을 만져 보며 말했다.

「이것에 대해서 말할 것이 있어요, 올딘 양. 당신도 보다시피, 이곳은 온통 먼지로 뒤덮여 있습니다. 그러나 이 밧줄 위에는 먼지가 전혀 없습니다. 이것을 만져 보십시오.」

「조금 축축한 느낌이 드는군요.」

그녀가 놀랍다는 목소리로 말했다.

「그렇습니다.」

그는 돌아서서 다시 밖으로 나왔다.

「하지만 그것이 어떻다는 거지요? 당신이 그것을 찾는 이유가 뭐지요?」

메리가 놀란 목소리로 물었다.

맥휘터는 미소를 지었다.

「나는 그것이 바로 저기에 있다는 사실을 알고 싶었습니다. 단지 그뿐입니다. 아마도 당신은 평소에 이 문을 잠가 두어야겠다고 생각하진 않았을 겁니다, 올딘 양——그런데 열쇠는 가지고 오셨습니까? 그렇군요. 그 열쇠는 배틀 총경이나 리치 경감에게 맡기는 것이 좋을 겁니다. 그것은 그 사람들이 가지고 있는 것이 제일 좋을 겁니다, 올딘 양.」

그들이 아래층으로 내려왔을 때 메리는 무슨 일인지 알아내려고 애썼다.

홀에 이르자 그녀가 대들듯이 말했다.

「하지만 도무지 이해할 수가 없군요.」

「당신이 이해하실 필요는 전혀 없습니다.」

그는 그녀의 손을 굳게 잡고는 충심으로 흔들었다.

「도와주셔서 정말 감사합니다.」

그리고 나서 그는 곧바로 현관문을 나섰다.

이윽고 네빌과 토머스가 안으로 들어왔으며, 곧 이어서 자동차가 도착했다.

메리 올딘은 자신이 상당히 즐거운 듯이 보이는 테드와 케이에게 질투를 느끼고 있다는 것을 깨달았다. 그들은 함께 웃고 떠들고 있었다. 슬퍼할 이유가 없는 것일까? 그녀는 생각해 보았다. 엄밀하게 말하자면, 케이에게 카밀라 트레실리안은 아무런 존재도 아니었다. 대체로 이런 비극적인 일은 젊고 발랄한 젊은이에게는 몹시 성가신 일일 것이다.

그들이 막 점심식사를 끝냈을 때 경찰이 도착했다. 배틀 총경과 리치 경감이 응접실에 있다고 알리는 허스톨의 목소리에는 어딘지 두려움이 있었다.

그들에게 인사하는 배틀 총경의 표정은 아주 온화했다. 그가 변명하듯이 말했다.

「우리들이 너무 괴롭히는 것이 아닌지 모르겠습니다. 하지만 한두 가지 알아야 할 사실들이 있어서 왔습니다. 바로 이 장갑인데, 이것은 누구 것입니까?」

이렇게 말하면서 배틀 총경은 작고 노란색의 조그만 가죽 장갑을 내밀었다.

그는 먼저 오드리에게 물었다.

「당신 겁니까, 스트레인지 부인?」

그녀가 고개를 흔들었다.

「아니──아니에요. 제 것이 아니에요.」

「올딘 양 겁니까?」

「아닌 것 같군요. 저는 그런 색 장갑은 없어요.」

케이가 손을 내밀었다.
「제가 봐도 돼요? 제 것도 아닌데요.」
「당신 손에 맞을 것 같습니다만.」
케이가 끼어 보았지만 그 장갑은 너무 작았다.
「올던 양도 끼어 보시겠습니까?」
메리가 그것을 받아서 끼어 보았다.
「당신에게도 너무 작군요.」
배틀이 말했다. 그는 오드리에게 다시 돌아왔다.
「당신에게는 꼭 맞을 것 같군요. 당신 손은 다른 사람들에 비해서 좀 작으니까요.」
오드리는 그것을 받아 들고 오른손에 끼어 보았다.
네빌 스트레인지가 날카롭게 말했다.
「그녀는 이미 말하지 않았습니까, 배틀 총경님? 자기 장갑이 아니라고 말했습니다.」
「아, 알고 있습니다.」 하고 배틀이 말했다. 「하지만 부인이 실수했을 수도 있지 않습니까? 아니면 깜빡 잊고 있었든지.」
「제 것 같아요――장갑들은 모두 비슷하거든요.」
오드리가 말했다.
배틀이 말했다.
「아무튼 그것이 당신 창문 밖에서 발견되었습니다, 스트레인지 부인. 담쟁이덩굴 속에 끼여 있었습니다――다른 한 짝과 함께 말입니다.」
잠시 침묵이 흘렀다. 오드리는 무슨 말을 하려는 듯하다가 그만두었다. 그녀의 눈길은 배틀 총경의 엄격한 시선을 받기도 전에 밑으로 떨어졌다.
네빌이 앞으로 뛰쳐나왔다.

「이보시오, 총경!」
「당신에게 할 이야기가 있습니다, 스트레인지 씨. 우리 둘이서만.」
배틀이 엄숙하게 말했다.
「좋습니다, 서재로 가시지요.」
그가 안내를 하고 두 경찰관이 그를 따라갔다.
문을 닫자마자 네빌이 날카롭게 말했다.
「오드리의 창문 밖에서 장갑이 발견되었다니, 그게 도대체 무슨 소리입니까?」
배틀이 조용하게 말했다.
「스트레인지 씨, 우리는 이 집 안에서 몇 가지 이상한 것들을 찾아냈습니다.」
네빌이 이마를 찌푸렸다.
「이상한 것이라니요? 도대체 어떤 것들을 말하는 겁니까?」
「지금 보여 드리지.」
배틀이 고개를 끄덕이자, 리치가 밖으로 나가서 아주 이상하게 생긴 도구를 가지고 들어왔다.
「이것은 당신도 알다시피 빅토리아 풍의 난로 울타리에서 빼낸 강철 볼——무거운 강철 볼입니다. 그리고 테니스 라켓의 머리 부분을 잘라 버린 다음에, 이 강철 볼을 테니스 라켓의 손잡이에 끼워 넣은 겁니다.」
그는 잠시 말을 멈추었다가 다시 이었다.
「우리는 이것이 트레실리안 노부인을 살해한 데 사용된 흉기라고 확신합니다.」
네빌은 몸을 떨며 중얼거렸다.
「끔찍하군! 그런데 이것 ——이 끔찍한 물건을 어디에서 찾아냈습니까?」

「그 볼은 깨끗이 닦여져서 그 난로 울타리에 다시 끼워져 있었습니다. 하지만 범인은 그 나사 부분을 닦아 내는 것을 소홀히 했더군요. 우리는 그곳에서 핏자국을 발견했지요. 테니스 라켓의 손잡이와 머리는 석고 붕대로 다시 붙혀져서 계단 밑의 벽장 속에 아무렇게나 던져져 있었습니다. 아마 우리가 그곳을 조사하지 않았다면, 그것은 다른 라켓들에 섞여서 절대로 눈에 띄지 않았을 겁니다.」

「굉장하군요.」

「그리 대단한 일도 아닙니다.」

「지문은 없었습니까?」

「그 라켓은 무게로 보아서, 케이 스트레인지 부인의 것이 틀림없습니다. 그러니 그녀와 당신이 함께 사용했을 테고, 그 위에 당신들 두 부부의 지문이 있는 것은 당연한 일이지요. 그러나 당신들이 사용한 뒤에 누군가가 장갑을 끼고 그것을 만졌다는 뚜렷한 흔적이 남아 있었소. 거기에는 다른 지문이 하나 있는데──그것은 실수로 남긴 것이라고 생각합니다. 그것은 라켓을 다시 붙인 석고 붕대 위에 있었소. 그것이 누구의 지문인지는 당분간 말하지 않겠습니다. 아직 여러분들에게 알리기 곤란한 몇 가지 문제들이 있으니까 말이오.」

배틀은 잠시 멈추었다가 다시 말을 이었다.

「마음을 단단히 먹기 바랍니다, 스트레인지 씨. 그리고 다시 한 번 물어 보겠소. 이번에 이곳에서 모이게 된 것이 오드리 스트레인지 부인에게 제안을 받은 것이 아니라, 당신 자신의 생각이라는 것을 확신할 수 있습니까?」

「오드리는 그런 적이 전혀 없었습니다. 오드리는──.」

문이 열리고 토머스 로이드가 들어왔다.

「이렇게 끼여들어서 죄송합니다. 그러나 이 자리에서 꼭 해야 할 이야기가 있어서 들어왔습니다.」

네빌은 귀찮다는 듯한 얼굴로 그를 쳐다보았다.
「무슨 이야기입니까? 우리는 지금 개인적인 이야기를 하고 있는 중입니다.」
「알고 있습니다. 그런데 밖에서 어떤 이름을 들었습니다.」
그는 잠시 말을 멈추었다가 덧붙였다.
「오드리의 이름 말입니다.」
「도대체 오드리의 이름이 당신과 무슨 관계가 있다는 겁니까?」
네빌이 열을 올리며 물었다.
「오, 그것이 그렇게 되나요? 그렇다면 당신과는 무슨 상관이 있소? 아직 오드리에게 뭐라고 확실하게 말하지는 않았지만, 나는 그녀에게 청혼할 마음으로 이곳에 왔소. 또한 그녀도 그것을 알고 있으리라고 생각합니다. 좀더 분명하게 이야기하자면, 나는 그녀와 결혼할 생각이란 말이오.」
배틀 총경이 헛기침을 했다.
네빌은 깜짝 놀라며 그를 돌아보았다.
「죄송합니다, 총경님. 이렇게 방해를────.」
배틀이 얼른 말했다.
「괜찮습니다, 스트레인지 씨. 당신에게 한 가지 더 물어 보겠습니다. 살인이 일어났던 날 저녁식사 때 당신이 입었던 짙은 푸른색 윗도리 말이오. 그 옷의 칼라 안쪽과 어깨 위에 금색 머리카락이 몇 가닥 붙어 있었소. 그것이 왜 그곳에 붙어 있는지 말해 줄 수 있겠소, 스트레인지 씨.」
「그것은 내 머리카락일 겁니다.」
「오, 아닙니다. 그것은 당신의 머리카락이 아닙니다. 그것은 여자의 머리카락입니다. 그리고 그 옷소매에는 붉은 머리카락이 붙어 있었소, 스트레인지 씨.」

「그것은 내 아내——케이의 것이라고 생각합니다만. 다른 것은 오드리의 머리카락이라고 말씀하시는 겁니까? 그럴 수도 있겠군요. 언젠가 테라스에서 그녀의 머리카락이 내 소매에 걸린 적이 있었으니까요.」

「그렇다면——금발은 소매에 붙어 있어야 할 텐데……?」

리치 경감이 중얼거렸다.

「도대체 무슨 말씀을 하려는 겁니까?」하고 네빌이 외쳤다.

「그 윗도리 칼라 안쪽에는 머리 분도 묻어 있소.」

배틀이 말했다. 그리고는 잠시 뒤 설명을 덧붙였다.

「프리마베라 내추럴 1번——대단히 향기가 좋고 비싼 것이지요. 하지만 당신이 그것을 사용한다고 말해도 소용이 없소, 스트레인지 씨. 왜냐하면 나는 당신을 믿지 않을 것이기 때문입니다. 그리고 케이 스트레인지 부인은 오키드 선 키스를 사용하고 있지요. 오드리 스트레인지는 프리마베라 내추럴 1번을 쓰고 있더군요.」

「도대체 무슨 말을 하려는 겁니까?」

네빌이 다시 물었다.

배틀이 윗몸을 앞으로 내밀며 말했다.

「나는 이것을 말하려는 거요——오드리 스트레인지 부인이 그 윗도리를 입었던 적이 있다는 것을 말입니다. 그렇다면 머리카락과 머리 분이 그곳에 묻어 있는 이유가 설명될 수 있지요. 그리고 당신도 방금 전에 그 장갑을 보셨지요? 그것은 오른쪽이었고, 여기 그 왼쪽이 있습니다.」

그는 주머니에서 그것을 꺼내어 탁자 위에 올려놓았다. 그것은 구겨져 있었으며, 여기저기에 갈색 얼룩들이 묻어 있었다.

네빌은 두려움에 질린 목소리로 물었다.

「거기에 묻어 있는 것이 무엇입니까?」

「피입니다, 스트레인지 씨.」
배틀이 단호하게 말했다. 그는 설명을 계속했다.
「그리고 잘 보십시오, 핏자국은 왼쪽에 있습니다. 알다시피, 오드리 스트레인지 부인은 왼손잡이입니다. 언젠가 나는 그녀가 아침 식탁에서 오른손에 커피잔을, 왼손엔 담배를 들고 앉아 있는 것을 보았습니다. 그리고 그녀 책상 위에 펜꽂이도 왼쪽으로 치워져 있었소. 그것은 모두 일치합니다. 그녀의 그레이트(벽난로의 연료받이 쇠살대)에서 가져온 손잡이, 그녀의 창문 밖에서 찾아낸 장갑, 양복 윗도리에 묻어 있는 머리카락과 머리 분. 게다가 트레실리안 노부인은 오른쪽 관자놀이를 맞았소──그런데 그 침대의 위치로 보아 범인이 다른 쪽에 서 있을 수는 없습니다. 따라서 오른손으로 트레실리안 노부인을 내리친다는 것은 매우 어색한 일이지요──그러나 왼손잡이가 내리친다면 그것은 자연스러운 일입니다.」
네빌이 경멸하듯이 웃었다.
「총경님은 오드리──오드리가 그렇게 치밀하게 계획을 짜서, 재산을 손에 넣기 위해 오랫동안 친하게 지내 온 노부인을 살해했다는 겁니까?」
배틀은 고개를 저었다.
「나는 절대로 그런 뜻으로 말한 것이 아닙니다. 스트레인지 씨, 당신도 어떻게 된 일이라는 것을 잘 알고 있을 거요. 이 범죄는 처음부터 끝까지 줄곧 당신에게 혐의가 가도록 되어 있었습니다. 당신이 그녀에게서 떠난 뒤부터, 오드리 스트레인지는 복수 방법들을 곰곰이 생각해 왔소. 그 결과, 그녀의 정신적인 균형이 깨지기 시작한 거지요. 아마 오드리는 정신력이 강한 여자는 아니었나 봅니다. 그녀는 당신을 살해하겠다고 생각했을 거요. 그러나 그것으론 충분하지 않았소. 그녀는 어떻게 해서든지 당신을 살인사건에 말려들게 해야겠다고 생각했던 것이지요. 그녀는 당신이 트레실리안 노부인과 말다툼했다는 것을 알고는 그날 밤을 택했던 겁니다. 그녀는 당신의 침실에서 그 윗도리를 꺼내어 입고 노부인을 내리치고는 그 옷에다 핏자국을 남겼습니다. 그녀는 당신의 골프채를——우리가 당신의 지문을 발견할 수 있도록 거기에다 피와 머리카락을 묻혀서——방바닥에 놓아 두었습니다. 또, 그녀는 자기가 이곳에 있는 동안 당신이 이곳에 오도록 은근히 당신을 부추겼소. 그런데 그녀는 당신이 혐의에서 벗어날 수 있는 한 가지 사실을 계산에 넣지 못했소. 트레실리안 노부인이 바레트를 부르기 위해 종을 울렸고, 바레트가 당신이 밖으로 나가는 것을 보았다는 사실 말입니다.」

네빌은 두 손으로 얼굴을 가리며 말했다.

「그것은 사실이 아닙니다. 절대로 그렇지가 않단 말입니다! 오드리는 결코 나에게 원한을 품고 있지 않습니다. 당신이 잘못 알고 있는 겁니다. 그녀는 누구보다도 정숙하고 진실한 사람입니다——그녀의 마음속에는 나쁜 생각이라고는 하나도 없단 말입니다.」

배틀이 한숨을 쉬었다.

「이제 와서 그런 말은 아무 소용이 없습니다, 스트레인지 씨. 그것보다 마음의 준비를 하시는 것이 좋을 거요. 나는 스트레인지 부인에게 이 사실을 알리고는 나와 동행해 줄 것을 요청할 겁니다. 나는 영장을 가지고 있소. 변호사 문제는 당신이 알아서 하십시오.」

「그럴 리가 없습니다. 정말 그럴 리가 없단 말입니다.」

「사랑이란 당신이 생각하는 것보다 훨씬 쉽게 증오로 돌아서기도 합니다, 스트레인지 씨.」

「내 말은 그것이 모두 잘못된——터무니없는 일이라는 겁니다.」

토머스 로이드가 갑자기 말을 꺼냈다. 그의 목소리는 조용하고 밝았다.

「그 터무니없다는 소리는 그만해요, 네빌. 정신을 차려야지요. 이제 오드리를 도와줄 수 있는 유일한 방법은, 당신의 그 기사도 정신을 포기하고 그 사실을 털어놓는 겁니다.」

「그 사실이라뇨? 무슨 말을──?」

「오드리와 아드리안에 관한 사실을 말하는 겁니다.」

로이드는 경찰관들에게 고개를 돌리고는 말을 이었다.

「총경님, 당신은 잘못 알고 있습니다. 네빌이 오드리를 버린 것이 아닙니다. 그녀가 저 사람을 떠났던 것이지요. 그녀는 내 동생인 아드리안과 함께 달아났습니다. 그러나 그때 아드리안은 자동차 사고로 죽었지요. 네빌은 오드리에게 무척 신사답게 대해 주었습니다. 그는 그녀가 자기에게서 이혼당한 것으로 하여, 자기가 그 책임을 모두 졌던 겁니다.」

「그녀의 이름을 더럽게 하고 싶지 않았습니다──.」하고 네빌이 중얼거렸다.「이것은 아무도 모르는 일이지요.」

「사고를 당하기 바로 전에 아드리안이 내게 편지를 보냈더군요.」

토머스가 간략하게 설명했다.

그리고 다시 말을 이었다.

「이제 아시겠습니까, 총경님? 당신은 완전히 잘못 생각하고 있는 겁니다. 오드리는 네빌을 증오할 이유가 전혀 없습니다. 그 반대로, 그녀가 오히려 그에게 감사를 해야 하는 입장입니다. 네빌은 그녀가 받지 않겠다는 위자료를 주려고 애를 썼습니다. 그러므로 네빌이 그녀에게 이곳에서 케이와 만나기를 제안했을 때 그녀는 거절할 수가 없었던 겁니다.」

네빌이 진지한 목소리로 말했다.

「이제 아시겠습니까? 그녀에게는 그럴 만한 동기가 전혀 없어요. 토머스의 이야기는 모두 사실입니다.」

배틀의 무표정한 얼굴은 조금도 바뀌지 않았다.
「동기는 단지 하나뿐이오. 내가 그것에 대해서 잘못 알고 있을 수도 있습니다. 하지만 사실은 그렇지가 않아요. 모든 사실들이 그녀가 유죄라는 것을 보여 주고 있습니다.」
「이틀 전까지만 해도 모든 사실들은 내가 유죄라는 것을 보여 주지 않았습니까!」
네빌이 의미 심장하게 말했다.
배틀은 약간 충격을 받은 것 같았다.
「당신 심정은 충분히 이해합니다. 하지만 이것 보시오, 스트레인지 씨, 당신은 지금 나에게 다른 것을 믿어 달라고 요구하고 있소. 당신 두 사람을 함께 증오하는 다른 누군가가 있다는 것을 믿어 달라고 요구하고 있단 말입니다——누군가 만일 당신에 대한 음모가 실패로 돌아간다면, 수사의 방향이 오드리 스트레인지에게로 돌려지도록 꾸며 놓았다는 것을 믿어 달라고 하는 게 아닙니까? 그렇다면 그게 누구인지 짐작할 수 있소, 스트레인지 씨? 당신과 당신의 전처를 미워하는 사람이 누구인지를.」
네빌은 다시 그의 머리를 두 손으로 감싸쥐었다.
「정말 너무도 엉뚱하게 돌려 생각하시는군요!」
「그것이 사실 엉뚱한 것이기 때문입니다. 나는 사실에 입각해서 일을 처리해야 합니다. 만일 스트레인지 부인이 다른 설명을 제시할 수 있다면 말이지요.」
「그것은 내가 이미 설명하지 않았습니까?」
「그것은 소용이 없소, 스트레인지 씨. 나는 내 임무를 수행해야 합니다.」
배틀이 벌떡 일어났다. 그와 리치가 먼저 그 방을 나갔고, 바로 뒤를 따라서 네빌과 로이드가 나왔다.

그들은 홀을 가로질러 응접실로 들어갔다.
오드리 스트레인지가 일어나서 그들 쪽으로 다가왔다. 그녀는 배틀을 똑바로 쳐다보며 입가에 엷은 미소를 띄운 채 입술을 벌렸다.
그녀는 아주 부드럽게 말했다.
「총경님은 저를 원하지요. 그렇지 않은가요?」
배틀은 매우 사무적으로 이야기했다.
「스트레인지 부인, 나는 9월 12일 월요일 밤에 카밀라 트레실리안을 살해한 혐의로 당신에게 체포 영장을 제시할 생각입니다. 당신이 말하는 것은 무엇이든지 기록되어서 공판 때 증거로 이용될 수 있다는 것을 알려 드리겠습니다.」
오드리는 한숨을 쉬었다. 그녀의 작고 윤곽이 뚜렷한 얼굴은 평화롭고, 마치 보석처럼 순결해 보였다.
「그것은 거의 구원이나 마찬가지예요. 저는 그것이——끝나 버려서 정말 기뻐요!」
네빌이 앞으로 뛰어나왔다.
「오드리——아무 말도 하지 말아요——절대 아무 이야기도 하면 안 돼!」
그녀가 그에게 미소를 지었다.
「왜 안 된다는 거죠, 네빌? 그것은 모두 사실이에요——그리고 나는 이제 지쳤어요.」
리치는 길게 숨을 들이마셨다. 그래, 그게 전부였다. 물론 미칠 지경이겠지만, 그러나 한편으로는 근심 걱정에서 해방될 수 있는 홀가분한 마음일 것이다. 그는 자기 아저씨에게 혹 무슨 일이 일어난 것은 아닌지 걱정되었다. 아저씨는 마치 유령이라도 보고 있는 듯한 표정을 짓고 있었다. 자기 눈을 믿을 수 없다는 듯이 멍청한 눈길로 여자를 바라보고 있었다. '아, 이건 정말 흥미 있는 사건인걸.' 하고 리치는 느긋하게 생각했다.
 바로 그때, 이상할 정도로 맥이 빠진 목소리로 허스톨이 응접실 문을 열고 말했다.
「맥휘터 씨가 오셨습니다.」
 맥휘터는 큰 결심이라도 한 듯이 성큼성큼 들어왔다. 그는 곧바로 배틀에게 갔다.
「당신이 트레실리안 노부인 사건을 담당하고 있는 경찰입니까?」
「그렇습니다.」
「그렇다면 말씀드릴 일이 있습니다. 진작 찾아뵈었어야 하는 건데, 나는 지난 월요일 밤에 혼자 있다가 우연히 이상한 장면을 목격하게 되었습니다.」
 그는 재빨리 방안을 둘러보았다.
「어디서 조용히 말씀드릴 수 없을까요?」
 배틀이 리치를 돌아보았다.
「네가 여기에서 스트레인지 부인과 함께 있겠니?」
「그러지요, 총경님.」
 리치가 사무적으로 대답했다.
 그리고 나서 그는 몸을 기울여 배틀 총경의 귀에다 무엇인가를 속삭였다.
 배틀이 맥휘터에게 돌아섰다.
「이쪽으로 오십시오.」
 그는 서재로 안내했다.
「자, 무슨 일입니까? 우리 동료가 전에 당신을 본 적이 있다고 말하더군요──지난 겨울엔가?」
「그럴 겁니다. 자살하려고 했었지요. 그것도 내 이야기의 일부입니다.」맥휘터가 말했다.

「계속하십시오, 맥휘터 씨.」
「지난 1월 나는 스타크 헤드에서 자살하려고 했었습니다. 이번에 이곳에 오니 그때의 일이 생각나서 그곳을 찾아가 보기로 했습니다. 나는 월요일 밤에 그곳에 올라갔었지요. 그리고 한동안 그곳에 서 있었습니다. 나는 바다 쪽과 이스터헤드 베이 쪽을 내려다보다가, 무심코 내가 올라온 쪽을 바라보게 되었습니다. 다시 말해서, 이 저택 쪽을 바라보았다는 말입니다. 그래서 나는 달빛 속에서 이 집을 제법 분명히 볼 수 있었지요.」
「그렇겠군요.」
「다음날까지도 나는 그날 밤에 살인사건이 있었다는 사실을 깨닫지 못했습니다.」
그는 윗몸을 앞으로 기울였다.
「나는 그때 내가 본 것을 말씀드리려고 왔습니다.」

15

배틀이 응접실로 다시 돌아오기까지는 사실 5분 가량밖에 지나지 않았지만, 그것은 상당히 긴 시간처럼 여겨졌다.
케이가 갑자기 흥분된 목소리로 오드리에게 소리쳤다.
「나는 당신이 범인이라는 것을 진작부터 알고 있었어요. 처음부터 당신이 범인이라고 알고 있었단 말이에요! 나는 당신이 무슨 일을 저질렀다는 것을 알고 있었다고요!」
메리 올딘이 재빨리 끼여들었다.
「정신차려요, 케이.」
「그만두지 못해, 케이. 제발 체신 좀 지켜.」

네빌이 날카롭게 말했다.

테드 라티머가 케이에게 가서 부드러운 목소리로 말했다.

「좀 고정해.」

그리고는 네빌에게 화를 내며 소리쳤다.

「당신은 도무지 케이가 얼마나 긴장하고 있는지 전혀 모르는 모양이군요! 왜 당신은 케이를 보살펴 주지 않는 거죠, 스트레인지 씨?」

「아니, 나는 괜찮아.」 케이가 말했다.

「내겐 아무 힘도 없지만, 케이를 지켜 주겠어.」 테드가 말했다.

리치 경감이 목청을 가다듬었다. 분별력이 없는 사람들이란 종종 이렇게 떠들어댄다는 것을 그는 잘 알고 있었다. 그리고 불행하게도 그들은 나중에 가서 자기들이 너무 지나치게 행동했다는 것을 깨닫게 되는 것이다.

배틀이 그 방으로 다시 돌아왔다. 그의 얼굴에는 여전히 아무런 표정이 없었다.

「우리들에게 몇 가지 협조해 주시겠습니까, 스트레인지 부인? 리치 경감이 부인과 함께 위층으로 올라갈 겁니다.」

「저도 함께 가겠어요.」

메리 올딘이 말했다.

두 여자가 경감과 함께 그 방을 나가자 네빌이 근심스럽게 물었다.

「그 사람이 무슨 말을 하던가요?」

배틀은 천천히 대답했다.

「맥휘터 씨는 아주 기묘한 이야기를 하더군요.」

「오드리에게 도움이 되는 얘깁니까? 아직도 그녀를 체포할 작정입니까?」

「나는 이미 말했소, 스트레인지 씨. 내 임무를 수행해야 한다고 말입니다.」

「트렐로니 변호사에게 전화를 해야겠군요..」
「그 일 때문에 서두르실 필요는 없소, 스트레인지 씨. 먼저 맥휘터 씨의 이야기에 대해서 확인해 보아야 할 것이 있습니다. 어쩌면 스트레인지 부인이 혐의를 벗게 될지도 모릅니다.」
오드리가 아래층으로 내려왔다. 리치 경감이 그녀 옆에서 따라왔다. 그녀의 얼굴에는 아직도 그 초연한 듯한 평온함이 남아 있었다.
네빌이 그녀 쪽으로 다가가서 손을 내밀었다.
「오드리.」
그녀는 희미한 눈빛으로 천천히 그를 바라보았다.
「괜찮아요, 네빌. 나는 걱정하지 않아요. 아무것도 걱정하지 않아요.」
토머스 로이드가 마치 길을 막기라도 하듯이 현관문 옆에 우두커니 서 있었다.
아주 희미한 미소가 그녀의 입술에 번졌다. 그리고 중얼거리듯이 말했다.
「진실한 토머스.」
「무엇이든 내가 할 수 있는 일이 있다면 ──.」
「아무도 도와줄 수 없어요.」
그녀는 머리를 높이 치켜 들고 밖으로 나갔다. 밖에는 존스 경사가 타고 있는 경찰차가 대기하고 있었다. 오드리와 리치가 차에 올랐다.
테드 라티머가 감상적으로 중얼거렸다.
「아름다운 퇴장이로군!」
네빌이 격렬하게 그에게 돌아섰다. 배틀은 우람한 몸집으로 교묘하게 둘 사이에 끼여들었다.
「아까 말한 바와 같이 한 가지 확인해 볼 것이 있습니다. 맥휘터 씨가 나루터에서 기다리고 있습니다. 우리는 그곳에서 10분 정도 그와 함께 조사해 보기로 했습니다. 발동선을 타고 나갈 예정이니까, 여자 분들은 옷을 따뜻하게 입는 것이 좋을 겁니다. 10분이면 됩니다.」

그는 무대 위에서 지휘를 하고 있는 감독 같았다. 그는 사람들의 당혹한 표정은 전혀 개의치 않았다.

# 0시

 강 쪽의 날씨는 쌀쌀했다. 케이는 입고 있는 작은 모피 재킷을 꼭 여몄다.
 발동선은 걸즈 곶을 끼고 강을 따라 내려가서, 스타크 헤드의 험상궂은 절벽에서 걸즈 곶으로 갈라지는 조그만 만으로 돌아 들어갔다.
 몇 차례 질문이 시도되었지만, 그럴 때마다 배틀 총경은 아직 때가 되지 않았다는 것을 암시라도 하듯이 마분지 햄처럼 생긴 커다란 손을 내젓곤 했다. 그들 곁을 스치고 흘러가는 물소리를 제외하고는 침묵이 계속 이어졌다. 케이와 테드는 나란히 서서 강물을 내려다보고 있었다. 네빌은 힘없이 다리를 쭉 뻗고 앉아 있었으며, 메리 올딘과 토머스 로이드는 이물에 앉아 있었다. 그리고 모두들 이따금씩 호기심 어린 눈으로 고물에 혼자 서 있는 맥휘터의 후리후리한 모습을 흘끔흘끔 쳐다보았다. 그는 아무도 바라보지 않고 뒤로 돌아서서 어깨를 둥글게 구부리고 있었다.
 그들이 스타크 헤드의 험상궂은 벼랑 밑에 이르기 전에, 배틀은 속도를 늦추고는 이야기를 시작했다.
 그는 무심코 이야기하는 듯했지만, 그의 말 속에는 무언가 알 수 없는 깊은 뜻이 숨겨져 있었다.
「이것은 아주 기묘한 사건입니다——내가 다루었던 어떤 사건보다도 더욱 기묘합니다. 먼저 일반적인 살인사건에 대해서 몇 가지 말씀드리겠습니다. 내가 말하려는 것은 독창적인 게 아닙니다——실제로 나는 왕실 변호사 대니엘스 씨가 그런 이야기하는 것을 들은 적이 있습니다. 나는 그가 다른 누구에게서 들은 것을 마치 자기 생각인 것처럼 말하는 것이라고 생각합니다!
 그것은 바로 다음과 같습니다! 사람들이 살인사건에 대한 이야기를 읽거나——아니면 살인사건을 다룬 소설에 대해서 이야기할 때, 사람들은 보통 살인 그 자체만 놓고 시작합니다. 그것은 어설픈 생각이지요. 살인이란 오래 전부터 이미 시작되고 있는 것입니다. 하나의 살인은 여러 가지 상황이 주어진 시간과 주어진 장소로 총집결되는 최정점입니다. 여기저기에서 사람들은 알 수 없는 이유로 해서 모여들게 되었습니다. 로이드 씨는 말레이에서 이곳으로 왔습니다. 맥휘터 씨는 과거에 자살을 기도했던 곳에 다시 와보고 싶다는 이유로 해서 이곳에 오게 되었습니다. 살인 그 자체는 이 이야기의 종국이지요. 그것은 바로 0시입니다.」
 그는 잠시 말을 멈추었다가 다시 이었다.
「그것은 바로 0시입니다.」
 다섯 개의 얼굴이 그를 돌아보았다——단지 다섯 사람만이. 맥휘터는 고개를 돌리지 않았다. 다섯 개의 당혹한 얼굴들.
「총경님은 트레실리안 노부인의 죽음도 오랫동안 지속되어 온 상황의 종국이었다고 생각하시는 건가요?」
 메리 올딘이 말했다.

「아닙니다, 올던 양. 나는 트레실리안 노부인의 죽음을 말하는 것이 아닙니다. 트레실리안 노부인의 죽음은 단지 그 살인자의 목적을 이루기 위한 부수적인 사건에 지나지 않습니다. 내가 말하려는 살인은, 바로 오드리 스트레인지에 대한 살인입니다.」

그는 거칠게 숨을 들이키는 소리를 들었다. 누군가가 갑자기 두려움을 느낀 것이 아닐까 하고 생각될 정도로 큰소리를.

「이 범죄는 상당히 오래 전에 계획된 겁니다――아마도 지난 겨울부터겠지요. 아주 세부적인 사항까지도 계획이 세워져 있었지요. 그것은 한 가지, 오직 한 가지 목적밖에 없었습니다. 오드리 스트레인지가 죽을 때까지 그녀의 목을 죄어 들어가는 겁니다.

그것은 스스로 똑똑하다고 자부하고 있는 누군가가 아주 교묘하게 계획한 것이었습니다. 일반적으로 살인자들은 자부심이 강합니다. 우선 우리들의 수사 방향을 끌기 위해서 네빌 스트레인지에게 모든 증거를 돌려놓았습니다. 그러나 우리는 그것이 누군가가 인위적으로 조작한 것이라는 걸 금방 알아차렸습니다. 우리가 같은 사람을 두 번씩이나 의심한다는 것은 있을 수 없는 일입니다. 하지만 여러분들이 그 점에 주목하게 된다면, 오드리 스트레인지에 대한 증거도 조작할 수 있다는 것을 알아차리게 될 겁니다. 그녀의 난로 울타리에서 나온 흉기, 그녀의 장갑――핏자국이 있는 왼쪽 장갑――그녀의 창문 밖 담쟁이덩굴 속에 숨겨져 있던 것이지요. 그녀가 사용하는 머리 분이 스트레인지 씨 윗도리 칼라 안쪽에 묻어 있었으며, 몇 가닥의 머리카락도 붙어 있었습니다. 그녀의 지문이 그녀의 방에서 빼낸 석고 붕대에서 발견되었다는 것은 극히 당연한 일입니다. 왼손잡이가 내리쳤다는 것도 마찬가지입니다.

그리고 거기에는 스트레인지 부인 자신의 가장 결정적인 증언이 있었습니다――나는 여러분 모두가 (사실을 알고 있는 한 명을 제외하고) 우리가 그녀를 체포했을 때 그녀의 태도를 보고 그녀의 결백을 믿지 않으리라 생각합니다. 실제로 그녀도 유죄를 인정했으니까요, 그렇지 않습니까? 나 자신도, 만일 내가 어떤 개인적인 경험이 없었다면 그녀가 결백하다는 것을 믿지 않았을 겁니다……나는 그녀의 말과 행동을 보고 들었을 때, 그녀의 눈빛에서 무엇인가를 갑자기 깨닫게 되었습니다――왜냐하면 이것과 아주 비슷한 상황에 처했던 어떤 소녀가 죄가 없었음에도 불구하고 유죄를 인정했던 일을 경험했기 때문입니다――그리고 오드리 스트레인지는 바로 그 소녀와 같은 눈빛을 내게 보였습니다.

나는 내 임무를 수행해야 합니다. 나도 그것을 알고 있습니다. 우리 경찰은 증거에 입각해서 행동해야 하지요――느낌이나 생각이 아닙니다. 그러나 나는 그 순간 기적을 바라고 있었습니다. 왜냐하면 그 가엾은 부인을 도와줄 수 있는 것이라고는 기적밖에 없다는 것을 알고 있었기 때문입니다.

그런데 나는 기적을 잡았습니다. 곧바로 기적을 잡았던 겁니다!

여기 계신 맥휘터 씨가 바로 나에게 그 이야기를 모두 해주었던 것이지요.」

총경은 잠시 멈추었다가 다시 이었다.

「맥휘터 씨, 서재에서 내게 한 이야기를 다시 들려주시겠습니까?」

맥휘터가 돌아섰다. 그는 간결하게 이야기하는 것이 효과적이라고 생각했는지 아주 짧고 간결한 문장으로 이야기했다.

그는 지난 1월에 그 절벽에서 구출되었던 일과, 그 일로 인해서 이곳을 다시 방문하고 싶었다는 이야기를 했다.

그는 계속 말을 이었다.

「나는 월요일 밤에 그곳에 올라갔습니다. 그곳에서 나는 내 자신의 생각에 몰두해 있었지요. 11시경이었다고 생각합니다. 나는 곶 위에서 있는 그 저택을 바라보았습니다――지금 내가 알고 있듯이 걸즈 곶이었지요.」
 그는 말을 끊었다가 다시 계속했다.
「그 저택에서 바다쪽으로 난 창문에 밧줄이 늘어져 있었습니다. 그리고 누군가가 그 밧줄을 타고 올라가고 있었습니다…….」
 그들은 금방 그의 말뜻을 알아차렸다. 메리가 소리쳤다.
「그렇다면 그것은 외부인의 짓이라는 게 아니에요? 우리들 중의 누구도 그렇게 할 수는 없었어요. 그것은 단순한 강도에 불과했던 거예요!」
「그렇게 속단하지 마십시오.」하고 배틀이 말했다.「그것은 물론 누군가가 강 저쪽에서 헤엄을 쳐서 건너왔다는 것을 뜻합니다. 그러나 그 저택에 있는 누군가가 그를 위해 밧줄을 준비해 두어야 합니다. 따라서 집 안에 있던 누군가가 범행에 가담한 것이 틀림없습니다.」
 그는 천천히 말을 이었다.
「그리고 우리는 그날 밤 강 저쪽에 있었던 사람을 조사해 보았습니다――그 사람은 10시 30분에서 11시 15분 사이에는 어디에서도 모습을 나타내지 않았습니다. 그 사이에 그는 헤엄쳐서 강을 건너갔다 온 것 같습니다. 그리고 강 이쪽에 그의 공범자가 한 사람 있었을 테지요.」
 총경은 곧 덧붙여 말했다.
「흠, 라티머 씨, 당신이 아닙니까?」
 테드는 뒤로 주춤 물러서며 날카롭게 소리질렀다.
「아니, 나는 수영을 전혀 못합니다! 내가 수영을 못한다는 것은 모두 다 알고 있습니다. 케이, 내가 수영을 할 줄 모른다는 것을 이야기해 줘.」
「테드는 수영을 전혀 못해요!」

케이가 소리쳤다.
「그것이 사실입니까?」
배틀은 유쾌하게 물었다.
그는 테드가 몸을 다른 방향으로 움직이려고 할 때 배를 갑자기 돌렸다. 테드는 비틀거리다가 물에 풍덩 빠졌다.
「저런! 라티머 씨가 배에서 떨어졌습니다.」
배틀 총경은 걱정스럽다는 듯이 말했다.
그는 뒤에서 물에 뛰어들 준비를 하고 있는 네빌의 팔을 꽉 움켜잡았다.
「아닙니다, 아니에요. 스트레인지 씨, 당신이 물에 뛰어들 필요는 없습니다. 저기——저쪽 딩기에서 부하 두 명이 낚시질을 하고 있습니다.」
네빌은 그가 가리키는 쪽을 바라보면서 놀란 목소리로 말했다.
「정말 그렇군요.」
「그는 정말 수영을 못하는군요. 이제 됐습니다. 그들이 그를 건졌어요. 내가 곧 사과하겠습니다. 사실 누가 수영을 못한다는 것을 확인할 방법은 그를 물에 빠뜨리고 관찰하는 수밖에는 없지 않겠습니까? 다들 아시겠지만, 스트레인지 씨, 나는 철저한 것을 좋아합니다. 이제 라티머 씨는 범인에서 제외되었습니다. 여기 로이드 씨는 한쪽 팔을 쓰지 못합니다. 따라서 그는 밧줄을 탈 수 없을 겁니다.」
배틀의 목소리에는 그르렁거리는 듯한 어조가 들어 있었다.
「그렇다면 우리는 당신을 다시 생각하지 않을 수가 없군요. 그렇지 않습니까, 스트레인지 씨? 훌륭한 스포츠맨이요, 등산가인 동시에 수영 선수인 당신을 말이오. 당신은 분명히 10시 30분에 나룻배를 타고 건너갔습니다. 그리고 나서 당신은 곧 라티머 씨를 찾아다녔다고 했지만, 11시 15분까지 이스터헤드 베이 호텔에서 당신을 보았다는 사람은 아무도 없었습니다.」
 네빌은 배틀 총경의 팔을 홱 뿌리쳤다. 그리고는 고개를 뒤로 젖히며 웃었다.
「그럼 내가 강을 헤엄쳐 건너서 밧줄을 탔단 말인가요?」
「당신은 미리 당신의 창문에 밧줄을 걸어 놓았습니다.」
「그리고 내가 트레실리안 노부인을 살해하고는 다시 헤엄쳐서 돌아갔다는 겁니까? 왜 내가 그런 터무니없는 짓을 해야 했을까요? 도대체 누가 그 따위 단서들을 제공했습니까? 내 자신이 그런 단서들을 제공했다는 겁니까?」
「맞았소. 과히 틀린 생각은 아닙니다.」
「무엇 때문에 내가 카밀라 트레실리안을 살해해야 했을까요?」
「물론 당신은 그럴 이유가 없었지요. 그러나 당신은 다른 남자 때문에 당신을 버린 그 여자를 목매달고 싶었던 거요. 당신은 정신적으로 상당히 불안한 상태에 있습니다. 어렸을 때부터 줄곧 그래 왔습니다. 나는 오래 전의 활 사건을 조사해 보았습니다. 당신에게 상처를 입힌 사람은 누구든지 그 대가를 받아야 했는데——당신은 단순히 죽는 것만으로는 충분치 못하다고 생각했지요. 죽음 그 자체로는 오드리에게 충분치 않다고 생각한 것이지요——당신이 사랑했던 오드리——물론 그렇지요. 당신은 당신의 사랑이 증오로 돌아서기 전까지는 틀림없이 그녀를 사랑했소. 당신은 특별한 죽음, 오랫동안 끈질기게 붙어 다니는 독특한 죽음을 생각해 냈습니다. 그리고 당신이 그것을 생각해 냈을 때 당신에게 전혀 해가 없었고, 오히려 당신을 아들처럼 여겼던 노부인의 살해가 동반되었던 것이오.」
 네빌은 아주 침착한 목소리로 말했다.
「모두 거짓말이오! 거짓말이야! 그리고 나는 미치지 않았소. 결코 미치지 않았다고요!」

배틀이 경멸하듯이 말했다.
「당신은 그녀가 당신을 버리고 딴 남자에게 가버렸을 때 아무렇지도 않았단 말이오? 그것은 당신의 허영심에 커다란 상처를 주었소! 그녀는 당신에게서 떠나야겠다고 생각했지요. 당신은 세상 사람들에게 당신이 그녀를 버렸다고 꾸밈으로써 당신의 자존심을 만족시켰소. 그리고 그런 소문을 뒷받침하기 위해 당신을 사랑하던 다른 여자와 결혼했습니다. 그러나 당신은 오드리를 없애야겠다는 생각이 머리를 떠나지 않았소. 당신은 그녀를 교수형당하게 하는 것보다 더 좋은 방법은 없다고 결론 내렸지요. 좋은 착상이었지만——가엾게도 당신은 그것을 수행할 만큼 좋은 두뇌를 갖고 있지 못했소!」
트위드 윗도리로 감싸인 네빌의 어깨가 기묘하게 뒤틀렸다.
배틀이 이야기를 계속했다.
「어리석은 짓이었습니다——골프채 따위를 이용한 것 자체부터가 말이지요! 그러한 조잡한 단서들은 더욱 정확하게 당신을 지적해 줬소! 오드리는 당신의 짓이라는 것을 알고 있었을 거요. 그녀는 뒤에 숨어서 비웃었을 거요. 내가 당신을 전혀 의심하지 않는다고 생각하며! 당신 같은 사람들을 정말 이해할 수 없소! 뻔뻔스럽게도 떳떳한 체하고 다니다니! 당신은 자기 자신이 현명하고 임기 응변에 자신 있다고 생각하겠지만, 사실은 정말 가여울 정도로 유치하기 이를 데 없소……」
네빌에게서 기묘한 비명이 흘러나왔다.
「아니, 그것은 정말 훌륭한 계획이었소——정말 그랬어요! 당신은 감히 추측도 못 했을 거요. 결코! 이 참견하기 좋아하고, 점잖은 체하는 스코틀랜드 녀석만 없었다면 결코 알아내지 못했을 거요. 나는 모든 세부 사항까지도 궁리해 냈소——모든 세부 사항까지도! 일이 이렇게 된 것은 나로서도 어쩔 수 없는 거였소. 나는 로이드가 오드리와 아드리안의 관계에 대해서 알고 있으리라고는 꿈에도 생각 못 했소. 오드리와 아드리안……더러운 오드리──그녀는 마땅히 교수형을 당해야 해──당신은 그녀를 교수형시켜야 해요! 그녀는 공포에 떨며 죽음을 당해야 한단 말이야──죽음──죽음을……나는 그녀를 증오하오. 그렇소, 나는 당신에게 그녀가 죽기를 바란다고 말하는 거요.」

네빌의 울부짖는 소리가 차츰 누그러들었다. 그는 기가 꺾여서 나지막하게 흐느끼기 시작했다.

「오, 하나님 맙소사!」

메리 올딘이 말했다. 그녀의 입술은 하얗게 질렸다.

배틀이 부드럽고 나지막하게 말했다.

「미안합니다. 하지만 나는 그를 이렇게 몰아넣지 않을 수가 없었습니다……증거가 너무 빈약했어요, 당신도 알겠지만.」

네빌은 아직도 흐느끼고 있었다. 그의 울음 소리는 마치 어린아이 같았다.

「나는 그녀가 교수형을 당하기를 원해. 나는 그녀가 교수형을 당하기를 원한단 말이야.」

메리 올딘은 벌벌 떨며 토머스 로이드에게로 돌아섰다.

그는 그녀의 손을 꼭 잡아 주었다.

## 2

「저는 늘 두려웠어요.」하고 오드리가 말했다.

그들은 테라스에 앉아 있었다. 오드리는 배틀 총경 옆에 바싹 붙어 앉아 있었다. 배틀은 다시 휴가를 즐기게 되었다. 이제는 총경이 아니라 친구로서 걸즈 곳에 머물고 있는 것이었다.

「항상 두려웠지요——언제나.」오드리가 그 말을 되풀이했다.

배틀은 고개를 끄덕이며 말했다.

「나는 당신을 처음 본 순간, 당신이 극도의 공포에 떨고 있다는 것을 알았습니다. 그리고 당신은——어떤 아주 강한 감정을 억제하고 있는 사람들에게서 흔히 나타나는 그런 종잡을 수 없는 표정을 짓고 있었지요. 그것은 사랑이나 증오일 수도 있지만, 사실 그것은 공포였지요, 그렇지 않습니까?」

그녀는 고개를 끄덕였다.

「저는 결혼하고 나서 곧 네빌이 두려워졌어요. 하지만 그 두려움이 무엇 때문이었는지 지금도 알 수 없어요. 저는 제가 미쳤다고 생각하기 시작했어요.」

「당신이 미쳤던 것이 아니었습니다.」배틀이 말했다.

「네빌은 결혼할 당시에는 정말 건전하고 정상적인 사람이었답니다——늘 밝고 상냥하고 쾌활했어요.」

「흥미 있는 사실이군요.」배틀이 말했다.「그가 훌륭한 스포츠맨으로서 사람들에게 인정받고 있다는 것은 당신도 알 겁니다. 그가 테니스 코트에서 자기 감정을 그렇게 억제할 수 있었던 것도 바로 사람들의 이목 때문이었습니다. 그에게 있어서는 훌륭한 스포츠맨으로서 인정받는 것이 경기에서 이기는 것보다 더욱 중요한 것이었습니다. 물론 그가 그렇게 행동하는 데는 많은 노력이 필요했겠지요. 그러한 반면에 그의 마음속 깊은 곳은 점점 뒤틀려 갔습니다.」

「마음속 깊은 곳——.」하고 속삭이며 오드리는 흠칫 떨었다. 그녀는 이야기를 이었다.

「늘 마음속 깊은 곳에 무언가가 도사리고 있었어요. 당신들은 결코 알아낼 수가 없을 거예요. 아주 가끔 그의 어떤 말이나 행동으로 저는 어렴풋이 그것을 알 것 같다고 생각하곤 했지요……무언가 기묘한 것을. 그래서 저는 제 자신이 이상해진 것이 아닌가 하고 생각했답니다. 그리고 저는 점점 더 두려워지기 시작했지요——이유를 알 수 없는 공포 같은 것으로 말이에요. 그것 때문에 제가 얼마나 고통을 많이 받았는지, 생각만 해도 몸서리가 쳐져요!

제 자신에게도 제가 미쳐 가고 있다고 말했어요——하지만 저로서도 어쩔 수가 없었어요. 저는 어디로든지 도망치고 싶었어요! 그런데 그때 아드리안이 나타나서 저를 사랑한다고 말했어요. 저는 그와 함께 어디론가 멀리 달아난다면 얼마나 멋지고 행복할까 하고 생각했지요!」

그녀는 말을 멈추었다가 다시 이었다.

「당신은 무슨 일이 일어났는지 아세요? 저는 아드리안을 만나러 떠났어요——하지만 그는 오지 않았지요……그는 살해당한 거예요……네빌이 그 사고를 조작한 것 같아요.」

「물론 그가 그렇게 했을 수도 있습니다.」배틀이 말했다.

오드리는 깜짝 놀란 얼굴로 그를 돌아보았다.

「오, 총경님도 그렇게 생각하세요?」

「하지만 지금으로서는 알아낼 수가 없을 겁니다. 자동차 사고란 조작될 수도 있는 것이지요. 하지만 그것에 대해서 너무 깊이 생각하지 마십시오, 스트레인지 부인. 그렇지 않을 수도 있으니까요.」

「저——저는 모든 것이 무너져 내렸어요. 저는——아드리안의 집이 있는 렉토리로 갔지요. 저는 그의 어머니에게 편지를 보내고 싶었지만, 그분은 아직 그 소식을 듣지 못한 상태였어요. 저는 일부러 알려서 그분에게 고통을 주고 싶지는 않았어요. 그리고 네빌이 곧 돌아왔지요. 그는 매우 훌륭했고——친절했지만——줄곧 저는 심한 공포에 시달리고 있다고 그에게 말했지요! 그는 아드리안에 대해서는 아무것도 알고 싶지 않다고 했어요. 그리고 제가 정당한 이유로 이혼할 수 있도록 저를 내보낸 다음에 재혼할 것이라고 말했어요. 그 말이 너무 고마웠어요. 저는 그가 케이에게 매력을 느꼈다는 것을 알았고, 또 그 뒤로도 모든 일이 제대로 돌아가서 저도 그 기묘한 강박 관념에서 벗어날 수 있기를 바랐지요. 저는 그때까지도 그런 상태에 있었다고 생각했어요.

 하지만 저는 그것을 완전히 떨쳐 버릴 수 없었어요. 저는 네빌과 헤어지면, 그 두려움에서 벗어날 수 있을 거라고 생각했어요. 그리고 나서 어느 날, 저는 하이드파크에서 네빌을 만난 거예요. 그는 저와 케이가 친구가 되었으면 좋겠다고 하면서 9월에 이곳으로 오라고 하더군요. 저는 거절할 수가 없었어요. 어떻게 제가 싫다고 할 수 있겠어요? 바로 그때부터 그는 끔찍한 일을 계획하고 있었던 거예요.」

「거미가 파리에게 '내 응접실에 들어오지 않겠습니까?' 하고 말하는 것과 같군요.」

 배틀 총경이 한마디했다.

 오드리는 흠칫 떨었다.

「맞아요, 바로 그거예요.」

「그는 그 점에 대해서는 매우 현명했습니다. 그는 그것이 자신의 생각이었다고 사람들에게 떠벌리고 다녔습니다. 하지만 사람들은 모두 그렇지 않다고 생각했지요.」

 오드리가 계속 설명했다.

「게다가 저도 이곳에 있었어요──그것은 마치 악몽과도 같은 것이었지요. 저는 무언가 끔찍한 일이 일어나리라고 짐작하고 있었어요──네빌이 어떤 일을 꾸미고 있다는 것을 알았고──그것이 저에게 일어날 거라고 생각했지요. 그러나 그것이 구체적으로 무슨 일인지는 알지 못했어요. 사실 거의 제 목이 잘릴 뻔했잖아요? 저는 두려움으로 꼼짝할 수가 없었어요——분명히 무슨 일인가 일어날 텐데, 꿈속에 묶여서 조금도 움직일 수 없는 것 같은 그런 상태였다고요, 배틀 총경님.」

「나도 뱀이 새가 날아가지 못하도록 노려보고 있는 것을 보는 것 같았습니다. 그러나 지금은 그렇다고 확신할 수가 없군요.」

배틀 총경이 말했다.

오드리가 이야기를 이었다.

「트레실리안 노부인이 살해당했을 때에도 저는 그것이 무엇을 뜻하는지 깨닫지 못했어요. 저는 당황했지요. 하지만 네빌을 의심하지는 않았어요. 그가 돈에 욕심이 없다는 것을 알고 있었고——아무튼 그가 5만 파운드의 유산 때문에 그녀를 살해했다고는 상상도 할 수 없는 일이었지요.

저는 트레브스 노인이 그날 밤에 해주었던 이야기를 여러 번 생각해 보았습니다. 그렇지만 네빌과 그 사건을 연결시켜 생각하지는 못했어요. 트레브스 노인은 오랜 세월이 흘렀어도 그 아이를 알아볼 수 있는 어떤 신체적인 특징이 있다고 말했거든요. 저는 귀에 작은 흉터가 있기는 하지만 저 외에는 그걸 누구도 알아볼 수 없답니다. 그 밖에는 어떤 특징도 가지고 있지 않아요.」

배틀이 말했다.

「올딘 양은 흰 머리 리본을 하고 있고, 토머스 로이드는 지진 때문이라고는 보기 어렵게 오른쪽 팔이 불편합니다. 테드 라티머는 머리 모습이 좀 이상하지요. 그리고 네빌 스트레인지는——.」

그는 말을 멈추었다.

「네빌에게는 신체적인 특징이 전혀 없어요.」

「오, 아닙니다. 그의 왼쪽 새끼손가락은 오른쪽 새끼손가락보다 매우 짧습니다. 그것은 정말 드문 일입니다, 스트레인지 부인——정말 매우 드문 일이지요.」
「정말 그런가요?」
「그렇습니다.」
「그렇다면 네빌이 엘리베이터에다 그 팻말을 걸었단 말인가요?」
「맞습니다. 로이드와 라티머가 트레브스 노인에게 마실 것을 권하고 있는 동안에 재빨리 그곳에 갔다 온 겁니다. 현명하고 간단한 방법으로——다른 사람들이 도저히 살인이라고 알아차릴 수 없도록 말입니다.」
오드리가 다시 몸을 떨었다.
「하지만, 그것은 이제 모두 지나간 일입니다, 부인. 계속 말씀하세요.」
「총경님은 정말 현명하군요……저는 오랫동안 하고 싶은 말을 참아 왔어요!」
「바로 그것이 잘못되었던 겁니다. 네빌에게 어떤 속셈이 있다는 것을 처음으로 알아차린 것이 언제였습니까?」
「저도 정확히는 몰라요. 그것은 곧 저에게 나타났어요. 그 자신도 분명해졌고요. 그것은 우리 둘 사이에 비밀 아닌 비밀이 되었어요. 그리고 나서 갑자기 그가 저를 주시하고 있다는 것을 알았지요——뭔가 만족스러운 듯한 시선으로 말이에요. 그리고 나서 저는 깨달은 거예요! 그것이 바로 그때——.」
그녀는 갑자기 말을 끊었다.
「그것이 바로 그때라니요?」
오드리가 천천히 말했다.
「재빨리 도망치는 것이——가장 좋은 방법이라고 생각했을 때였어요.」
배틀 총경은 고개를 저었다.

「결코 굴복하지 마라——이것이 내 신조입니다.」
「그래요, 총경님 말이 옳아요. 하지만 총경님은 아주 오랫동안 두려움에 빠져 있다는 것이 어떤 것인지 모를 거예요. 저는 정말 꼼짝할 수 없었어요. 생각할 수도 없고——계획을 세울 수도 없고——그저 무언가 끔찍한 일이 일어나는 것을 지켜볼 도리밖에는 없는 거예요. 게다가 그것이 일어났을 때.」

그녀는 갑자기 미소를 지었다

「총경님은 이해하지 못하겠지만, 그것은 바로 구원이었어요! 더 이상 기다리거나 두려워할 필요가 없는——그런 순간이 온 것이지요. 총경님이 저를 살인 혐의로 체포하겠다고 했을 때 제가 조금도 두렵지 않았다고 하면——제가 미쳤을 거라고 생각하겠지요. 하지만 그건 사실이에요. 네빌은 그가 계획한 대로 모든 짓을 다했고, 그것은 돌이킬 수 없는 상태였지요. 저는 리치 경감과 함께 떠나게 되었을 때 아주 편안한 기분이었답니다.」

「우리는 그런 것을 미리 생각하고서 그렇게 한 겁니다.」 배틀이 말했다. 「나는 당신을 그 미친 사람의 영향권 안에서 떼어 놓고 싶었습니다. 게다가 나는 그 충격에 대한 반응을 계산에 넣고 싶었습니다. 그가 자기 계획이 성취되는 것을 보고 있다고 한다면——그의 동요는 커질 수가 있기 때문이지요.」

오드리가 나지막한 목소리로 말했다.

「그가 굴복하지 않았다면, 어떤 딴 증거가 있었을까요?」

「그렇게 많지는 않습니다. 그날 밤에 어떤 남자가 밧줄을 타고 올라가는 것을 보았다는 맥휘터 씨의 이야기 외에는. 하긴, 그의 이야기를 증명해 주는 그 밧줄이 아직도 축축한 채로 지붕 밑 창고에 있긴 하지요. 당신도 알겠지만, 그날 밤에는 비가 내렸거든요.」

그는 말을 멈추고는, 그녀가 무슨 말을 해주기를 기대하듯이 그녀를 진지하게 쳐다보았다.

그녀가 흥미 있다는 표정을 짓자 그는 계속 말을 이었다.

「그리고 세로 줄무늬 옷이 있었습니다. 그는, 물론 이스터헤드 베이 바위의 어두컴컴한 틈에다 그 옷을 밀어넣어 두었던 거지요. 그런데 그는 공교롭게도 그것을 두 달 전에 홍수에 밀려 와서 썩은 물고기 시체 위에 올려놓았습니다. 그래서 그 옷의 어깨 위에 얼룩이 남게 되었고——또한 악취를 풍겼습니다. 나는 호텔의 하수구가 잘못되었다는 것에 대해서 몇 마디 말이 있었다는 사실을 알아냈습니다. 네빌도 그 이야기를 하더군요. 그는 그 옷 위에 비옷을 걸쳤지만, 냄새만은 어쩔 수 없었습니다. 그는 그 옷에서 냄새가 나는 것을 알고는 깜짝 놀랐습니다. 그래서 기회를 틈타 그것을 세탁소에 맡기면서 자기 이름을 적어 놓지 않고 생각나는 대로 아무 이름이나 적어 놓았겠지요. 아마 그것은 호텔 기록부에서 적당히 골라낸 이름이었을 겁니다. 이렇게 해서 그 옷이 당신의 친구에게로 가게 되었으며, 비상한 두뇌를 가지고 있는 그는 그 옷과 밧줄을 타고 올라가는 남자를 연결지어 생각했던 겁니다. 당신도 썩은 물고기에까지는 생각이 미쳤겠지만, 밤에 수영을 하기 위해 옷을 벗지 않았다면 그곳에 옷을 내려놓을 일도 없었을 것이고, 또 무엇보다도 9월의 비 오는 밤에 수영을 할 사람도 없을 겁니다. 이런 모든 사실들을 그는 잘 종합시켰던 것이지요. 매우 비상한 사람입니다——맥휘터 씨 말입니다.」

「비상한 것 그 이상이에요.」오드리가 말했다.

「흠, 글쎄요——아마 그럴 겁니다. 그에 관해서 알고 싶습니까? 나는 조금은 알고 있습니다.」

오드리는 주의를 기울여 들었다. 배틀은 그녀가 열심히 듣고 있다는 것을 알았다.

그녀가 말했다.

「저는 그에게 많은 빚을 졌어요──그리고 총경님에게도.」
「내게는 빚을 지지 않았습니다.」 하고 배틀 총경이 말했다. 「만일, 내가 조금 눈치가 빠른 사람이었더라면 그 종의 문제점을 좀더 일찍 알아보았을 겁니다.」
「종? 어떤 종을 말하는 거예요?」
「트레실리안 노부인의 방에 있는 종 말입니다. 웬지 그 종에 대해서는 무언가 잘못된 것이 있는 것 같다고 느꼈었지요. 나는 꼭대기층에서 내려오다가 창문을 열 때 사용하는 그 막대기를 보고 나서, 그것을 어렴풋이 알아냈습니다.」
오드리는 아직도 어리둥절한 모습이었다.
「모두 얘기하죠. 아시겠지만, 그것이 네빌 스트레인지에게 알리바이를 주었지요. 트레실리안 노부인은 무슨 일로 종을 울렸는지 기억하지 못했다고 했는데──그녀가 기억하지 못했던 것은 사실은 종을 울리지 않았기 때문이었지요! 네빌이 복도 밖에서 그 긴 막대기로 종을 울렸던 겁니다. 그 종의 줄은 천장을 따라 이어져 있었습니다. 그래서 바레트가 그 소리를 듣고 내려오다가 네빌 스트레인지가 아래층으로 내려가 밖으로 나가는 것을 보게 되었던 것이고, 또한 트레실리안 노부인이 살아 있다는 것을 확인하게 된 겁니다. 그 하녀의 사건은 조금 애매 모호했었습니다. 무엇 때문에 자정 이전에 살인을 저지르기 위해 그녀에게 약을 먹였던 것일까요? 12시 50분까지 그녀는 깊이 곯아떨어지지는 않을 겁니다. 하지만 그 살인은 내부인의 소행으로 알려지도록 계획되어 있었으며, 네빌이 맨 먼저 혐의를 받는 역할을 하기에는 시간이 너무 촉박했습니다──그러나 바레트가 이야기하면 네빌은 의기 양양하게 혐의를 벗어 버리게 되고, 그가 호텔에 있었던 시간에 대해서 꼬치꼬치 따지고 드는 사람은 아무도 없을 겁니다. 우리는 그가 나룻배로 건너오지 않았으며, 또한 배도 전혀 사용되지 않았다는 것을 알아냈습니다. 그렇다면 헤엄쳐서 건너왔다는 것 밖에 생각할 수 없지 않겠습니까? 그는 훌륭한 수영 선수이지만, 시간이 촉박했을 겁니다. 밧줄은 미리 자기 침실에서 늘어뜨려 놓았고, 우리가 살펴보았을 때는 바닥에 많은 물이 괴어 있었습니다. (하지만, 유감스럽게도 우리는 그때 그 문제를 알아차리지 못했습니다.) 그리고는 짙은 푸른색 저고리와 바지로 갈아입고, 트레실리안 노부인의 방으로 갔지요——그것은 2분 이상 걸리지 않았을 겁니다. 그는 미리 그 강철 볼을 준비해 놓았을 테고——그리고는 자기 방으로 돌아와서, 옷을 벗고 밧줄을 타고 내려가 이스터헤드 베이로 돌아갔던 겁니다.」

「케이가 그의 방을 들여다보지 않았을까요?」

「아마 그녀는 적당히 수면제를 먹고 벌써 잠들어 있었을 겁니다. 사람들은 그녀가 저녁식사 내내 하품을 했다고 말했습니다. 게다가 그는 그녀가 방문을 걸어 잠그고 자기 일을 방해하지 못하도록 하기 위하여 그녀와 말다툼하는 일까지도 염두에 두었지요.」

「저는 네빌이 그 볼을 난로 울타리에서 빼냈다는 것을 믿을 수 없어요. 네빌이 그렇게 했으리라고는 생각도 못 했어요. 그렇다면, 그는 언제 그것을 제자리에 갖다 놓았을까요?」

「다음날 아침 소동이 일어났을 때였을 겁니다. 그는 테드 라티머의 차로 돌아와서는, 밤새도록 자신의 범행 흔적을 없애는 일——즉 물건들을 제자리에 갖다 놓고, 테니스 라켓을 붙여 놓는 등 무척 바빴을 겁니다. 기왕 말이 나온 김에 말씀드리는데, 그는 노부인을 백핸드로 내리쳤습니다. 그렇기 때문에, 우리는 그 사건을 왼손잡이의 범행으로 보았던 거지요. 스트레인지의 백핸드가 그의 강력한 주무기라는 것을 간파했어야 하는 건데…….」

「그만——제발 그만해요——.」하며 오드리는 손을 들어 올렸다.「더 이상 견딜 수가 없어요.」
 그는 그녀에게 미소를 지었다.
「그래도 모든 것을 말하는 것이 좋겠습니다. 스트레인지 부인, 주제넘은 일이겠지만 당신에게 몇 마디 충고를 해도 될까요?」
「물론, 괜찮아요.」
「당신은 범죄적 정신병자와 8년을 함께 살았습니다——그런 상황에서는 어떤 여자라도 신경이 흐트러지지 않을 수 없었을 겁니다. 하지만 이제 그것을 깨끗이 떨쳐 버려야 합니다, 스트레인지 부인. 당신은 더 이상 두려워할 필요가 없어요——그리고 당신 스스로가 그것을 깨달아야 하고요.」
 오드리가 그에게 미소를 지었다. 그녀의 얼굴에서 얼어붙은 듯한 표정이 사라졌다. 그것은 달콤하고 조금은 수줍은 표정이었지만, 마음속 깊이 신뢰하는 듯한 얼굴이었다. 그녀의 커다란 눈은 고마움으로 가득 차 있었다.
「어떻게 해야 제가 그것을 빨리 떨쳐 버릴 수 있을까요?」
 배틀 총경은 신중히 생각한 뒤에 말했다.
「당신이 할 수 있는 가장 어려운 일에 대해서 생각해 보고 나서 그것을 시도해 보십시오.」

3

 앤드루 맥휘터는 조심스럽게 짐을 꾸리고 있었다.
 그는 셔츠 세 장을 조심스럽게 옷가방에 넣은 다음에 그 짙은 푸른색 저고리를 보고는, 그것을 세탁소에서 찾아오던 일을 회상해 보았다. 각각 다른 두 명의 맥휘터가 맡긴 두 벌의 옷이 그 여자를 위험에서 구출해 낸 것이다.
 문을 똑똑 두드리는 소리가 들렸다.
 그가 대답했다.
「들어오시오.」
 오드리 스트레인지가 걸어 들어오며 말했다.
「고맙다는 인사를 하러 왔어요——짐을 꾸리고 계시는군요?」
「그렇습니다. 오늘밤 떠나려고 합니다. 그리고 내일 모레면 바다에 나가 있게 될 겁니다.」
「남 아메리카로 가시나요?」
「칠레로 갑니다.」
「짐싸는 것을 도와드릴게요.」
 그가 말렸지만 그녀는 그를 밀어냈다. 그는 익숙하고 꼼꼼한 솜씨로 짐을 꾸리는 그녀의 모습을 지켜보았다.
「이젠 됐어요.」하고 그녀는 일을 끝내고 말했다.
「아주 잘하시는군요.」맥휘터가 말했다.
 잠시 침묵이 흐른 뒤에 오드리가 말했다.
「당신은 제 생명을 구해 주셨어요. 만일 당신이 그것을 보지 못했다면 저는——.」
 그녀는 갑자기 말을 끊었다가 조금 뒤에 이었다.
「당신은 알고 있었나요? 당신이 그날 밤 그 벼랑 위에 있었을 때——제가 뛰어내리는 것을 막고 집으로 돌아가라고 했지요. 그때 당신은 중요한 증거를 가지고 있었던 건가요?」
「꼭 그렇지는 않았습니다. 나는 그것을 생각해 냈어야 했지요.」하고 맥휘터가 말했다.
「그렇다면 어떻게 그런 말을 할 수 있었나요——당신이 말한 뜻이 무엇이었죠?」

맥휘터는 자신의 생각을 아주 간단하게 설명해야 할 때마다 늘 이런 성가신 감정을 느꼈다.
「내 말은 바로 이런 것을 뜻했던 겁니다──즉 나는 당신이 교수형당하지 않도록 지켜 주어야겠다고 말이지요.」
오드리의 뺨에 붉은빛이 떠올랐다.
「저도 그럴 거라고 생각하고 있어요.」
「그것은 결코 변하지 않을 겁니다.」
「당신은 제가 범행을 저질렀다고 생각했나요, 그때?」
「나는 그 문제에 대해선 그렇게 깊이 생각하지 않았습니다. 나는 당신이 결백하다고 믿고 싶었고, 또 당신을 지켜 주어야겠다고 생각했을 뿐입니다.」
「그런데 당신은 밧줄을 타고 올라가는 남자를 보았다고 했잖아요?」
맥휘터는 잠시 동안 침묵을 지켰다. 그리고 나서 그는 목청을 가다듬었다.
「당신도 잘 알고 있으리라고 생각합니다. 사실 나는 밧줄을 타고 올라가는 사람을 보지 못했습니다──내가 그것을 볼 수 없었던 것은 사실, 월요일 밤이 아니라 일요일 밤에 스타크 헤드에 올라갔기 때문이지요. 나는 단순히 그 옷을 증거로 무슨 일이 일어났던가를 추측해 보았던 것이고, 내 추측은 지붕 밑 창고에서 젖은 밧줄을 찾아냄으로써 확신을 갖게 되었던 거지요.」
오드리의 붉어진 얼굴이 다시 창백해졌다. 그녀는 믿을 수 없다는 듯이 말했다.
「그럼, 당신의 이야기는 모두 거짓말이었다는 거군요?」
「추측만으로는 경찰을 설득시킬 수 없잖겠습니까? 그래서 무슨 일이 일어났는지 분명히 보았다고 해야 했던 겁니다.」

「하지만——당신은 재판에서 증언하게 될지도 몰랐어요.」
「물론 그렇습니다.」
「그럼 그때도 그렇게 증언하려고 했었나요?」
「그렇게 했을 겁니다.」
「그렇지만 당신은——당신은 진실을 감추지 못했기 때문에 직장을 잃고 절벽에서 몸을 던지게 되었던 것이 아닌가요!」
오드리가 소리쳤다.
「나는 진실이란 대단히 중요한 것이라고 생각합니다. 그러나 그것보다 더 중요한 문제가 있다는 것을 깨달았습니다.」
「그게 뭔가요?」
「당신입니다.」
오드리는 고개를 떨구었다.
그는 당황한 태도로 목청을 가다듬었다.
「당신은 굳이 감사를 해야 하거나, 뭐, 그런 속된 예절에 구애받을 필요는 없습니다. 내일 이후로는 다시는 내 이야기를 듣지 못할 겁니다. 경찰은 네빌 스트레인지에게 자백을 받았을 것이고, 내 증언은 필요가 없을 겁니다. 어쨌든 그가 몹시 나쁜 짓을 했고, 재판에 나가게 되면 살아 남을 수 없을 거라고 들었습니다.」
「다행스런 일이에요.」하고 오드리가 말했다.
「당신은 한때 그를 사랑했었잖습니까?」
「저는 그가 남자다운 사람이라고 생각했었어요.」
맥휘터는 고개를 끄덕였다.
「우리 모두 그렇게 느꼈지요.」
그가 계속 말을 이었다.
「모든 일이 잘 풀렸습니다. 배틀 총경은 내 이야기를 이용해서 그 사람을 굴복시켰지요.」

오드리가 그의 말을 가로막았다.
「그는 당신의 이야기에 마음이 움직였어요. 하지만 저는 당신이 그를 속였다고는 생각지 않아요. 그는 일부러 못 본 체한 것 뿐이에요.」
「어째서 그런 말을 하는 겁니까?」
「그는 제게 당신이 달빛 아래서 무언가를 보았던 것은 무척 다행스러운 일이라는 말을 했어요. 그리고 나서 무언가——나중에 한두 마디 덧붙였는데——그날 밤은 비가 내렸다는 말도 했어요.」
맥휘터는 깜짝 놀랐다.
「그것은 사실입니다. 월요일 밤 같은 날씨에 무엇을 볼 수 있었다는 것은 사실 믿기 어려운 이야기이지요.」
「하지만, 그것은 문제가 되지 않아요. 그는 당신이 꾸민 이야기를 실제의 일이라고 믿고 있어요. 그렇기 때문에 당신 이야기를 이용해서 네빌을 굴복시켰던 거예요. 그는 토머스에게 저와 아드리안의 관계를 듣고 나서부터 네빌을 의심하기 시작했어요. 그가 그 범죄에 대해서 올바르게 판단했다면 누가 범인인지 알게 되었을 게 아녜요? 그러니까, 그가 원했던 것은 사실 네빌을 옭아매기 위한 어떤 증거였어요. 그는 어떤 기적을 바란 거지요——그런데 당신이 바로 배틀 총경이 바라던 기적이었던 거예요.」
「그가 그렇게 말했다면 좀 이상한 일이로군요.」 하고 맥휘터가 냉랭하게 말했다.
「당신도 당신이 바로 기적이라는 것을 아실 거예요. 제게는 특별한 기적이었답니다.」
맥휘터가 진지하게 말했다.
「나에게 굳이 고마움을 느낄 필요는 없습니다. 나는 곧 당신의 생활에서 사라지게 될 테니까요.」
「꼭 그래야만 하나요?」 하고 오드리가 물었다.

그는 그녀를 쳐다보았다. 붉은 기운이 그녀의 귀와 관자놀이까지 번져 갔다.
「저를 데려가지 않으시겠어요?」
「당신은 지금 무슨 말을 하고 있는지 전혀 모르고 있군요!」
「아녜요, 저는 알아요. 저는 아주 어려운 일을 하려는 거예요——하지만 그것이 제게는 살고 죽는 것보다 더 중요한 문제예요. 저도 시간이 없다는 것을 알고 있어요. 저는 고리타분한 여자이긴 하지만, 당신과 결혼하고 나서 함께 가고 싶어요!」
「오, 세상에!」 하고 맥휘터는 몹시 충격을 받은 듯이 말했다. 「당신은 내가 무슨 말을 할지 상상도 못 할 겁니다.」
「저는 당신이 거절하지 않으리라고 확신해요.」
「나는 당신 생각과 같지 않아요. 나는 당신이 오랫동안 당신을 아껴 온 그 조용한 친구와 결혼할 거라고 생각했습니다.」
맥휘터가 말했다.
「토머스? 정말 진실한 토머스예요. 그는 너무도 진실해요. 하지만 그는 옛날에 사랑했던 한 소녀의 영상을 쫓고 있는 거예요. 그가 실제로 사랑하고 있는 사람은 바로 메리 올딘이에요. 아직까지 토머스 자신도 모르고 있지만요.」
맥휘터는 그녀에게로 다가가서 엄숙하게 말했다.
「지금 당신이 무슨 말을 하고 있는지 알고 있는 거요?」
「알아요……저는 당신과 늘 함께 있고 싶어요. 다시는 당신과 헤어지지 않겠어요. 당신이 가버린다면, 저는 다시는 당신과 같은 사람을 찾지 못할 거예요. 그리고 저는 매일 매일을 슬프게 살아갈 거예요.」
맥휘터는 한숨을 쉬었다. 그는 지갑을 꺼내어 조심스럽게 돈을 세어 보고는 중얼거렸다.
「특히 결혼 허가증은 돈이 많이 들 거요. 내일 은행에 다녀와야겠군.」

「제가 돈을 빌려드릴 수도 있어요.」하고 오드리가 낮은 목소리로 말했다.

「그럴 필요는 없어요. 내가 어떤 여자와 결혼을 한다면, 그 허가증의 비용은 바로 내가 지불해야 하는 겁니다. 알겠소?」

「그렇게 엄숙한 표정은 짓지 마세요.」하고 오드리가 부드럽게 말했다.

그는 그녀에게로 다가서며 말했다.

「지난번에 내가 당신을 잡았을 때 당신은 마치 작은 새 같았어요 ──도망치려고 파닥거리는 새. 하지만 당신은 이제 다시는 도망치지 못할 겁니다.」

〈끝〉

※ 작품 해설 ※

『0시를 향하여』는 애거서 크리스티(Agatha Christie, 영국, 1891~1976)의 43번째 추리소설이며 34번째 장편이다. 여기서는 배틀(Battle) 총경이 등장한다.

배틀 총경은 『침니스의 비밀』(The Secret of Chimneys, 1925)『세븐 다이얼스 미스터리』(The Seven Dials Mystery)『위치우드 살인사건』(Murder Is Easy, 1939)에도 등장한다.

『0시를 향하여』는 크리스티 자신이 선정한 베스트 10 속에 들어 있다. 다음에 그 10편의 작품을 무순서로 소개하겠다.

열 개의 인디언 인형(The Ten Little Indians; 그리고 아무도 없었다)
애크로이드 살인사건(The Murder of Roger Ackroyd)
예고 살인(A Murder Is Announced)
오리엔트 특급살인(Murder on the Orient Express)
화요일 클럽의 살인(The Tuesday Club Murders)
0시를 향하여(Towards Zero)
끝없는 밤(Endless Night)
비뚤어진 집(The Crooked House)
누 명(Ordeal by Innocence)

움직이는 손가락(The Moving Finger)

그리고 독자들이 선정한 베스트 20에서도 9위를 차지하고 있다. 요컨대, 『0시를 향하여』는 크리스티가 발표한 66권의 장편 중에서 열 손가락 안에 꼽히는 걸작으로 인정받고 있는 셈이다.

크리스티의 작품 중에서는 에르큘 포와로(Hercule Poirot)와 마플 양(Miss Marple)이 등장하지 않고 다른 인물들이 ―― 배틀 총경, 토미(Tommy)와 터펜스(Tuppence) 부부, 할리 퀸(Harley Quin), 고트(Ghote) 형사, 파커 파인(Parker Pyne) ―― 등장하는 작품만 해도 31편이 된다.

『0시를 향하여』는 포와로와 마플 양이 등장하지 않는 작품 중에서는 뛰어난 걸작이라고 인정받고 있다.

알고싶은 단어를 찾고 싶을 때
실물의 이미지가 떠오르지 않을 때
이미지는 아는데 단어를 모를 때
**그림을 보고 빠르고
정확하게 찾는다!**

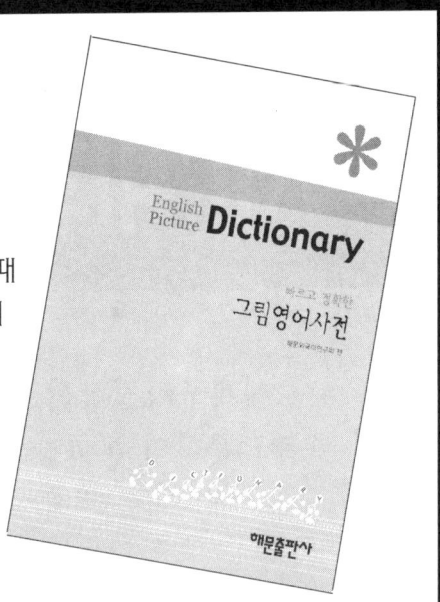

# 빠르고 정확한
# 그림영어사전

## 지금까지 없었던 제3의 사전!

- 우리 생활과 밀접한 6,000여 단어를 205개의 장면으로 나누어 놓았다.
- 한 가지 단어를 암기하는데 필요한 노력을 최대한 줄일 수 있다.
- 한 가지 단어로부터 그 장면이 연상되어 많은 단어를 한꺼번에 기억할 수 있다.

해문외국어연구회편 / 4×6판 / 238쪽

## 정통 추리문학의 진수
# 세계추리걸작선

세계추리걸작선은 미국, 영국, 프랑스, 일본 등 추리문학의 본고장에서 최우수상을 받았거나 추리 매니아들이 추천한 가장 뛰어난 작품들로 구성되어 있다.

1. 환상의 여인 / 윌리엄 아이리시
2. Y의 비극 / 엘러리 퀸
3. 사이코 / 로버트 블록
4. 지푸라기 여자 / 카트린 아를레이
5. 이집트 십자가의 비밀 / 엘러리 퀸
6. 추운나라에서 온 스파이 / 존 르 카레
7. 로즈메리의 아기 / 아이라 레빈
8. 노란방의 비밀 / 가스통 루르
9. 황제의 코담배케이스 / 존 딕슨 카
10. 그리스 관의 비밀 / 엘러리 퀸
11. 잃어버린 지평선 / 제임스 힐튼
12. 안녕, 내 사랑아 / 레이몬드 챈들러
13. Z의 비극 / 엘러리 퀸
14. 경찰혐오자 / 에드 맥베인
15. 한푼도 더도말고 덜도말고 / 제프리 아처
16. 벌거벗은 얼굴 / 시드니 셸던
17. 피닉스 / 에이모스 어리처&일라이 랜도
18. 벤슨 살인사건 / S.S.밴 다인
19. 르윈터의 망명 / 로버트 리텔
20. 죽음의 키스 / 아이라 레빈

21. 교환살인 / 프레드릭 브라운
22. 움직이는 표적 / 로스 맥도널드
23. 죽은 자와의 결혼 / 윌리엄 아이리시
24. 탐정을 찾아라 / 패트리셔 매거
25. 독약 한 방울 / 샬롯 암스트롱
26. 죽음과 즐거운 여자 / 엘리스 피터스
27. 어느 샐러리맨의 유혹 / 헨리 슬레서
28. 죽음의 문서 / 마이클 바조하
29. 내 눈에 비친 악마 / 루스 렌델
30. 최후의 도박 / 로버트. B. 파커
31. 호그 연속살인 / 윌리엄 데안드리아
32. 내가 심판한다 / 미키 스필레인
33. 두 아내를 가진 남자 / 패트릭 퀜틴
34. 심야 플러스 원 / 개빈 라이얼
35. 파리의 밤은 깊어 / 노엘 칼레프
36. 누군가가 보고 있다 / 메어리 클라크
37. 독사 / 렉스 스타우트
38. 스위트홈 살인사건 / 크레이그 라이스
39. 교황의 인질금 / 존 클리어리
40. 인간의 증명 / 모리무라 세이이치

※ 세계추리걸작선은 계속 출간됩니다.

# 추리 문학의 여왕
## "애거서 크리스티"

### 한 번 읽기 시작하면 도저히 눈을 뗄 수 없는 추리소설!!

애거서 크리스티는 추리문학에 대한 공로로 영국 엘리자베스 여왕으로부터 <데임>(남자 기사) 작위를 수여 받았습니다. 최고의 추리문학으로 평가되고 있는 그녀의 작품은 **전세계 인구 3분의 1**에 해당하는 사람들이 읽었으며, 지금도 변함 없이 온 세계인의 사랑을 받고 있습니다.

※추리문학에 20여년을 공들인 **해문출판사**에서는 크리스티의 전작품을 80권으로 완간, 인기리에 판매하고 있습니다.

1. 그리고 아무도 없었다
2. 오리엔트 특급살인
3. 0시를 향하여
4. 죽음과의 약속
5. 나일강의 죽음
6. ABC 살인사건
7. 스타일즈 저택의 죽음
8. 애크로이드 살인사건
9. 장례식을 마치고
10. 3막의 비극
11. 예고 살인
12. 주머니 속의 죽음
13. 커 튼
14. 백주의 악마
15. 움직이는 손가락
16. 엔드하우스의 비극
17. 푸른 열차의 죽음
18. 메소포타미아의 죽음
19. 애국 살인
20. 화요일 클럽의 살인
21. 누 명
22. 13인의 만찬
23. 회상 속의 살인
24. 위치우드 살인사건
25. 삼나무 관
26. 구름 속의 죽음
27. 부머랭 살인사건
28. 테이블 위의 카드
29. 비밀 결사
30. 끝없는 밤
31. 목사관 살인사건
32. 갈색 옷을 입은 사나이
33. 검찰측의 증언
34. 세 번째 여자
35. 명탐정 파커 파인
36. 침니스의 비밀
37. 죽음을 향한 발자국
38. 쥐 덫
39. 프랑크푸르트행 승객
40. N 또는 M
41. 골프장 살인사건
42. 세븐 다이얼스 미스터리

43. 깨어진 거울
44. 빅 포
45. 벙어리 목격자
46. 포와로 수사집
47. 서재의 시체
48. 크리스마스 살인
49. 마지막으로 죽음이 온다
50. 창백한 말
51. 할로 저택의 비극
52. 마술 살인
53. 잊을 수 없는 죽음
54. 부부 탐정
55. 수수께끼의 할리 퀸
56. 맥긴티 부인의 죽음
57. 버트램 호텔에서
58. 죽은 자의 어리석음
59. 비뚤어진 집
60. 죽은 자의 거울
61. 잠자는 살인
62. 코끼리는 기억한다
63. 패딩턴발 4시 50분
64. 헤이즐무어 살인사건
65. 파도를 타고
66. 바그다드의 비밀
67. 리스터데일 미스터리
68. 엄지손가락의 아픔
69. 핼로윈 파티
70. 히코리 디코리 살인
71. 4개의 시계
72. 복수의 여신
73. 크리스마스 푸딩의 모험
74. 패배한 개
75. 카리브해의 비밀
76. 리가타 미스터리
77. 죽음의 사냥개
78. 비둘기 속의 고양이
79. 헤라클래스의 모험
80. 운명의 문
● 애거서 크리스티의 비밀

**최신 생활 영어를 간단하고 쉬운 문장으로 엮은 책!**

# 나 혼자 떠나는
# 여행 영어회화

4×6판 / 216쪽 / 해문외국어연구회 편

## 즐거운 해외여행이 말이 통하지 않아 엉망이 되게 할 수는 없다!

해외여행이 잦은 요즘 말 한 마디도 제대로 구사할 줄 모르면서 비행기에 오르려니 왠지 불안하고 두려움이 앞섭니다.
그러나 꼭 필요한 회화를 마스터해 놓으면 세계 어딜 가도 마음 든든합니다.

이 책은 아주 기초적인 회화에서부터 모든 상황에 손쉽게 대처할 수 있는 생활회화와 여행 정보까지, 세심하고 다양하게 배려하여 만들었습니다.

해외여행의 훌륭한 길잡이, 이제 선택하십시오!

**TRAVEL
ENGLISH
CONVERSATION**

● 90분용 테이프 포함